绝望与希望之外

鲁迅《野草》细读

孙歌

著

三联书店

图书在版编目（CIP）数据

绝望与希望之外：鲁迅《野草》细读／孙歌著．—北京：
生活·读书·新知三联书店，2020.6
ISBN 978 – 7 – 108 – 06718 – 0

Ⅰ．①绝…　Ⅱ．①孙…　Ⅲ．①鲁迅诗歌－诗歌研究
Ⅳ．① I210.97

中国版本图书馆 CIP 数据核字（2019）第 250883 号

责任编辑　冯金红
装帧设计　蔡立国
责任校对　常高峰
责任印制　宋　家
出版发行　生活·讀書·新知 三联书店
　　　　　（北京市东城区美术馆东街 22 号 100010）
网　　址　www.sdxjpc.com
经　　销　新华书店
印　　刷　河北鹏润印刷有限公司
版　　次　2020 年 6 月北京第 1 版
　　　　　2020 年 6 月北京第 1 次印刷
开　　本　880 毫米 × 1092 毫米　1/32　印张 9.5
字　　数　167 千字
印　　数　0,001 – 8,000 册
定　　价　48.00 元
（印装查询：01064002715；邮购查询：01084010542）

目　录

序言　寻找鲁迅精神世界的入口

薛　毅

　　十几年前，孙歌老师发表一系列论述竹内好的文章，我为此而拜见她。她当时承诺很快会回来研究鲁迅。我翘首以盼，结果她下一个研究重点是丸山真男。拜读她不少关于日本思想史的论文之后，我想她大概不会再有时间回到鲁迅那里了吧。后来她又挑起了重担，译介多卷本沟口雄三著作集。没想到，这以后和她见面几次，所聊的关于鲁迅的话题竟越来越多了。看来沟口雄三和竹内好一样，都刺激和影响着她对鲁迅的重新理解。这次她应邀在中国美术学院讲解鲁迅的《野草》，看来是水到渠成的事。

　　20世纪80年代学术界出现了鲁迅研究的高峰，人们将《野草》看作鲁迅的核心文本，并以《野草》为方法重构鲁迅的思想和文学世界，改变了简单地将《野草》看作自我否定的过渡性文本的传统看法。以往无法解释的《野草》中丰富、多层次又以悖论的形式呈现的自我形象，有了得以展开讨论的空间。人们对《野草》的语词修辞和含义的隐晦、难解状况也有了足够的认识。更为重要的是，人们对鲁迅置身于绝境中而始终挣扎着前行的行动哲学有了强烈的体认，并把它概括为"反抗绝望"或"绝望的抗战"，这成为鲁迅思想的核心命题。这些与孙歌的讨论并无矛盾，可以说，孙歌在讲解中很好地继承了80年代以来的鲁迅研究成果。所不同的是，当年所概括出来的《野草》和鲁迅思想的结论，对于孙歌而言，是她重新寻找鲁迅精神世界入口的思想前提之一。

　　80年代的学者们往往从鲁迅与尼采等被称为现代主义思想家的关系中寻找灵感，开拓了新的解释空间，比如将鲁迅笔下的过客与加缪笔下的西西弗斯进行比对。但后来的研究出现了一种倾向，几乎将《野草》的一切都收归现代主义，人们忙于用生命哲学、存在主义的语词概念来解释《野草》。这导致的结果是，二十多年来，《野草》研究几乎停滞在现代主义的阐释框架中。在现代主义视野内，《野草》与鲁迅的其他作品，特别是杂文写作，越来越脱节。而且出现了美学上的自恋倾向，人们在《野草》中往往构建一个与民众无关的，孤独而自怨自艾、自我欣赏的高等知识人形象。80年代的《野草》研究呈现出来的那个奋然前行的积极形象也变得过于虚无了。——这样说并不是要否定二十多年来的《野草》研究，而是想说明，如何突破《野草》研究的现代主义框架，如何继承并进一步推进80年代《野草》研究，是需要认真应对的问题。

在我看来，孙歌提供了新的可能。她大胆重建了认识《野草》的思想框架：第一，她把鲁迅与中国的思想文化传统结合起来考察；第二，她把鲁迅与秉承西方"先进理论"的知识人的论战纳入到《野草》的讨论中。就第一方面而言，可以清晰地看到沟口雄三对她的影响。长期以来，人们将鲁迅的反传统作为不证自明的思想前提，虽然早有鲁迅研究专家指出了鲁迅的思想与文学和魏晋文章之间的密切关系，但后者仍然可以被综合在反传统的脉络中。而孙歌认为，"鲁迅与传统的方式不是直接的连接，而是用断裂的方式发生的继承"，"他一直在传统中用断裂、决绝的方式传承一些最关键的要素，他并不是一揽子地拒绝作为一个实体的所谓'传统'，而是进入传统的脉络，他自己有选择地进行了传承。他传承的这些要素，最后在《野草》中得到了升华"。而在中国历史中，就存在着像嵇康、李贽那样以断裂、决绝的方式继承传统的传统，这个传统，用鲁迅的话来说，表现为魏晋的反礼教，实则倒是太相信礼教，而因为礼教被利用，于是老实人不平之极，无计可施，激而变成不谈礼教、不信礼教，甚至于反礼教。用沟口雄三的话来说，表现为李贽远离宋学以来的儒学大势，看似站在完全自由的立场上，但这并不意味着站在非儒、反儒的立场，而是要追求存在于赤裸裸的人本身的那种自然本来的纲常。用孙歌的话来说，表现为鲁迅的"即使在他反传统的这一面，也是一种内在于传统的反抗，也是一个向内的自我否定运动"。

但这并不意味着可以用现成的中国传统思想史上的观念去回收鲁迅的思想。借用沟口雄三的视角，我们可以看到，传统，尤其经过决裂和自我否定的传统，它体现为一种不可见的"向量"，一种有待创造性实现的潜能。但是这种视野中所见的传统，并不是铁板一块，它内在地存在着巨大的张力，存在着永不休止的厮杀，正是这种张力和厮杀，使得传统在多种对立冲突中获得了可以称之为"向量"的活力，拥有了不断变化的潜能。对静态历史观的破除，对历史向量特有的混沌状态的敏感，是重新解释鲁迅思想和经验所应该建立起来的"期待视野"。以鲁迅的"任个人"思想为例：当人们认定鲁迅的个人是建立在排斥群体，与群体对立的时候，人们可能忘了，鲁迅所要排斥的"众数"，是西方近代文明建立起来的观念上虚假的一致性，而非底层民众的情感和利益。而他的"掊物质而张灵明"，也和尼采式的贵族精神毫无关系，他的"神思"是以西方19世纪末批判近代文明的思想为契机而从中国传统中再次激活和创造出来的概念，这个概念并不等于文学创作上的想象力，它接通了古民"冥契万有，与之灵会"（《摩罗诗力说》）的传统，用于文学创作，则强调作为个人的自我向他人、向万物开放，使人和人之间的心灵相通。鲁迅说，"人类最好是彼此不隔膜，相关心。然而最平正的道路，却只有用文艺来沟通"（《〈呐喊〉捷克译本序言》），他夸赞高尔基"他的一身，就是大众的一体，喜怒哀乐，无不相通"（《关于太炎先生二三事》），我觉得这应该是对神思的最基本的白话解释。在此，"个人"是一种容器，"涵养人之神思"（《摩罗诗力说》），装载的是远远大于个人的天地感受，使个人的一身与大众成为一体，而不是让"个人"独步于众人之外。孙歌认为："对于传统的中国士大夫阶层来说，所谓的自我、个体这样的能使自己区别于人群，区别于自然的自我认知方式是没有多少价值的，真正有价值的是集天地之能量于自身，同时这个自身又是极其渺小的状态，它并不因为集天地能量于一体而以宇宙的中心自居。"

尽管《野草》更多的篇幅用于写鲁迅的个人体验，但鲁迅在《野草》中建立起来的并不是以个人为中心的世界。孙歌认为，鲁迅拥有一个远大于个人的宇宙观，在《野草》中发挥着重要作用。只有在宇宙视野下，个人才体现为一个影、一个卒、一个过客，"天地自然之间的一个点"。而只有这样的宇宙观才可能让自我生命的逝去引来鲁迅的"大欢喜"。孙歌很有创造性地解释了《颓败线的颤动》。这首散文诗很容易被理解为鲁迅的自况，似乎隐喻的是鲁迅为青年贡献心血却遭青年谩骂，而爆发出一种极为复杂的感情。这是知识人自恋式的解读。鲁迅也许会把自己的经验和情感投射到对象身上，但《颓败线的颤动》中的底层女子形象一直保持其客观性。

孙歌很敏锐地关注到文中的关键意象"波涛":"波涛显示的能量是什么? 是饥饿、痛苦、羞辱、欢欣,都是极其平凡的,极其日常性的。这是底层人具有的能量,是求生本能所发出的能量。到了作品的后半部分,鲁迅把这种能量转化成了伟大如石像的、屹立于天地之间的存在。一个被侮辱、被损害的女性,本来是社会底层的弱者,鲁迅却揭示出,在她赤身裸体,不仅摈弃了人类所有的价值,而且抛弃了人类语言的时候,她却获得了天地之间的生命能量。""在《颓败线的颤动》里,鲁迅让一个最羸弱、最没有反抗能力的女性在她受尽了侮辱、摧残,甚至在被她自己的孩子羞辱之后,幻化成了这样一个点:集合起了宇宙的生命能量。我认为这是《野草》里面一个非常重要的视角,这个视角表示,鲁迅不再相信,甚至是正面挑战文坛里正人君子建立的那些价值判断,也彻底摧毁了那些价值判断支撑起来的整个论述框架,甚至在某种意义上,这也是对五四'人的文学'这个命题里暗含的某些缺陷的一个纠正。"人道主义文学潮流中,底层女性只是一个需要被同情和怜悯的对象,而在鲁迅的宇宙观中,天地间充塞着象征底层人生命的"波涛"。

《野草》写作于特殊的年代,鲁迅说,"《新青年》团体散掉了,有的高升,有的退隐,有的前进"(《自选集·自序》),鲁迅自己成了"两间余一卒,荷戟独彷徨"的"游勇"。鲁迅曾数次说明一开始他对文学革命热情并不高,他给自己的定位也只是为新文化将领们呐喊助威,为此必须与前驱者取同一步调。团体散掉后他却以"一卒"之身显示出对文学革命的忠诚。(就像在以后他对左联的态度一样。左联存在时他批评不断,解散后他奋起高举左翼的旗帜。)但是,他的忠诚并不体现为对新文化命题的重复和固守。新文化运动高潮过后文坛的落寞状态给予了鲁迅一个机会,去重新思考他自身与新思潮新价值之间的关系。而这个时候出现了来自新文化阵营中的一些人与军阀势力结合的现象,鲁迅与他们的论战使新文化本身的裂变更为突出。

很少有人像孙歌那样强调鲁迅的论战和《野草》之间的紧密关系。在写作《野草》的同时,鲁迅卷入女师大事件和"三一八惨案"所引发的与现代评论派的激烈论战中。这在杂文中有鲜明的体现,人们也能发现论战在《野草》中的影子,但并没有把论战看作形成《野草》的决定性事件。孙歌不仅从《这样的战士》中的战士,从《秋夜》中的枣树,还从《墓碣文》的碑文中看到论战的经验,她甚至独创性地将《失掉的好地狱》中地狱的变化看成是文坛的变化,将《题辞》中的"地面"理解为文坛。孙歌用"新旧之争的虚假性"来理解地狱的变化:"鲁迅笔下的地狱固然是他也希望摧毁的旧文坛乃至旧社会,但是并非简单明快地直接象征着与天堂对立的黑暗世界;在鲁迅眼里,文坛新时代的开始,完全有可能是以一个地狱代替另一个地狱,甚至被取代的那个地狱可能还稍好一些。"在鲁迅笔下,新旧问题被转化为真伪问题，孙歌说"求真"是《野草》的潜在主题，如同他一辈子最重要的工作"并不是寻找正确的途径，或者是正确的结论，而是求真辨伪，揭露所有的伪善"。而《野草》的独特性在于这个求真主题首先面对的是自我，而且这个自我是在与新文化运动以来的先进观念价值的延展、差异、矛盾、对抗乃至战斗中逐渐显现的。

竹内好对鲁迅理解的一个特别之处在于他从鲁迅对西洋、对外部权威的抵抗中来说明鲁迅的"自我"。"抵抗"这个词容易引起误解，似乎是说鲁迅处于新价值的对立面。但这里的"抵抗"不能被理解为简单的反对，更不能被理解为日本近代文学历史上那种用"纯化"的本土文化来反对西方文化。不用说，鲁迅有"别求新声于异邦"之志，他一直是拿来主义的倡导者，甚至希望青年们少读或不读古书，多读外国书。但鲁迅自始至终不以新价值自居，也从来不把现成的西洋观念看成是可以替换中国传统价值的新价值，对鲁迅而言，真正的"新"是在生成中的，这不是简单移植可以做到的。而鲁迅独特的目光体现于对所谓新价值落地之后状态的观察和思考。抵抗是双重的，抵抗的一个重要方面就是对不承认失败或者忘却失败的抵抗，同时也拒绝屈从于外部权威。竹内好说鲁迅"拒绝成为自己，同时也拒绝成为自己以外的任何东西"。这样的"自我"，无法用西洋价值来描述，无论是人道主义，还是现代主义；也无法用既有的中国传统概念来描述。竹内好甚至只能用"无"

来说明。但无论如何，这个"自我"只有在与新价值的纠缠中、与历史的关系中才能体现。

借助于《影的告别》的提示，我们可以把《野草》中的自我理解为新文化构建起来的"人"的形象的倒影。"人"走向将来的黄金世界，告别黑暗，走向光明；而"影"从"人"中分裂出来，拒绝光明，拒绝黄金世界，告别"人"，走向黑暗，进而让自我消失于黑暗中。《墓碣文》中的死尸同样也是"黄金世界"的颠倒："于浩歌狂热之际中寒；于天上看见深渊。于一切眼中看见无所有；于无所希望中得救。"在《娜拉走后怎样》的演讲中，鲁迅引用阿尔志跋绥夫小说中质问理想家的话："你们将黄金世界预约给他们的子孙了，可是有什么给他们自己呢？"鲁迅也用阿尔志跋绥夫的话来回答说，对于他们自己，面对黄金世界的希望只能更为痛苦，"叫起灵魂来目睹他自己的腐烂的尸骸"，这是一个挺恐怖的意象。我觉得正是这样的思考触发了鲁迅的《墓碣文》写作。面向未来的黄金世界，一旦连接着过去，它的作用就是唤醒死人。如同走向光明的"人"一旦连接着黑暗，会出现影子一样。而鲁迅《野草》对自我思考的思想史意义就在于，他将新文化关于个人、个性解放的命题倒转过来，使之与过去相遇，重建自我和黑暗世界的联系。《狂人日记》的意义并不是一个高高在上的历史之外的启蒙者高喊中国历史吃人，而是发现"有了四千年吃人履历的我"。如果不重建与历史的联系，如果将自己与过去完全撇清、截断，这样的启蒙立场就有了虚假性。鲁迅的进化论思想并没有让自己站在新的一端，而是发现自己只是"中间物"，"中些庄周韩非的毒"，"灵魂里有毒气和鬼气"。孙歌说"只有'中间物'才是与历史共同摇摆前行的唯一形式"，因为只有半新半旧才是历史"进步"的真实形态。

论战使鲁迅在经验层面上体会到新文化价值的裂变。《这样的战士》中，战士看到，"那些头上有各种旗帜，绣出各样好名称：慈善家，学者，文士，长者，青年，雅人，君子……。头下有各样外套，绣出各式好花样：学问，道德，国粹，民意，逻辑，公义，东方文明……。"好名称好花样中出现了新旧名词掺杂的局面，并且这样的名词可以继续排列下去。我们都知道，鲁迅在《新青年》时期对讲究国粹的复古主义者的论战，有一个鲜明的特点，就是指斥他们的虚伪和虚假，所谓的复古只是"变戏法的手巾"，只是打扮自己的装潢物而已。而与西方主义的知识分子的论战，则让鲁迅体会到，新名词同样堕落成了旗号和外套。鲁迅的敌人只是一些窃取美名、假借大义之徒，用公理正义的美名，行私利己。鲁迅总结出了新名词的特殊用法，典型如："有些力气的时候看看达尔文赫胥黎的书，要人帮忙就有克鲁巴金的《互助论》"（《有趣的消息》），"要驳互助说时用争存说，驳争存说时用互助说"（《非革命的急进革命论者》）。这就是鲁迅所要面对的"无物之阵"，它能吸附一切新价值使之变成行私利己的旗帜和外套。鲁迅多次感叹新名词落入染缸，化为济私助焰的工具和武器。对此，《这样的战士》中强调战士所使用的是"蛮人"的投枪——既不像非洲土人那样背着毛瑟枪，也不像绿营兵那样佩着盒子炮，总而言之，不是"蛮人"使用现代的武器，而是现代人使用"蛮人"的武器，用这武器去对抗新名词所构成的武器。这又是一种重要的颠倒，显示出鲁迅的抉择。他不用任何新式武器，因为"公理是只有一个的。然而听说这早被他们拿去了，所以我已经一无所有"（《新的蔷薇》）。类似几年后鲁迅写的《铸剑》中黑衣人所言："仗义，同情，那些东西，先前曾经干净过，现在却都成了放鬼债的资本。我的心里全没有你所谓的那些。我只不过要给你报仇！"我们一般把这种战斗理解为近身格斗和肉搏。如《希望》所说，是"我只得由我来肉薄这空虚中的暗夜"，"一掷我身中的迟暮"。

但孙歌发现鲁迅的"肉薄"不能被理解为肉搏，它并不包含"短兵相接地搏斗"的意思，它是日语词，是指近距离地"逼近""迫近"。"肉薄空虚中的暗夜，就是逼近、迫近空虚中的暗夜，意味着不再把希望作为盾牌以求回避似有似无的暗夜，而是逼视它，迎上前去。"这个解释令人吃惊，据我所知，鲁迅研究史上还没有类似的判断。可以支撑孙歌的理由是，即使在《这样的战士》中，你死我活的近身肉搏也并未发生，被击倒的只是对方的外套，敌人会一次又一次巧妙脱身。《秋夜》中，枣树虽一意要致天空的死命，也未尝刺破天空，仿佛"冷战"。更重要的是，孙歌认为，"肉薄暗夜"，首先意味着要"辨识"暗夜，"辨识"什么是"真的暗夜"。换言之，所谓"暗夜"已经不是新文化运动建立起来的关于中国传统代表愚昧落后的共识，这不需要费心辨认。"真的暗夜"是借助新知识复活了的无所不在的无物之阵，它永远以光明伪装自己。如孙歌所说："真的暗夜其实藏在了人们认为光明的所在之后。同时，也暗示了鲁迅在肉薄真的暗夜的时刻，他仍然将要面对无物之阵。"战士之所以在敌人一次又一次脱身后，自己则在无物之阵中成了罪人，老衰，寿终，但坚决地举起投枪，是追踪和逼近无物之物，让无物之物现身的途径。

孙歌说："'肉薄'包含了鲁迅冷彻的判断：如果要与暗夜对决，那么必须放下希望。"初读孙歌的讲稿，我觉得此话有点绝对了。我一直认为鲁迅《希望》的逻辑在于讲述他无奈而被动地丧失希望的过程，转而醒悟了希望与绝望都是虚妄。为什么被孙歌理解为一种主动行为，为什么与暗夜对决的条件是放下希望？但细读《希望》，确实能发现一个更为积极果断的鲁迅形象。鲁迅发现，在暗夜无所不在的情况下，承诺了未来的希望是无法抵挡暗夜的，它起的作用只能是自欺，从而让自己偷生。鲁迅还发现，如今的绝境在于，由于青年的消沉，他连身外的寄托也落空，偷生也不成，他的重大抉择就是"放下了希望之盾"，直接与黑暗对峙。在这样的抉择之后，无论希望还是绝望，都不再是鲁迅的现实处境中的立脚点。因此，《野草》写的也不再是希望与绝望之间的绝境，而是在希望和绝望之外，鲁迅的奋然前行。如同《影的告别》一样，影告别的正是人的承诺和希望，从而抵近黑暗。鲁迅的自我抉择非常决绝，他几乎主动切断自我与另外一个美好世界的关系，如同《过客》中的过客，拒绝同情和布施，"不愿看见他们心底的眼泪，不要他们为我的悲哀"，如同《雪》中朔方的雪，"决不粘连"。对于气候温暖的南方的雨而言，鲁迅说朔方的雪是"死掉的雨，是雨的精魂"。因为只有这种不相互粘连的雪，才能在天寒地冻的环境中旋转而升腾，所以，雨必须死掉，变身为雪。就像鲁迅笔下的"无泪的人"，"拒绝一切为他的哭泣和灭亡"（《杂感》）。鲁迅说："我的戒酒，吃鱼肝油，以望延长我的生命，倒不尽是为了我的爱人，大大半乃是为了我的敌人，……要在他的好世界上多留一些缺陷。"（《坟·题记》）这里面有着用尽一切心力，付出所有代价，死死地与黑暗纠缠到底的抉择和意志。因此，"肉薄暗夜"是找回鲁迅杂文与《野草》之间紧密联系的最重要的关节点。如果没有鲁迅大量的战斗文字的支撑，"肉薄暗夜"很容易被空洞化理解，而仅仅成为一种姿态。如果没有看到鲁迅在《野草》中对论战经验进行多次反刍，进而一次又一次重新思考自我，论战的意义也不能得到充分复杂的评价。

鲁迅面对"人"而变身为"影"，面对"黄金世界"

而变身为"尸骸"，在暖国的雨对照下变身为纷飞的雪、"死掉的雨"，这些都是对"这样的战士""枣树"各个侧面的说明。在《题辞》中，鲁迅将自我变身为"野草"，吸取露水，吸取陈死人的血肉而生存。这是要把自我作为容器，让他人的生死进入自己的记忆中，使自我锤炼为叛逆的猛士那样"洞见一切已改和现有的废墟和荒坟，记得一切深广和久远的苦痛，正视一切重叠淤积的凝血"。《铸剑》中黑衣人说："你的就是我的；他也就是我。我的魂灵上是有这么多的，人我所加的伤，我已经憎恶了我自己！"所谓你和他都是我，所以别人可以称为"人我"，在这里，"我"与"人我"合为一体。这些都是在显示鲁迅的自我抉择的同时，体现出鲁迅的自我否定。传统鲁迅研究中，把《野草》总体上看作自我否定的文本，是值得重视的。自然，传统研究者过于用30年代更为"正确"的鲁迅来对照和评价《野草》比较消极的自我，这不一定符合实际情况，在我看来，30年代鲁迅的自我否定意识并不比20年代弱。自我否定并不意味着可以用更新、更完美的自我来取代有待否定的自我，所以不能站在"正确"的立场上来评价自我否定意识，而是对"与历史共同摇摆前行"的心灵形式的发现和自觉。它与现代主义的、形而上的、终末论式的自我严格区别。它提示的是历史尚待展开而并未终结。

《题辞》中，"地火在地下运行"，熔岩喷出，将烧尽一切野草。孙歌说"真正的革命能量是无言的'地火'"，但革命不是现代专利，"历史上同样也一直有地火运行"。但我更愿意把地火在地下运行视为鲁迅对身处的进向"大时代"的时代的理解。所谓大时代是以苏俄革命为参照而设想的翻天覆地变化的时代。在写作《野草·题辞》的同年，鲁迅反复说明"中国现在是一个进向大时代的时代"，"但这所谓大，并不一定指可以由此得生，而也可以由此得死"（《尘影·题辞》）。而在之后发生的鲁迅与革命文学的论战中，我们可以很清晰地发现创造社的青年一代如何迅速将自我和小资产阶级切断关系，变身为无产阶级，再一次获得自我肯定，而鲁迅在论战中，用地火烧尽野草做比喻，来说明革命文学家不敢让自我在大时代中浴火，而没有浴火何来重生？鲁迅则把自我放置在大时代中可以由此得死的一端。鲁迅说："我以这一丛野草，在明与暗，生与死，过去与未来之际，献于友与仇，人与兽，爱者与不爱者之前作证。"进向大时代的时代，也就是明暗、生死、过去未来之际，而自我则自觉地向其中一端移动，沉入黑暗、选择死亡、远离友人和爱者。用《失掉的好地狱》结尾的话来说就是："你是人！我且去寻野兽和恶鬼……。"用《影的告别》的话来说就是："只有我被黑暗沉没，那世界全属于我自己。"

孙歌说，"作证是鲁迅为自己确定的思想任务"，作证意味着"拒绝各种形式的遗忘"，"如同眉间尺把头颅作为武器一样，是把自己投入历史的行为"。扩而言之，我们可以把鲁迅的写作本身，看作留给后人的证言，以让后人记得深广久远的历史。鲁迅非常清楚，随着时间的流逝，文坛上的斗争和冲突，很容易被后人遗忘，"时代渐远，战血为雨露洗得干干净净，后人便以为先前的文坛是太平了"（《"中国文坛的悲观"》）。写作者为自身的"不朽"考虑，也会把一些不宜让后人读到的文字删得一干二净。即便历史上存在着偏激的文学家和作品，"经后人的一番选择，却就能纯厚起来"（《古人并不纯厚》）。鲁迅则反其道而行之，他不仅将报刊上登载的各种流言抄录在自己的文章里，将自己文章刊登的前后遭遇写在文集的附记中，以便让后人知道"我们活在这样的地方，我们活在这样的时代"（《且介亭杂文·附记》），而且将自己对人和事有错误判断的文章也照收在自己的文集里，把自己"太易于猜疑，太易于愤怒"（《关于杨君袭来事件的辩证》）的性格暴露给后人。更为重要的是，鲁迅将特定历史条件下与黑暗纠缠到底的自我存在形式写在《野草》和其他作品中，这是最为深刻的作证方式，使自我像钉子一样牢牢钉在具体的历史环境中，而拒绝以各种永恒和不朽的名义让自我脱离环境。在《复仇（其二）》中，鲁迅将"神之子"改写为"人之子"，在四面都是敌意的环境中，让悲悯的耶稣产生仇恨，"较永久地悲悯他们的前途，然而仇恨他们的现在"。"神之子"受难而宽恕人类，指示着人类应该相互宽恕。而鲁迅笔下的"人之子"的受难，则成为鲁迅那样的见证者，指示着人类应该记住黑暗。鲁迅临终之际，"曾想到欧洲人临死时，往往有一种仪式，是请别人宽恕，自己也宽恕了别人。我的怨敌可谓多矣，倘有新式的人问起我来，怎么回答呢？我想了一想，决定的是：让他们怨恨去，我也一个都不宽恕"（《死》）。"一个都不宽恕"，意味着所有的论战，所有的敌我关系，都是真实存在的。"一个都不宽恕"，显示着鲁迅举起投枪战斗到底的决心，意味着他清楚自己在与"无物之物"对阵，也让我们得以领悟，为什么鲁迅需要一直保持"肉薄"的战斗姿态。

鲁迅的求真，鲁迅的"肉薄"，鲁迅的无法歇息，正是在"作证"的意义上获得了历史的深重内涵。在中国思想史的脉络里，鲁迅留下了一份个性鲜明同时承前启后的思想遗产。他打翻了已然坐稳交椅的那些神圣，撕下了光环编织而成的那些面纱，无情地暴露出并不美丽的真相。《野草》为我们开启了一扇门，引导我们摸索着进入鲁迅的精神世界，并艰难地体验进入历史的坎坷；在这个过程中，我们自身的思想能力也将经受拷问，鲁迅在作证中确立的特定生命形式，也将在我们的自我拷问中转化为理解历史的充沛动能。

第一讲　鲁迅的时代课题

各位好！我没有料到今天会有这么多人来。我猜想同学们来自不同的专业，但都是搞艺术的；而我是做日本政治思想史的，我的专业背景不论和中国美院的哪个专业都很难直接对接。怎么讲才能跟你们对接得上，这一点我心里没有底。不管怎么讲，我超不过我自己能够讲的范围，所以请大家多多包涵，因为我确实只能从思想史的角度来讨论鲁迅。

思想史其实也是一门经验学科。虽然思想史领域中一个很重要的部分是"观念史"，但思想史并不等于观念史；即使就观念史来说，只要跟"史"沾上边，那就不可能排除经验，不可能仅仅按照逻辑推理来组织观念并进行论述。因为"史"这个字跟"变化"密切相关，所有观念的变化都与不可重复的具体经验密不可分。更何况思想史并不仅仅研究思想观念的演变，它还有另外一些同等重要的组成部分，比如对过去时代思想家的研究，对各个时代的时代思潮的研究等，这些都与特定时代人们的想法相关，甚至与特定时代的生活习俗、行为模式不可分割。透过所有这些经验性的钩沉，思想史试图在历史的表象深处勾勒出历史演进的内在动力，并且追问历史动力如何以变化的形态持续推进。在这个意义上，鲁迅作为思想史的研究对象，承担着独特的历史功能。

大家知道，鲁迅一生著述的文学性极强，就连他那些论战的文字都富有文学的想象力，所以，鲁迅一直主要被作为文学研究对象，是有道理的。同时，鲁迅是一个非常懂艺术的行家，无论是传统的书法、碑刻，还是西洋的木刻、版画，他都有精深的涉猎。我曾经在北京的鲁迅博物馆参观过鲁迅收藏的那些版画精品，理解到艺术作品在鲁迅精神生活中占有很重要的位置，所以鲁迅确实应该是美院关心的对象。但是我相信，对鲁迅还可以有更多角度的研究与继承。在此意义上，中国美术学院这次的"《野草》计划"*并不仅仅是艺术行为，它也是一次从艺术的角度进入鲁迅思想世界的尝试。我从思想史的角度讨论鲁迅的《野草》，是从历史动力如何演进的角度进入鲁迅的思想世界，也是对这个计划的一个回应。

---

* 2019年5月，中国美术学院举办以《野草》为主题的展览，展示中国美术学院四代版画家的创作——他们如何以版画的形式面对鲁迅。为筹备这次展览，还邀请了几位学者在中国美术学院先后开设了阐释《野草》的系列讲座；本书即为这个讲座的产物之一。

一、重新思考"传统"的内涵

讲座之前，课代表已经帮我做了一件事，把中国1949年以后大约在年龄上属于两代人的鲁迅研究专家的优秀研究成果，主要是20世纪80年代之后的研究成果开了一个书目给大家。这些研究著作展示了中国学术界和思想界对鲁迅的深入理解，也是当年我认真研读的先行研究。在此基础上，我给大家又加上了几本书：竹内好：《鲁迅》，沟口雄三：《中国前近代思想的屈折与展开》，李卓吾：《焚书》《续焚书》。这几本书，除了竹内好那一本之外，和鲁迅研究的积累没有直接关系。其实我开的书目不是让你们具体阅读的，而是向大家做一点关于这个讲座的导引。这些书目传达的是我这次系列讲座的基本思路，我有必要交代一下我是从什么角度，用什么样的视野来处理《野草》的。大家可能会注意到，我讨论的那些基本问题，虽然和以往鲁迅研究的问题意识有密切的关联，但是我的思路有一点不同，最主要的不同，就是我想把鲁迅和中国的思想文化传统结合起来考察。

通常我们会觉得，鲁迅是一个决绝的反抗旧传统的战士，很多年以来，这也是我们理解鲁迅的常识性前提，而且这也确实是鲁迅思想一个非常突出的侧面。但是当我们强调鲁迅对传统的决绝态度时，会自然地忽略另外一些很重要的事实所蕴含的意义：鲁迅一生都在读古书，特别是前期，如写作《野草》的时期。鲁迅对此有一个说法，他说他读古书只是为了工作需要，因为他要在大学里教授中国古代小说史，所以必须读古书。而且，他被引用最多的说法，是回答《京报副刊》关于"青年必读书"的问卷调查时的那个说法，就是不要读中国书。但是鲁迅的这些说法只是具体状况下有针对性的说法，其实不能抽象出来变成前提，再反过来解释鲁迅与传统的关系。

我们都知道最著名的那个故事，鲁迅为什么写《狂人日记》？是因为钱玄同到北京鲁迅住的绍兴会馆去找他，那时候他在抄古碑。这个时期，鲁迅在教育部做佥事，抄古碑并不是他必须做的工作；而在后来开始写作《野草》时，他最终完成了《嵇康集》的校点。他在写作《野草》的大致同一个时期，花很多力气校点《嵇康集》，这件事情并不是可以等闲视之的。他对于魏晋时期，包括竹林七贤里的嵇康、阮籍等文人的青睐和研究，绝不能够仅仅归结为这是他为了应付学校里的课程才做的事情，实际上鲁迅对于中国文人的某一部分传统浸淫得相当之深，而且有相当直接的传承关系。鲁迅在《写在〈坟〉后面》里说自己中了"庄周韩非的毒"。这句话到底应该怎么理解呢？鲁迅的这个说法，是否与我们对传统的理解方式有些龃龉？在五四那个特定时期，所谓的中国文化传统被"打包"了，"打包"成了一个整体的东西，它被实体化了。所有的人不太需要说他是怎么反传统的，他反对传统中的哪些部分，只要是反传统就可以了。反传统是反什么呢？反吃人的礼教，要解放人，解放人性，这就是"五四新文化运动"核心的命题。

　　传统文化真的是一个实体吗？真的可以用赞成或反对就处理掉吗？如果我们不去这样理解传统文化，那么就可以知道，传统和传统文化其实是可以分解的，可以分解成各种相互矛盾的、具有内在张力的动态关系，这种关系是机能性的，并不是固定不变的。至少，我们可以从两个方面理解传统的功能。第一，所谓传统，根据不同时代的不同需求，可以承担不同的功能。在某一个时代被彻底否定过的传统，在另一个时代可以被正面肯定。大家只要想一下，从五四以来直到今天，对待所谓"传统文化"的态度经历了多少大起大落，这个问题就不难理解了。第二，传统是在历史沿革的过程中累积起来的。在这个累积的过程中，充满了各种不确定性和内在的张力。表面上看传统似乎是可见的，比如各个时代的典章制度、社会形态、文化艺术，再加上孔孟、老庄以及其后每一个时代的思想者和行动者都留下了著作，所有的著作似乎就构成了思想传统。但是这样静态地理解是准确的吗？当我们去理解传统的时候，这些文献要引导我们进入它背后那样一个混沌的、动态的过程，解读文献为的是解析那个我们没有生活过的时代里各种变动不居的动态关系。那些动态关系其实才是真正的传统。鲁迅在他抄古碑、读古书的时候，也就是说，在写作《狂人日记》前后那个他人生中相当重要的时期里，他一直在传统中用断裂、决绝的方式传承一些最关键的要素，他并不是一揽子地拒绝作为一个实体的所谓"传统"，而是进入传统的脉络，他自己有选择地进行了传承。他传承的这些要素，最后在《野草》中得到了升华。

鲁迅自己说中了"庄周韩非的毒"，这倒并不在于他引用了多少庄子和韩非子的说法，而在于他自觉到自己在看问题的时候兼有庄子、韩非子感知问题的特征，但同时，他又声明孔孟的书对自己没有影响，这个声明反过来证明了鲁迅在传统思想中进行了选择。紧接着这段自嘲，鲁迅提出了中间物的问题。我们往往很容易把中间物想象为半新半旧的过渡型人物，事实上这种理解方式是有偏差的。只有在单线进化论的价值序列里，半新半旧比起全新的状态来似乎处于劣势，但是从辩证唯物主义的角度看历史的话，其实只有半新半旧才是历史"进步"的真实形态。全新的状态，与"旧传统"毫无瓜葛的人与事，往往是在历史运动之外的静态观念性产物，它往往脱离历史，脱离现实。正如鲁迅所言："在进化的链子上，一切都是中间物。"

如果把中间物的问题与"庄周韩非的毒"结合起来理解，鲁迅这段话实在是意味深长。这里有鲁迅式的两面出击。当他说自己是中间物的时候，主要讲的是白话文的兴起与文言文的没落，而《坟》刚好有半文半白的特征；鲁迅不希望年轻一代在新文体尚未达到成熟期的时候用古文诗词里那些好看难懂的词句"变戏法"，遮盖自己思考与感觉的贫困；所以他强调自己半文半白的写作仅仅是一个过渡，不是范本。但他在这篇后记里反复强调，《坟》里面收录的文章都是自己逝去生命的余痕，因此不能毅然决然地抛弃。这里，我们看到鲁迅在强调自己并不是战士和先驱的时候，与他全力支持的白话文运动之间保持了一个微妙的距离。

这篇后记与《野草》写于同一个时期，一年以后为《野草》所作的题辞里也重申了这个关于自己生命余痕的想法。鲁迅毕生把自己的写作与生命视为一体，这并不能仅仅看作文学家的直观感觉；尤其在中国自古以来视"文章乃经国之大业，不朽之盛事"的文化脉络里，文章之学从来都关涉政治，关涉历史。以自己的生命体认历史，在逝去的生命中感知短暂人生与悠久历史之间的关联，这是鲁迅处理自己生命经验的方式。在这个意义上，鲁迅从来不相信观念，不相信以观念立足的人，他在生命逝去的实感中感知历史转折期的混沌与摇摆，同时也感知在历史摇摆中任何一个旗帜鲜明的新思潮与新运动都难免逝去的命运，都是"中间物"。

鲁迅一生很大精力都花在了论战上。理清他论战的脉络是一个庞大的工作，需要专门做细致的研究，因此并不是我们这次讲座的内容；不过即使不了解鲁迅论战的具体内容，也可以确认一个基本事实，那就是鲁迅的战斗精神，主要是通过他的论战姿态传递出来的。就此特点而言，鲁迅与明末的李卓吾有相似之处。

我给大家开的书目里面有李卓吾的《焚书》《续焚书》。把李卓吾和鲁迅直观地连在一起显然会有非常大的困难，因为李卓吾的时代不存在彻底与传统决裂、用外来思想建立新文化这样的时代课题和现实需要。在李卓吾的时代，包括李卓吾本人，没有人是"反封建"的，说李卓吾反封建、主张个性解放，那是现代人的一厢情愿。李卓吾从来没有反对和否定过孔孟学说里那些最重要的部分，只是他的很多说法由于没有把孔孟绝对化，被后人理解为是在反封建；在这一点上，他和宣布孔孟与己无干的鲁迅完全不同。不过有一个思想特征让我们很容易把这位明末思想家与鲁迅联系起来思考，那就是李卓吾也坚持个体生命体验的本源性，并倡导人们真实地表达自己的欲望。

　　李卓吾是明末一位非常特别的思想家。在明末有一群当时走在时代前列的士大夫，用我们今天的话说，就是知识分子。这些知识分子试图推动一个新的思想运动，就是如何把人的欲望和孔孟学说里的"四端之心"结合起来，让人在生活中的欲望能够获得伦理的正当性，于是在当时发生了一个非常重要的论战，就是关于"不容已"的论战。其中代表的对立双方是李卓吾和耿定向。所谓的"不容已"，是讲人不能压抑他的天性，要让他的天性充分伸展出来；李卓吾和耿定向之争，并不在于人是不是应该处于不容已的状态，在这一点上他们没有分歧；分歧在于什么样的不容已才是真的不容已。

耿定向认为，不容已是指人释放出来的自然欲望合乎儒家仁义礼智"四端之心"的标准，在这种时候它自然地就呈现出有德状态；而李卓吾认为，当你说"不容已"合乎了儒家基本要求的时候，其实它就已经不再是"不容已"了，只有把所有的前提都去掉，只剩下赤裸裸的童心，在这样的状态下，人"不容已"的天性才能和天地之公道发生连接。

由于李卓吾把人的欲望和孔孟之道外在标准这样一个对立的命题推向了极端，就使得当时的士大夫阶层把他视为一个危险的异己分子，说他是纵欲主义者。最后他在监狱中自杀而死。对李卓吾来说，他所在的明末时期，正是历史处于剧烈变换的转折关头，儒家的伦理道德已经僵化，变成了自上而下地统治社会的教条；他的时代课题是，如何让市井小民不加任何掩饰的生存欲望和士大夫阶层根据四书五经的意识形态演绎出来的"欲望"形成一种真伪的对照。在这样一种对欲望的探求当中，李卓吾要追求的是如何才能够在人的欲望当中发现那些属于人的真实本性，而这个真实的本性，他认为只要诚实地加以表达，而不是加上各种冠冕堂皇的外包装，那么这种穿衣吃饭的欲望就是合乎天地之公道的。换句话说，李卓吾是要重新解释儒家经典中"大道之行也，天下为公"的含义。他有一句名言："夫以率性之真，推而扩之，与天下为公，乃谓之道。"这句话表面上看很容易理解，就是说当人把所有的性情都率性、真实地呈现出来，它扩展之后就会变成天下之公道。但是这个"真"本身到底是什么，这是明末一个非常严酷的思想课题，而这种求真的过程，使得很多明末时期的士大夫最后面临着不得不对自己进行严酷拷问这样一个非常严峻的局面。

至少在我阅读的有限范围内，鲁迅在他一生中，并没有把明末这个时期特别是李卓吾作为他讨论的对象，但是他非常重视的一个历史时期恰好和明末有某种相似性，这就是魏晋时期，特别是他十分下功夫的嵇康、阮籍所处的时期。1927年他在广州有一个很著名的讲演《魏晋风度及文章与药及酒之关系》，这个演讲里包含了鲁迅对中国文化传统中以嵇康、阮籍所代表的不拘小节、放纵性情这种文人风骨的独特理解。这样的文人传统，每当中国历史上王朝更迭、时代出现危机的时候，都会以类似的基调爆发出来，尽管不一定都表现为喝酒吃药；而鲁迅所处的辛亥革命之后到民国初年这样一个历史剧烈变动的时期，如果我们用长时段历史的眼光去看，也是处在这样一个对文人来说极具挑战性的历史转变期。在这个历史转变期里，鲁迅也面对了如何去寻求那个率性之真的时代课题。只不过，他面对的"作伪"的材料并不仅仅是明末李卓吾面对的儒家经典被僵化为教条的意识形态；更多的却是在五四新文化退潮之后被教条化和意识形态化的各种来自西方的"先进理论"。

二、鲁迅的"现役"状态

以上的讲解有点抽象，我想尽快进入鲁迅的著述。在我们阅读《野草》篇章的过程中，大家可能会对我刚刚的讲解产生一些体会。因为鲁迅的一生，最主要的工作，也是他最吸引人眼球的工作，就是他的论战。他的杂文都具有强烈的论战性，而他论战的对手是多种多样的。时至今日，不少学者考证，鲁迅的有些攻击是不准确的，他的一部分批评显示他对对方有很多误解，这是一种情况；还有一种情况，从1927年以后，一直到他逝世，他和当时活跃在文坛上的左翼作家之间也有大大小小的论战、冲突或者是紧张，包括和左联的一些作家。他逝世之前的最后一场论战，发生在他与当时要联合起来共同建立国防文学战线的文化人之间。所以有人说，鲁迅的这场论战，使得原本有可能形成的广泛的文学家统一战线分裂了。如果我们去仔细阅读鲁迅本人在1936年临终之前写作的几篇论战文字的话，这个责任很难栽在鲁迅的头上，但是由于他这样的态度以及他的影响力，也确实间接地引发了一个后果，即在鲁迅逝世之前，他使得中国文坛内在的分裂状况在表面上呈现出来，因此变得可以辨识了。

于是我们就面对了一个非常真实的课题——鲁迅真是一个可以被我们单纯化为具有政治正确意义的思想家和具有先锋立场的战士吗？如果不是这么简单，我们该怎么去理解鲁迅的立场？

关于这个问题，实际上已有的那些优秀的先行研究已经为有效理解鲁迅的立场提供了非常有说服力的线索，就是把鲁迅从神转变成人。应该说，20世纪80年代以来，中国的鲁迅研究所做的一件最了不起的工作，就是把他从神坛上解放出来，使鲁迅同样可以拥有作为人所具有的缺点。用鲁迅的话说，"有缺点的战士终竟是战士，完美的苍蝇也终竟不过是苍蝇"。所以鲁迅作为人有多少缺点，判断上有多少失误，其实并不是关键问题；要求鲁迅站在神坛上，要求他事事正确才是必须克服的问题。当然，这涉及一个更深层次的思考：考察一个时代的思想家，用"正确"来要求，是否真的是有意义的？更何况所谓"正确"的依据，在它被固定化之后，往往是一种望文生义的意识形态标准，对于理解历史并没有什么帮助。

鲁迅在同时代的文化人当中恐怕是一个最激烈的斗士，他的激烈本身，是通过他的论战，通过他的各种杂文有效传递出来的特定时代情绪，而这种时代情绪一直伴随他到生命的最后一刻。在这个意义上，我开的书目中有一本书是竹内好的《鲁迅》，它不是包罗万象的，很多问题它没有处理，但是有一点抓得非常精准：鲁迅是中国现代文学史上一个从始至终没有退出文坛的现役文学家，所以他的死是一个现役文学家的死。为什么鲁迅可以做到这一点？因为他并不是先驱者，他与混沌的历史共同曲折摇摆，始终没有让自己置身于历史之外。而先驱者则在自己的历史使命结束之后退出历史，或者说被历史抛弃，因此无法始终保持"现役"状态。这是一个非常精彩的说明。

如果说鲁迅作为"现役文学家"一直坚持战斗到了他生命的最后一刻，那么，使他获得这种生命能量的时代情绪是什么？那是一种饱和的危机感。我不愿意简单地说这是一种愤怒的情绪，因为它远远大于愤怒。而这样一种饱和的危机感只有在极端状态下才能够形诸文字，留给后世。这也可以解释鲁迅杂文所传达出来的那种激烈的情绪，何以如此激烈。看上去他是针对具体个人而发的那些尖利的批判，其实是穿透那些论战对手，揭示出时代的危机意识。

《野草》在鲁迅所有的作品里面最集中地传递了这种饱和的危机感。这部散文诗集是1924年到1926年他在北京完成的二十三篇作品，最初发表在《语丝》杂志上，后来结集成册。这是一部写得非常精美的作品。不过我这次讲座只能处理《野草》的思想主题，关于这部作品在艺术形式上的精妙之处，留待接下来讲座的老师们导读吧。

迄今为止，中外鲁迅研究的专家给我们留下一些非常重要的启示，很多人认为《野草》表面上看是一部散文诗，实际上这是一部以散文诗的形式呈现出来的哲学著作；日本的木山英雄、丸尾常喜先生对此都有很深入的讨论，中国的王得后、钱理群、汪晖等先生也提供了非常有启发性的思考，我相信这一点已经形成了共识。

《野草》包含了鲁迅在他那个时代所思考的宇宙哲学和人的生命哲学，但是这些哲学命题并不是抽象的，它们鲜活地存在于经验世界之中，它们就是经验本身。我在这里所说的哲学虽然不能简单还原到西方哲学史那个意义上的哲学范畴，不过确实有某种相通之处。鲁迅的《野草》处理的是我们这个民族每一个生命体都面对的那些最基本的问题，这些问题在鲁迅那个时代和我们今天的时代，表面形式固然完全不同，就其核心的内涵来看，却有着高度相通甚至是一致的特征——这些问题是无解的，在终极意义上它没有答案。鲁迅很真实地用没有答案的方式把无解的问题呈现出来，这就是《野草》。

鲁迅一生没有大起大落的人生经历，他的履历非常简单。当然，即使在这么简单的履历中，我们也可以了解，有一些时代的大事件和他个人的小事件对他是有一定影响的。简单地说，他经历了辛亥革命之前清王朝覆灭、科举制度废除、他那一代人要进入新式的铁路学堂学习新知识、要剪掉辫子，最后去留学这样的过程。这个过程对于我们今天的人来说好像很简单，但是对于鲁迅那一代人，用日本明治维新之后福泽谕吉的话说，却是"以一身经二世"的特殊经验，因为剪掉辫子，在那个时代其实相当于自己把自己的头砍掉，重新再来过。这是新生的开始，但是这个新生充满了无数不确定，它并不一定意味着光辉灿烂的前景。鲁迅曾经写过，当他决定不再走旧式的科举道路而是投奔新学的时候，他母亲表现出强烈的悲哀情绪。这个历史瞬间里鲁迅的决断，并不是简单的"投奔光明"之举，而是投身于不确定未来的决心。

接下来一个大的事件是辛亥革命，辛亥革命最初的成功以及后来的袁世凯篡权、二次革命失败、张勋复辟，这一系列的过程鲁迅也是亲历者，尽管是有距离的亲历者，但那是他同时代的大历史。就他个人的经历来讲，比如秋瑾、徐锡麟遇害这一类事情对他的打击，和他在日本留学期间著名的"幻灯事件"，这些对鲁迅个人心情上的刺激，大家都了解，但是不一定能够真切地调动自己的感官去感觉它们。还有另外的一些更为个人化的经验，比如早年的家道中落、祖父下狱和父亲病逝等，使他直接感受世态炎凉的经历。后来他在东京要办《新生》杂志，大家看上去都劲头十足，一切都计划好了，到最后付诸实施的时候，许诺出钱的人溜号了，这个杂志就流产了。这样的事情对鲁迅来说，意味着他直接感知知识群体的不确定性与社会世态炎凉之间的关系，这个经验在后来他写作《野草》的时候，和他的孤独感是直接相关的。

当然还有另外更多的，既是时代也是个人的经验。比如他留学期间被叫回老家和朱安结婚，我们可能只是把这些事情作为一行文字来读，但是对鲁迅来说，这是他个人生命里一个充满复杂情感的事件。还有后来兄弟失和的经历，在鲁迅个人的生命里留下的那些痕迹，如果是普通人，也许它最后就变成了八卦；但是在鲁迅那里，按照同时代人的说法，他是一位天才的文学家，所有这些事情刺激了他敏感的神经之后，构成了他的作品性格形成过程中非常重要的底色。

还有一个和《野草》基本并行，或者说在《野草》创作开始不久发生的事件，就是"三一八惨案"。关于这个事情我不细讲了，同学们在中学课本里应该学过《记念刘和珍君》，这是"三一八惨案"之后鲁迅关于这个惨案一系列论述里浮出水面的一角冰山，其实水面下的冰块远比水面上的要复杂得多。在"三一八惨案"之前，鲁迅就和女师大的校长杨荫榆之间有很多冲突、矛盾，甚至为此把对方发的聘书寄回去，拒绝到女师大做讲师，最后因为学生的强烈要求，鲁迅才去那里任教。而在鲁迅与杨荫榆的冲突背后，有一个更深层次的结构。可以说，鲁迅与杨荫榆的冲突，是20年代初期他在教育部任职期间与当时一些有欧美文化教养的文人群体之间冲突的一个表面化意象。具体说来，杨荫榆背后其实是有一群文人的，他们以《现代评论》周刊作为发声的主要阵地，所以也被称为"现代评论派"。这里面最有代表性的是胡适、陈源（笔名陈西滢）、徐志摩等，他们有留学欧洲和美国的经历，受过自由主义教育，他们中的几个人对鲁迅的指责是非常严厉的，这中间也有很多小的风波，我略去不谈。我给大家念一段鲁迅在《坟》的《题记》里面的说法，就可以知道他当时的处境。他说：

君子之徒曰：你何以不骂杀人不眨眼的军阀呢？斯亦卑怯也已！但我是不想上这些诱杀手段的当的。木皮道人说得好，"几年家软刀子割头不觉死"，我就要专指斥那些自称"无枪阶级"而其实是拿着软刀子的妖魔。

三、"真伪之争"的意义

应该说在鲁迅和左翼文学家展开论战之前，他主要是和"正人君子之徒"就不同的问题展开了针锋相对的论战，而这个论战的核心并不在于这些具体问题本身，而在于这些问题是否是"真问题"。除了现代评论派之外，鲁迅还有许多论争对手，这里就不一一列举了。所有的论争最后都以打空拳的方式结束，看上去都是各说各的，没有接触点；这是因为论战的双方并不在同一个层面上。上述鲁迅对于现代评论派犀利的揭示很有代表性：现代评论派指控鲁迅不敢站出来批判军阀，这指控看上去冠冕堂皇；但是假如鲁迅真的这样做了，他除了被杀掉恐怕不会有其他结局。他认为这些所谓正人君子，是披着冠冕堂皇的外衣，以此遮掩自己谋取私利的个人目的，他们貌似正确的说法乃至攻击，都不过是"软刀子割头"，或者说借刀杀人的伎俩。对此鲁迅一生都没有改变针锋相对的严厉态度。他在临终前关于"一个都不宽恕"的遗言，证明了他对于论战性质的认知：这种论战说到底，不是是非之争，而是真伪之争。

为什么我要在讲座开始时提到李卓吾？李卓吾最不能容忍的就是这一类"正人君子"冠冕堂皇的说辞。他说，我们最需要辨别的是真和伪，如果你是在作伪，那么不管你是什么样的正人君子，你都不配讨论天下之道。因为你嘴上说一套冠冕堂皇的大道理，心里想的是另外一套。举个例子：李卓吾与耿定向失和，一个重要的原因是他寄食于耿氏门下，作为私塾先生教耿家的几个后人。其中耿定向特别看重的儿子克明，虽然数次进京赶考，但是均未高中。耿定向心中不满，嘴上说的却是"吾家子侄好超脱，不肯着实尽平常分内事"，似乎这并非因为克明能力所致，而只是他不想求仕；耿定向同时说，这是由于李卓吾的超脱影响了耿家后代。李卓吾反驳说，你为什么不说实话呢？明明是你急于求成，对克明落第感到遗憾，却硬是说克明不打算及第；事实是他年年去北京赶考，从未轻视功名，只是世间赶考者众多，如何能人人中举呢？不过是时运未至而已，何来超脱之说？至于我本人，我做官从二十九岁到五十三岁，哪里有半点超脱可言！李卓吾对耿定向本人的自我定位也有犀利的批评。他说，你的毛病在于多欲。你把世人贪图高官厚禄之念视为俗念，其实自己也同样贪高位厚禄以求尊显，力求三品二品之官以光宗耀祖。本来这就是你耿定向的真不容已之本心，按说是你的正念，但是你非要掩盖它，把自己的不容已对外说成是继往开来的历史大任，你所谓"我为尧舜君民而出也，吾以先知先觉自任而出也"，这其实只是为了掩盖你真实的欲望，并不是你不容已之真本心。

这里有个值得注意的问题，就是李卓吾并不认为耿定向在私心里求显贵求权势是错误的，他反倒认为假如耿定向直接把它说出来，那么他就是有德的。耿定向的问题在于他的"多欲"：在学术上，他宗孔子却又试图兼通诸圣，以天下大任自居，同时又时刻系念俗世的光宗耀祖；明明是为自己，却偏偏要说别人都是为自己，只有自己是为他人。多欲导致作伪，导致僵化的意识形态被奉为绝对权威。李卓吾本人的生活态度并不放荡纵欲，但是他宁可以极端的方式强调欲望的正当性，借此推出一个尖锐的时代课题：在历史转折时期，旧有的伦理秩序和价值观念都僵化为教条，在这样的历史时刻，拉大旗作虎皮是最危险的，哪怕是貌似高尚的旗号，都有可能是摧残人性的"软刀子"；与此相对，人的本来欲望反倒可能体现时代的要求。不过在此需要甄别的是，李卓吾的命题其实并不是解放欲望，而是反对遮盖不可能消灭的欲望；当那些在意识形态教条看来并不能登大雅之堂的人生欲望被直接表述出来，并且不饰以伦理道德光环的时候，这种直接表现本身就是有德的。换句话说，李卓吾借助于彰显在朱子学被教条化之后最缺少正当性的"人欲"，试图完成他"求真"的思想使命。他的目的并不在于解放欲望，而在于破除被教条化的儒家伦理；

假如说"解放"的话，李卓吾解放的其实是儒家伦理蕴含的生命力。当然，这个使命还需要其后的几代人继续推进，所谓"天下为公"的主题才能呈现出来。不过这个问题已经不在我们现在的讨论范围内了。

言归正传。我们在《野草》里面，同样可以看到这样一个潜在的主题，即"求真"。鲁迅一辈子最主要的著述没有离开过文坛，他在文坛内部讨论包括国民性在内的所有问题，因为只有文坛才最集中地充斥着各种言行不一的正人君子。我们必须了解这样一个最基本的轮廓性前提之后，才能理解鲁迅的那些激烈的论战何以如此激烈，也才能理解鲁迅最耿耿于怀的究竟是那些他所批评的事情本身，还是那些事情所体现出来的"作伪"的问题。

李卓吾曾经说："市井小民，心想其事，口便言其事，此乃真有德之人也。"我们今天看到的也是市井小民，他说我要去赚钱就去赚钱了，他不会心里想着赚钱，嘴上说的是我要干一个崇高的事情。鲁迅相当一部分的论战文字是面对这样的所谓正人君子之流。他说你必须把你心里想的事情说出来，否则我就要"揭露麒麟皮下的马脚"。鲁迅和一些左翼文学家的论战真正的动机也在于此，他在意的是，这些人嘴里说的都是冠冕堂皇的引领时代风气的正确口号，实际上做的却未必是口号里主张的事情。在这样的情况下，哪怕被扣上"保守""圆滑"这样的大帽子，鲁迅也不会与这种左翼文学家同道。鲁迅所执着的问题，我把它归纳为"求真"，对鲁迅而言，他一辈子最重要的工作并不是寻找正确的途径，或者是正确的结论，而是求真辨伪，揭露所有的伪善。

《野草》是1924年到1926年鲁迅为《语丝》写作连载的一系列散文诗。从写作的时间上看，他经常是一天之内会写两篇甚至三篇，所以《野草》的篇幅都很短小，但是极其精炼。《野草》各篇的主题多种多样，初看起来相互之间没有直接的关联，意象也非常复杂。大致说有极其真实的写实篇章，这部分比较少，比如《好的故事》《风筝》《腊叶》《一觉》。这些是相当写实的，虽然并不是自然主义式的摹写，里面都含有虚构成分；有一些作品是在现实与非现实之间自由转换从而转化为哲学命题的，这里面我认为最精彩的一篇是《颓败线的颤动》，这篇散文包含的内容极其丰富，哲学含量非常饱满；还有一些是高度抽象的篇章，其中的意象被高度变形。这部分有几篇很重要也很难读的名篇，我们都会一一讨论到。整体上看二十三篇之间没有直接的关联，所以完全可以单独拿出来讨论。但我还是想把它作为整体的、有机的结构，用不同的视角去照亮这些篇章。当我们把《野草》作为一个整体来阅读的时候，会有一个效果是单篇阅读无法达到的，那就是这些作品相互之间有"互文"的功能，就是说，它们相互之间可以作为注脚，帮助我们深化理解。

我给接下来的三次讲座拟定了三个主题："无地中的死火""在无物之阵中战斗""绝望与希望之外"。这是我对这些作品的基本分类，不过我要强调一点，鲁迅的这些散文诗虽然篇幅短小，但大部分篇章的含义都极其丰富，因此它们不能单纯地被归入某一类，三个主题其实是相互关联的。今天我想给《野草》勾勒一个大致的结构性轮廓，帮助大家接下来进入后面三次讲座的内涵。我打乱了时间的顺序，一共选出来六篇，讨论我们今天讲的这个主题，即鲁迅在他时代里的课题意识，同时讨论《野草》的基本结构。

四、新旧之争的虚假性

第一篇，我想读一下《失掉的好地狱》。

《失掉的好地狱》是鲁迅在《野草》写作中期完成的，写于1925年。《野草》中有很多梦，这也是梦之一。开篇这样写道："我梦见自己躺在床上，在荒寒的野外，地狱的旁边。"在这个梦里他遇到了一个魔鬼，这个魔鬼"美丽，慈悲，遍身有大光辉"，这是一个反常的意象，与我们民间的恶魔想象很不一致。这个魔鬼很悲愤地告诉"我"说，"好的地狱失掉了"，为什么呢？"魔鬼战胜天神，掌握了主宰一切的大威权的时候。他收得天国，收得人间，也收得地狱。他于是亲临地狱，坐在中央，遍身发大光辉，照见一切鬼众。"这是魔鬼曾经建立的"好的地狱"的秩序，其结果是鬼魂们苏醒过来之后开始向人间发出求救信号，于是人类开始对地狱展开攻击，地狱被人类彻底摧毁。

> 当魔鬼们一齐欢呼时，人类的整饬地狱使者已临地狱，坐在中央，用了人类的威严，叱咤一切鬼众。

于是人类掌控了地狱。在人类掌控地狱之前，地狱是什么样子呢？

> 地狱原已废弛得很久了：剑树消却光芒；沸油的边际早不腾涌；大火聚有时不过冒些青烟，远处还萌生曼陀罗花，花极细小，惨白可怜。

这个曼陀罗花的意象，在1931年鲁迅为《野草》所作的英译本序里面也被提到了，鲁迅直接用它象征《野草》本身：

> 所以，这也可以说，大半是废弛的地狱边沿的惨白色小花，当然不会美丽。但这地狱也必须失掉。这是由几个有雄辩和辣手，而当时还未得志的英雄们的脸色和语气所告诉我的。我于是作《失掉的好地狱》。

显而易见，鲁迅对于"好地狱"的描述与我们在常识里不加甄别地建构起来的"万恶的旧社会"是有区别的，它直接传达出鲁迅与当时某些踌躇满志的文坛"英雄"之间的龃龉。地狱不是鲁迅希望的去处，因为它毕竟是地狱；然而它为什么又是"好地狱"呢？显然，这个已经很坏的地方比起更坏的地方来，相对而言还是"好"的。如果说与天堂相对，地狱是最恶的地方，那么，至少可以说，在鲁迅这里，地狱还可以分为几种：尽管都是必须摧毁的，但它们也分为好的和坏的，或者准确地说，比较坏的和更坏的。

那么，坏的地狱是什么样子呢？当人类摧毁了好地狱之后，更恐怖的坏地狱就出现了："曼陀罗花立即焦枯了。""这是人类的成功，是鬼魂的不幸。"人类摧毁了地狱，主宰了地狱，"那威棱且在魔鬼以上"，而且新的主人首先给地狱里的狱卒"牛首阿旁"以最高的薪俸，这就意味着人类雇用了地狱里最凶恶的打手。主宰地狱的结果是："使地狱全体改观，一洗先前颓废的气象。""鬼众一样呻吟，一样宛转，至于都不暇记起失掉的好地狱。"

这个地狱流转图象征着什么？鲁迅没有讲。《鲁迅全集》对这一篇的注释里，援引了鲁迅在写作这篇散文之前一个月写作的《杂语》的第一段话，里面也提到了地狱：

> 称为神的和称为魔的战斗了，并非争夺天国，而在要得地狱的统治权。所以无论谁胜，地狱至今也还照样的地狱。

从《杂语》的结构上看，恐怕很难套用注释的解释，直接把争夺地狱统治权的神和魔归结为军阀，因为其后的所有段落都是在讽刺当时的文坛。再结合思考一下《〈野草〉英文译本序》里鲁迅为自己的这部散文诗集所做的定位——开放在废弛的地狱边沿的惨白色小花，那么显然，鲁迅笔下的地狱固然是他也希望摧毁的旧文坛乃至旧社会，但是并非简单明快地直接象征着与天堂对立的黑暗世界；在鲁迅眼里，文坛新时代的开始，完全有可能是以一个地狱代替另一个地狱，甚至被取代的那个地狱可能还稍好一些。同样是在《杂语》里，鲁迅写了这样一段话：

> 但先前只许"之乎者也"的名公捧角，现在却也准ＡＢＣＤ的"文士"入场了。这时戏子便化为艺术家，对他们点点头。

我们大致可以推测，这是他对"五四运动"退潮之后改头换面的文坛新旧合流的辛辣讽刺，他并不认为新文化造出了文化天堂，它不过在争夺地狱的领导权而已，换句话说，当新文坛变成追名逐利的工具时，它就仍然是地狱。因此，以新、旧作为标准进行区分，判断ABCD一定胜于知乎者也，并没有多少意义。

配合《失掉的好地狱》，我们再来读《野草·题辞》相关的部分。和所有文字集结成册时的写作顺序一样，《野草》里最后一篇写作的作品是这篇《题辞》，所以也可以说，它是在所有的作品写完之后鲁迅做的一个总结。《题辞》里这样说："我自爱我的野草，但我憎恶这以野草作装饰的地面。"怎么去理解这个"地面"？同时他说：

"地火在地下运行，奔突；熔岩一旦喷出，将烧尽一切野草，以及乔木，于是并且无可朽腐。"如果我们把它和《失掉的好地狱》连起来想，那么，这里有几个问题需要慎重对待。第一个问题是，以野草作为装饰的地面，是不是鲁迅所生活的那个至少在话语层面和一部分现实当中摧毁了传统社会的"新"社会？抑或是指的旧势力当道的旧社会？我认为，鲁迅生活在这个所谓新世界的文坛里，他并不满意。因此他憎恶这个以他的野草作为装饰的地面，也就是说他拒绝他的工作被他同时代的文坛，甚至被他同时代的历史拿来做装饰。

第二个问题是，他期待地火的运行，但地火运行的结果将导致熔岩喷发，烧掉地面的一切，也包括他的《野草》。这刚好和《失掉的好地狱》之间有一个呼应关系。《失掉的好地狱》里没有地火，只有人类的降临。现在他认为地火的奔突有朝一日会改变地面的景观，这个地火是什么？如果没有这篇《失掉的好地狱》，我们可以说这个地火就是现代革命力量，按照一直以来的习惯，我们把革命笼统地视为摧毁旧传统旧势力的现代力量，并且认为前近代的农民起义是不彻底的革命，因为结果仍然是建立封建王朝。如果鲁迅这样想象现代革命力量，他就不应该做这篇《失掉的好地狱》。在写作《野草》时期，鲁迅的很多论述里都表达了一个疑虑，就是他并不确定他那个时代的革命力量在哪里；直到后来，鲁迅也并不信任把"无产阶级"之类的招牌挂在嘴上的"革命文学家"，他显然认为真正的革命能量是无言的"地火"，而且革命并不是现代独有的专利；《失掉的好地狱》打破了传统与现代的实体化对立，那么，"地火"要烧掉的也不是笼统的旧传统，换言之，在鲁迅那里，革命并不是一个现代压倒传统的二元对立图式，而是发生在所有时代的现实变革，无论在过去还是现在，革命面对的都首先是当下，因此，历史上同样也一直有地火运行。

接下来更为重要的问题是，"地火"一旦在地下运行奔突，将会导致熔岩喷发，于是将烧毁地面上所有的植物，无论是野草还是乔木；结果是，就连朽腐的可能都不会留给野草。这是鲁迅对于革命的精准把握。无论是传统还是现代，革命的能量积累到一定程度之后，会导致冲突的白热化。在这种历史大转折的时刻，不会给文人的文字留下任何空间。关于这一点，他在写作《题辞》不久前，于1927年4月8日在黄埔军校发表的《革命时代的文学》这篇讲演中有更清楚的说明。鲁迅认为，革命是古已有之的变革，从猴子的时代就存在了；但是无论古今，革命都不借助于文学造势，文学家于革命并没有直接的帮助；不声不响的鹰吃掉吱吱叫喊的雀，不声不响的猫吃掉吱吱叫喊的鼠。大革命来了，需要的是革命人，革命文学倒不急需；而且在大革命席卷一切的时候，是没有人去弄文学的。

所以，地火化作熔岩烧掉的，当然是一切不合理的社会现实，但这不是鲁迅论述的重点。《题辞》重申了黄埔军校那场讲演的核心命题，只是用了更激烈的方式：当革命真的爆发时，其实不需要《野草》，当然也不需要其他的"吱吱叫喊"。在1927年4月12日和15日发生在上海和广州的两次政治事变之后，鲁迅在26日说"去吧，野草，连着我的题辞！"并不仅仅是由于悲愤，而且也是对于将要烧掉地面上一切草木的"地火"的呼唤。

当鲁迅写作《野草》的时候，他并没有试图给他的同时代开药方，这与他一贯认为文学并不能承担革命功能的看法相关。但是他以冷彻的目光看到，他同时代面对的是《失掉的好地狱》这样一个现实；因而在这篇散文诗的最后，魔鬼说："朋友，你在猜疑我了。是的，你是人！我且去寻野兽和恶鬼……。"我们在其他篇章里面看到，有的时候鲁迅把野兽和恶鬼放在能够代表某种真实的哲学位置上，《颓败线的颤动》的后半部分就有这种很强烈的色彩。

接下来我们读《野草》中的《一觉》。

这是一篇很写实的散文诗。《一觉》记录了军阀混战时期，北平遭到轰炸，鲁迅在躲避轰炸的间隙回到他的寓所，编辑那些青年文学家们的文集。值得注意的是这样一些文字："魂灵被风沙打击得粗暴，因为这是人的魂灵，我爱这样的魂灵；我愿意在无形无色的鲜血淋漓的粗暴上接吻。"其实在这里鲁迅做了一个非常重要的颠覆，就是在文坛上什么样的文字是真实的，什么样的文字是虚伪的，而真实的文字往往带来鲜血淋漓的粗暴，有没有心力去拥抱这样的粗暴？谁体现了这样的粗暴？——当时的青年。大家读一下《一觉》，就可以感觉到鲁迅文中这种很特别的氛围。这种氛围，奠定了《野草》的基调。

第三篇是《求乞者》。

这是一篇虽然短小却在字缝里非常有深意的散文。鲁迅用了反复重复的笔法来描述人与人之间高度隔膜、高度猜疑的状态。这一篇的大致场景，是几个路人各自走路，谁跟谁都没关系，这时候刮起风来，到处扬着尘土；"一个孩子向我求乞，也穿着夹衣，也不见得悲戚……近于儿戏"；"一个孩子向我求乞，也穿着夹衣，也不见得悲戚，但是哑的，摊开手，装着手势"；"我不布施，我无布施心，我但居布施者之上，给与烦腻，疑心，憎恶"。读到这里为止，相对来说比较好理解，也就是主人公认为求乞是装的，所以我给你的布施是我讨厌你，我憎恶你。但是接下来，鲁迅进行了角色置换："我想着我将用什么方法求乞"——他自己进入了烦腻对象的状态——"发声，用怎样声调？装哑，用怎样手势？……""我将得不到布施，得不到布施心；我将得到自居于布施之上者的烦腻，疑心，憎恶。"

我们怎么理解这个突然的角色置换？实际上经过这样的置换，所谓的"五四启蒙"这样的幻想被彻底击碎了。鲁迅要呈现的那个真实图景，是在一个所谓的新时代，其实人人都在求乞，人们唯一能够做的就是选择用什么方式求乞。他说"我将用无所为和沉默求乞",也就是说，在鲁迅看来，用其他的方式求乞是作伪，例如那几个孩子；鲁迅说唯一能够表现自己真实状态的，就是无所为和沉默，不过即使这样，"我"仍然无法摆脱求乞的命运。描写推进到这一步，求乞这个行为本身已经不再是具体行为了，其实这是在表现每个人在新的时代里无法自主的状态，以及在那种状态里不得已的挣扎。而这个挣扎的场景，是后面说的这样一种时代气氛：

> 微风起来，四面都是灰土。另外有几个人各自
> 走路。
> 灰土，灰土，……
> ……………
> 灰土……

我们调动自己的感受去体验那样的场景，然后把那个场景转化为一种对某一个历史时期的想象。也许在今天的某些生活场景里，我们会觉得这样的想象离我们并不遥远。当你感觉到人与人之间缺少真诚，只有猜疑和隔膜的时候，当你感受到你的主体无法按照你的意志自我实现的时候，你怎么去确定你个人的挣扎是真实的，而不是虚假的？

第四篇《狗的驳诘》比较容易理解，我就一笔带过。

这是鲁迅对于文坛状态最明快的描述。主人公穿得

很破，于是有一只狗对着他狂吠，主人公就说你是势利眼，狗说我不如人，

> "我惭愧：我终于还不知道分别铜和银；还不知道分别布和绸；还不知道分别官和民；还不知道分别主和奴；还不知道……"

我逃走了。

这篇东西我相信是鲁迅在某一种特殊状态下随手写下来的，它的含量相对来说没有那么重，都在字面上，但是这篇也很重要，因为它揭示了鲁迅对他那个时代的观察。可以说这是整个社会的状况，但是特别在文坛上，应该是最突出的。

第五篇是《聪明人和傻子和奴才》。

我几次在不同的场合，包括在国外上课的时候，都问过学生同一个问题：你们猜一猜，如果要比附的话，鲁迅相当于作品中的谁？很多人都说他是傻子，但是鲁迅绝对不可能是傻子，如果是傻子，他写不出《野草》来。可是鲁迅不在里面吗？如果鲁迅不在里面的话，他就是聪明人。竹内好曾经做过有点牵强的比附，说鲁迅是里面的奴隶，但他不是奴才，他是没有奴才性的奴隶。实际上，如果我们读鲁迅其他相关的文本，可以理解，在一个没有办法自主地寻找个人出路和民族出路的时代，这确实是良知者痛心疾首的处境。但是也许这个比附不

那么有意义，我们可以暂且搁置。

当鲁迅写作《聪明人和傻子和奴才》的时候，他真正要处理的，是他同时代面对的中国向何处去这样的问题。这是一个没有解决方案的问题，用聪明人的办法那就是不解决，最后和强者共谋；用傻子的办法去解决，那就是自寻麻烦；用奴才的办法去解决，可以解决一时，解决不了终生，而且这种解决也是极其表面化的自我欺骗，最后仍然摆脱不掉奴才的地位。对鲁迅来说，这是他所处的时代不可解决的难题，他试图去面对，他用三个分身去面对三种态度，去面对这个时代，然后逼问一个真实：在这样的状态里面，我们怎么选择？我相信鲁迅的答案是无可选择。

无可选择，是不是就像他在《求乞者》里面说的那样，"我将用无所为和沉默求乞……我至少将得到虚无"？换句话说，鲁迅是不是一个犬儒主义者呢？不是。鲁迅并不是犬儒主义者。这就是鲁迅留给我们的一个难题。当我们不愿意用作伪的方式给时代开药方，给文坛开药方，给我们所处的环境开药方的时候，我们唯一的选择是在无可选择之处坚持。鲁迅一生的写作，他的嬉笑怒骂，他的各种各样颠覆常识的比附，最终都指向了这样一个无可选择之处的坚持，这也是我们下一次讲座要讨论的，在无地之处彷徨这样一个意象背后的哲学性思考。

五、鲁迅哲学的生命逻辑

接下来我们还要读一下《颓败线的颤动》。

这篇文章表面看很简单，至少文中"我"的第一个梦和第二个梦的前半部分是非常写实的，但是，写实里面也包含了一种非常抽象的描写，那个描写在第二个梦的后半部分被转化为高度抽象的哲学性表述。这篇东西的含量非常饱满，而且它的难度是超过我们想象的。因为那些被作为常识的感觉方式在这篇作品里被彻底击碎、颠覆和重构。我们一起来读一下。

"我梦见自己在做梦。"这是一个梦中梦，鲁迅笔下的梦通常大有深意，当他说他做梦的时候已经是一种超越现实的情景，而在梦中又做梦的时候，这个梦跟单纯的做梦是不一样的，这是双重之梦。因此，他在暗示我们，这个梦绝不可以用常识去理解。其实我们本来单纯做梦的时候，一般已经没有多少常识了；而在做双重梦的时候，对常识的颠覆就更是非常彻底、非常深刻。所以第一句鲁迅就给了一个暗示，你别拿这个故事当平常事来看。他梦见一个年轻守寡、没有任何谋生手段的妇女，她为了养活年幼的女儿而出卖身体。在这段描写中，有这样的一段话：

> ……东方已经发白。
>
> 然而空中还弥漫地摇动着饥饿，苦痛，惊异，羞

辱，欢欣的波涛……

这是一个不可视的，但强有力的冲击波，这间小小的破屋一下子被充满了。这个冲击波看不到，但是它非常有内容，它把极度贫困、没有谋生手段的底层人那种饱满的感情状态传递出来了。

在第一个梦临近结束的时候，有这样一个描写："空中突然另起了一个很大的波涛，和先前的相撞击，回旋而成旋涡，将一切并我尽行淹没，口鼻都不能呼吸。"我相信读这一篇散文的时候，大家最被吸引的应该是这一段话，这一段话一下子把这个写实的场面提升到了一个非写实的层面。这间小草屋里充满了能把人淹没的不可视的波涛，而且有两股波涛在相互撞击，它的能量使人无法呼吸。这是我们每个人都曾经体验过的梦魇状态，当被梦境彻底淹没的时候，人会因缺氧而窒息，那个感觉真的是很难受的。鲁迅用寥寥数语鲜活地传达出两股波涛造成的做梦人的窒息状态，也暗示我们，这不是一个可以旁观的梦境。

那么，造成梦魇的第二股波涛意味着什么？可以有很多种解释，但是从上下文来看，紧接着这股很强大的波涛后面，是这样一个说法："我呻吟着醒来，窗外满是如银的月色，离天明还很辽远似的。"是什么意思呢？这个年轻的妇女用她唯一的谋生工具，就是她的身体，换来了一顿饭；她的女儿不至于饿死，她自己也可以苟延残喘，但是苦难没有结束。这个苦难没有结束的状态和另外一股很大的波涛恐怕是相连的，而这个很大的波涛和先前的那个弥漫在草棚里属于年轻寡妇的波涛相比更强有力。它是什么？这是社会习惯势力对于人最基本的判断和看法，它体现在下面第二个梦的开头部分。

第二个梦的前半部分又是很写实的，这位妇女衰老了，她的小女儿长大，结婚生子，她有了外孙，本来应该有一个很好的家庭，但是她的女儿、女婿都因为她过去的那段经历而用极其粗暴的方式侮辱她，作品简练地描写了这样的场面。而她的小外孙，用一个有意无意的手势，表现了人际关系中非常阴冷的一面：

> 最小的一个正玩着一片干芦叶，这时便向空中一挥，仿佛一柄钢刀，大声说道：
> "杀！"

接下来，突然画面转成了一个抽象的场景，让我们想起珂勒惠支的版画《牺牲》，但是《牺牲》献出去的是孩子，而在这里，献出去的是母亲本人。但问题是，这不是一篇描写牺牲的作品，有的学者认为这是在描写牺牲，我认为那只是鲁迅在这个论题里提供的表层意象，其实在深层，他在描写宇宙生命哲学的伟大与残酷。

大家注意下面这段话：

那垂老的女人口角正在痉挛，登时一怔，接着便都平静，不多时候，她冷静地，骨立的石像似的站起来了。……

她在深夜中尽走，一直走到无边的荒野；四面都是荒野，头上只有高天，并无一个虫鸟飞过。她赤身露体地，石像似的站在荒野的中央，于一刹那间照见过往的一切……

从第一个梦开始，到第二个梦前半部分，所有的这些过程，这位伟大的母亲重新经历了一遍。

又于一刹那间将一切并合：眷念与决绝，爱抚与复仇，养育与歼除，祝福与咒诅……。

请大家注意，这里使用的都是对立的概念，它们都在这刹那间合并，合并之后发生的是什么情况呢？是人间通行的通俗道德被彻底击碎。如果我们还按照比如说传统伦理的父慈子孝和母亲付出牺牲之后子女回报这样的逻辑来理解这位母亲，那就无效了。因为所有对立的两极在这个瞬间被糅合成了同一个东西。

她于是举两手尽量向天，口唇间漏出人与兽的，非人间所有，所以无词的言语。

在这里，鲁迅哲学的生命逻辑开始得到展示，这是一个大于所有日常生活的道德判断和伦理感受，大于各种价值观的生命状态，它显示了混沌状态下的宇宙能量。我们要去体会，当这个被侮辱的、被损害的母亲最后赤身裸体抛弃了人间的所有价值状态，她开始使用既不是人，又不是兽的、没有词的语言开始发声的时候，可以想象，她发出的声音可能只是叫喊。实际上这个叫喊已经跨越了人类这样一个存在本身，变成了宇宙间生命能量的呼喊。

接下来的几段话都极其精彩：

> 当她说出无词的言语时，她那伟大如石像，然而已经荒废的，颓败的身躯的全面都颤动了。这颤动点点如鱼鳞，每一鳞都起伏如沸水在烈火上；空中也即刻一同振颤，仿佛暴风雨中的荒海的波涛。

我们需要去理解这个不可视空间被填满的充足状态，这个状态叫震撼。我相信我们版画系的同学很难把它画出来，因为你用线条画不出这个被充满了的空间，但是我们必须要尽可能地去感受它，而不是在概念和语词层面去把握它。这样一个被充满的天地之间的状态，是由伟大却已经颓败了的身躯所发出的叫喊引发的。

> 她于是抬起眼睛向着天空，并无词的言语也沉默

尽绝，惟有颤动，辐射若太阳光，使空中的波涛立刻回旋，如遭飓风，汹涌奔腾于无边的荒野。

我梦魇了……

整篇读下来，我们一定要注意这里面一个潜在的逆转。当我们读到第二个梦的前半部分的时候，会觉得有点像祥林嫂，或者其他的鲁迅笔下那些不幸且无助的穷苦女性。确实，这个年轻的寡妇可以归入这一类形象；但是同时，从一开始鲁迅就把她潜在的能量用空中震颤回旋的波涛提示出来，这波涛本身是不可视的，需要动员所有的感觉器官去想象和感受。而这种提示是反常识的，我们常识中所有的能量一般是所谓正能量，比如勇敢、聪明、智慧、牺牲，都是很高大上的。但是在这里，波涛显示的能量是什么？是饥饿、痛苦、羞辱、欢欣，都是极其平凡的，极其日常性的。这是底层人具有的能量，是求生本能所发出的能量。到了作品的后半部分，鲁迅把这种能量转化成了伟大如石像的、屹立于天地之间的存在。一个被侮辱、被损害的女性，本来是社会底层的弱者，鲁迅却揭示出，在她赤身裸体，不仅摈弃了人类所有的价值，而且抛弃了人类语言的时候，她却获得了天地之间的生命能量。这样的一个视野，其实在中国传统文人的论述当中也是一个潜在的线索，因为对于传统的中国士大夫阶层来说，所谓的自我、个体这样的能使自己区别于人群、区别于自然的自我认知方式是没有多少价值的，真正有价值的是集天地之能量于自身，同时这个自身又是极其渺小的状态，它并不因为集天地能量于一体而以宇宙的中心自居。这是李卓吾在《焚书》和《续焚书》里反复申明的主题：人只有幻化成天地自然之间的一个点，他的生命才能得到永恒，而这一个点，承载了天地自然蕴含的公道。

在《颓败线的颤动》里，鲁迅让一个最羸弱的、最没有反抗能力的女性在她受尽了侮辱、摧残，甚至在被她自己的孩子羞辱之后，幻化成了这样一个点：集合起了宇宙的生命能量。我认为这是《野草》的一个非常重要的视角，这个视角显示，鲁迅不再相信，而且正面挑战文坛里正人君子建立的那些价值判断，也彻底摧毁了那些价值判断支撑起来的整个论述框架，甚至在某种意义上，这也是对五四"人的文学"这个命题里暗含的某些缺陷的一个纠正。五四时期"人的文学"，是很重要的一笔文化遗产，对此我们不需要多加论述。在这个时期以及其后的人道主义文学里，被侮辱被损害的弱者不仅是被同情的对象，他们的隐忍与牺牲也成为被赞颂的对象。弱者不得已的牺牲、奉献，被转换为他们的伟大，这种视角是"人的文学"可以达到的境界，但是以"颤动"的方式呈现生命的能量，而且是超乎人类社会的宇宙生命的能量，这一视角恐怕很难在"人的文学"中找到吧。

在这篇散文里，没有使用"尊严"这个词，这个概念是知识分子往往会敏感寻求的一种表述。如果是其他现代作家，很可能会在各种各样的侮辱损害之后去表述这个被侮辱、被损害者的尊严，这是她最后一个堡垒。但是这里没有。作品两次讲到了"饥饿，苦痛，惊异，羞辱，欢欣，于是发抖；害苦，委屈，带累，于是痉挛"，但是没有涉及尊严的问题。这背后的价值判断是一个大于人类，也大于人类观念的宇宙生命的判断，它内在地包含了极大的张力。所以这一篇散文里包含了非常沉重的主题，即鲁迅对于宇宙生命的哲学思考。在这样的哲学思考面前，我们习惯的一些观念和价值就变得苍白了。

还有很多可以继续讨论的篇章，但是我在这里先做一个小的整理。刚才我只选取其中六篇作为例子，这六篇在《野草》里面的定位不全是重要的，只有第五篇和第六篇是比较重要的。但是这六篇作品，我认为它们形成了一个最基本的结构性框架。我希望大家不要认为这个框架是一个边界性的、硬性的规定，实际上所谓结构性的框架是一个网状的、不断流动的关系群，如果我们理解这是一张结构之网的话，刚才的这六篇散文构成了结构之网里面的一些节点。

可以说，其他更重要的篇章是在这样一些节点的基础之上形成的，而这些节点也帮助我们建立进入鲁迅《野草》的感觉准备。这是一种什么样的准备呢？首先我们需要放弃既定的一些价值判断，甚至包括鲁迅是为弱小的、底层的民众代言这样的判断。鲁迅没有那个意思，尽管他描写了被侮辱、被损害的弱者，而且他把自己放进去了，他不认为他可以代表底层的民众。在他把自己放进去的过程中，鲁迅面对他所在的那个时代无解的难题，就是中华民族这样一个充满混乱和内战的共同体究竟要向何处去，没有人能开出药方。

鲁迅也没有试图开药方，他只告诉我们，在这样的混沌状态中，说真话需要比说假话有更强的自制力和更强的面对血腥、面对丑恶的心力。这才是鲁迅。鲁迅在《野草》开篇的《秋夜》里有一句描绘，说"哇的一声，恶鸟飞过"，这个"恶鸟"是什么？有日本学者考证过，"恶鸟"就是猫头鹰，或者是这一类的鸟，它不太讨人喜欢，叫声很难听，而且也很残暴。但是鲁迅不止一次使用了"恶鸟"的意象。比如在《写在〈坟〉后面》，他这么说："但我有时也想就此驱除旁人"——就是发表很阴冷的，带有鬼气和毒气的文章可以把那些善良的、天真的人都吓跑，也可以把正人君子吓跑——"但我有时也想就此驱除旁人，到那时还不唾弃我的，即使是枭蛇鬼怪，也还是我的朋友，这才真是我的朋友。""枭蛇鬼怪"在《两地书》里出现过，在其他的场合出现过，在《野草》的《我的失恋》中也出现了，它们是猫头鹰和赤练蛇。

《我的失恋》是一首打油诗。"爱人赠我百蝶巾；回她什么：猫头鹰。"有人考证过，回给爱人的那些动物和东西其实都是鲁迅的最爱，或者日常需要的东西。第二段给爱人回的是冰糖葫芦，第三段回的是发汗药，因为鲁迅那时候常常需要吃发汗药，这是他的救命药。最后一段："爱人赠我玫瑰花；回她什么：赤练蛇。"当然不是说鲁迅家里养了赤练蛇。他常常用"枭蛇鬼怪"这样的说法在某种程度上自命，说自己其实扮演的是这样的角色。因此在读《野草》的时候，对于年轻的同学们来说最困难的一件事，恐怕是《野草》的基调大部分看上去不但是阴暗的，而且是很残酷的。

其中最残酷的是《墓碣文》，能够有勇气带着感觉读完是要有一定心力的。这样一部著作里面潜在的貌似阴冷的基调，到今天该如何去理解它，如何去解释它，如何去接近它？这是很实际的问题。我们是否有可能传承它？如果传承，要用什么样的方式？

到了民国时期，鲁迅所面对的已经不是明末清初的课题，也不是魏晋时期的课题，所有表面上的意象都必须被转化。最大的区别，就是到了民国之后，文化传统在事实上已经被分解为各种各样的要素，不再是一个被整合起来的明确的知识与思想方案，不再能够通过述而不作的方式加以重造与传承。在这样的情况下，鲁迅与传统之间不是直接的连接，而是用断裂的方式发生的继承，因而这个继承一定是通过转化，通过各种各样意象的变化作为媒介。鲁迅传达出从嵇康、阮籍的时代开始一直到他那个时代，中国知识分子面对的最基本课题，这就是当混沌的历史又到了一个危机饱和阶段的时刻，怎么去发现、把握和表达这个历史的真实危机。但是与清末的知识分子不同的是，以训诂考证之学重新在传统经典中开掘思想可能性的方式已经不再适用，特别是五四之后意识形态上对传统的全面否定，迫使鲁迅那一代人以更为决绝的方式扬弃传统思想，这也是鲁迅与章太炎那一代人的重要差异。

在《野草·题辞》开头部分，鲁迅写了这样一段话："当我沉默着的时候，我觉得充实；我将开口，同时感到空虚。"这段话有各种各样的解释，一个比较平易近人的说法是，写这个《题辞》是在1927年4月26日，当时上海的"四·一二政变"和广州的"四·一五事变"已经发生，鲁迅身边有几位共产党员学生被抓，后来被处刑。他们都是鲁迅最喜欢的优秀学生，他曾经全力营救，但是校方不配合，营救无果。最后鲁迅辞职。在这样的状态下，鲁迅写了这篇《题辞》。因此对于这段话最直接的理解，我们可以把它归结为：在这样一个充满了血腥和暴力的时代，鲁迅觉得说什么都是无力的，因为他说了所有他能说的，做了所有他能做的，也救不回来他的学生。后来这样的状况在他去了上海之后又一次发生，如左联五烈士事件。他不但不能拯救这些他喜爱的年轻作家，自己也不得不出逃避难。说什么呢？无话可说。

如果只在这个层面去理解鲁迅，恐怕我们还很难真正继承鲁迅的思想遗产。上面这些解释是对的，不过鲁迅的沉默包含了更多的内容。如果我们试图把鲁迅放到传统里定位的话，他的这种沉默的时候充实、开口的时候空虚的状态，是在历史上多次出现的状态。比如说，嵇康由于开口被杀，阮籍则不开口，他喝酒，一醉几个月，于是保住了性命。在他们那时候，文人如要书写自己内心的"充实"，只有诉诸诗歌、散文，这是一种文字上的"开口"。嵇康就因为他的《与山巨源绝交书》被杀头。魏晋时期的杀伐之气中这种特定的"沉默"，在鲁迅这里也是存在的，只是，他用了更为睿智的方式。在这个特定的高压状态里，鲁迅做了题为《魏晋风度及文章与药及酒之关系》的讲演，曲折地传递出他对时局的判断，然而却没有被当局抓住把柄，据说台下的特务也被他丰富有趣的历史掌故所吸引，津津有味地变成了听众。

到了晚明，李卓吾也写过几乎相同的话，但是他所说的"沉默"是另外的意思。他说的是，这个世界上真正的思想精华，是没有办法言说的。具体而言就是孔孟的不可言传之妙，就在于"不可容力"；在"不可容力"的地方着力，就得不到真传。这个"不可容力"的意思，就是不能诉诸语言，只可意会，不可言传。后来李卓吾向其他的方向发展，借用佛教的术语来讨论，如只有真空才是人本性的真实状态，而这个真实的状态是不可以用任何观照性的观念去把握和言说的。这也许可以联系到《颓败线的颤动》最后那个"无词的言语"，因为所有的言语在宇宙的生命体中都是无力的。

如果在哲学层面思考，那么可以看到，以"四·一五"这样一个在广州发生的围剿共产党员的具体事件，和鲁迅营救未果这个极其失望的结局为契机，鲁迅道出了一个思想史上的真理，即：沉默的时候你能够感觉到的那种充实状态，是无法用言说来充分传达的。这个说法看似平淡无奇，但是对于思想史研究来说，它意味着对工作伦理的调整：所有的概念在表述思想的时候，都有它的限度，"道昭而不道，言辩而不及"，那些无可言说的精神要素，一定是在语言背后的。思想史研究只有意识到了这一点，才能在自知限度的前提下有效地使用概念，在这种情况下，概念将指向那些无可言说的思想精华，从而转化出可以言说的问题意识——这也正是避免概念宽泛肤浅的真谛所在。

鲁迅常常说空虚，甚至有时候说虚无，但鲁迅既不是虚无主义者，也不是犬儒主义者。《题辞》里第一次使用的"空虚"这个词，实际上是以前面的沉默为参照的；本来沉默和开口是一对概念，但是鲁迅的空虚其实是以沉默为参照的。鲁迅常常讲，对他来说，最好的选择是沉默，为什么呢？因为他知道自己特定的充实状态是没有办法传达的，一旦说出来，别人的理解就走样了，更何况他自己也不自信能够准确地说出来。所以这个空虚，说的是沉默（也就是充实）的必不可免。

需要补充一句：和空虚相对的那个"充实"，并不是说把一个空虚状的心灵填满，而是指鲁迅特有的对于宇宙生命的理解。他可以感知宇宙生命的强大力量，但是没有办法诉诸已有通行的语言和观念传递它。接下来鲁迅又一次使用了"空虚"这个词，但是这次用的是否定的说法："我对于这朽腐有大欢喜，因为我借此知道它还非空虚。"这里不是在讲他的充实状态无法传达，而是说他不空虚，是他对自己生命痕迹的肯定，更准确地说，鲁迅用这样的方式使自己区别于虚无主义者。

我寄希望于搞创作的版画系的同学，把语词没法传达的充实由你们以绘画的方式传达出来。但是有一个前提，就是首先必须使自己充实，而这个充实的过程，是必须搁置已经习惯了的那些价值判断和概念。这个世界能够用概念笼罩的事物是极其有限的，而用概念所处理的那些表象通常可能是似是而非的。鲁迅击碎了这个层面，他直蹈宇宙生命体的本源性真实，这种时候，他只能借助于各种各样的意象来呈现那个真实本身的"无可言说"。

六、鲁迅的反传统

我刚刚讲到，鲁迅是在一个无解的状态里面坚守，他是在一个没有立足之地的空间挣扎着坚持，大家不妨去设想一下这种挣扎。当然这个感觉可能很难用任何手段去传达，但是这正是鲁迅所说的那个充实。这是真正意义上的充实。当人获得这种充实的生命感觉的时候，他才能在地狱的边缘开出那些"惨白的小花"。这是鲁迅的写作，包括《野草》，包括其他作品的一个相通的母题。其实我们在《野草·题辞》里看到了这样的意象："为我自己，为友与仇，人与兽，爱者与不爱者，我希望这野草的死亡与朽腐，火速到来。"鲁迅常常把敌对的两方通过自己联系起来。像《颓败线的颤动》结尾处所提示的那样，对立的两极在他那里是可以合为一体的。他会用同样的行为、同样的话语、同样的态度同时面对他的友和敌。这样的一种行为方式构成了他特殊的写作方式，所以他的写作里才有这些对于好意的拒绝和对于敌意的不肯饶恕。这两者在他那里是同一种行为。

鲁迅的逻辑是：只要我活着，我会给我的爱人一些欣慰，给我的敌人一些不快，但是对我来说，这个活着是唯一的形态，我不需要用两种形态让双方得到其各自应该得到的。大家不要以为这是很简单的一个设定，它包含了非常深刻的含义。必须要把所有的情感方式集中到一个特定的层面上，在这个特定的层面上，"人与兽、友与仇、敌与友"会幻化成同样的东西。《野草》就具有这样的基本特征，如果我们试图区分鲁迅是在跟谁论战，是在保护谁，大概不会有着落。因为论战和保护在他这里是同一种行为。在某种意义上来说，《野草》描绘的，都是二重的梦境所催生出来的哲学层面上发生的事件。

鲁迅是反传统的，这么说没有错。但是如果我们分解传统的话，就知道鲁迅反的是传统里的某一些部分，虽然他是用非常极端的方式向世间宣布他反传统，实际上这是论战里面的说法。鲁迅的反传统，在很大意义上反的是直观意义上加以传承的所谓的官方或者正统的传统，但是他反的不是传统里面那些可以分化出来的具有革命性的部分。其实在这个意义上，也可以说历代的士大夫阶层里都有人反传统，不过他们基本上反的都是传统的教条化。但是鲁迅反对的不仅仅是传统的教条化，这最多只是他反传统的一部分，因为他面对的这个时代的变动是"三千年未有之大变局"，所以他用更激烈的、彻底否定的方式去反传统，作为当时的一种政治态度是可以理解的。

如果我们真的照单全收，说鲁迅是彻底反传统的，所以他与中国的传统没有关系，那么我们就没有办法处理他留给我们的这笔思想遗产中的很多部分，因为他对传统的传承也是非常明显的。至于他自己的说法，"自己背着因袭的重担，肩住了黑暗的闸门，放他们到宽阔光明的地方去"，当然说的是真话，但是他肩起来的闸门本身真的就是传统吗？在《我们现在怎样做父亲》一文里，这个说法出现了两次，这是对于从传统社会直到鲁迅同时代一直存在的父子关系的批判，这个"反传统"有非常具体的上下文。这里面的关键问题，是今天我们说传统的时候，往往把传统理解成一个固定的东西，鲁迅反的是一个实体的传统吗？我更倾向于把鲁迅的思想看成一个多重性的、具有多侧面的结构，当我们说一个人的思想具有结构性的时候，通常我们认为这个人的思想不是一个平面，不是只有一种立场。要给鲁迅规定一个立场是非常困难的，因为他的立场也是立体性的，是多重的。

鲁迅思想的多重性里，确实包含着他反对传统里守旧的要素和对于人性的扼杀，包括对于礼教的批判，等等。但是他为什么在《狂人日记》里让狂人说自己也许无意中吃了妹子的一片肉？鲁迅知道，这样一个传统是没有人可以简单拔着头发让自己脱离开的，所以即使在他反传统的这一面，也是一种内在于传统的反抗，也是一个向内的自我否定运动。在目睹了"五四新文化运动"退潮之后，鲁迅最不能接受的是新文化运动的风云人物在退潮之后坐稳了交椅，一个个都"发达"了，不仅如此，还有人背叛了五四精神。鲁迅意识到一次新文化运动并不可能更新中国的文化，他宣布自己是"中间物"，其实这个"中间"并不是说他离不开传统，说他身上有很多旧东西，鲁迅是在说，当他是历史中的中间物的时候，他才是真实的，是参与到历史过程中的，他不是一个高高在上的在历史之外的启蒙者。

所以我倾向于认为，鲁迅的反传统和他的继承传统是不矛盾的，不但不矛盾，而且是互补的。关键是，我们不要把鲁迅的这两种态度看成是截然对立的，如果人的思想有一个整体结构，那么他思想的每一部分都可以跟另外的部分相互关联，而且相互制约。所以他对于传统的传承和他的反传统是互文的，相互可以证明的。于是我们可以发现，所谓"鲁迅回归传统"的说法，其实是个伪命题。

鲁迅在"五四新文化运动"兴起的时候刻意地与之保持了距离，但是他不反对新文化运动，他其实在新文化运动第一波起来之后才出手援助，出手之后他成了新文化运动的旗手。在这个意义上说，鲁迅始终有他自己的判断标准。实际上，这个世界最重要的不是区分迷信还是科学，因为科学随时可以变成迷信；最重要的在于——你是在求真，还是在作伪。我认为这是鲁迅继承中国传统最精华的部分，就是说，中国传统思想里，在每一个历史时期都有一些最杰出的、有良知的知识分子提出求真和作伪的问题。通常在这样的命题被提出来之后，所有的概念就要被重新打造，但是能够真正有效使用这些概念的人，在每个时代都是非常少的，因为这个事情太费力气，大家习惯使用通行的不经过质疑的观念。但是那样的话，理解往往就是似是而非的。

从《破恶声论》到《狂人日记》再到《野草》，鲁迅并没有经历人生里的几个阶段。《野草》在鲁迅的创作里属于里程碑式的作品，它可以诠释鲁迅其他几大板块的创作，但是不能把《野草》转化成一些观念、范畴去解释，像鲁迅这样很难用生平或者是他本人的说法去解释其作品的作家是很少见的。他自己也说过，《野草》里的写作，是因为那时候不敢说真话，所以不免含糊。后来在不断被围攻之下，有时候不得已，对这个问题做这样的回应，对那个问题做那样的回应，但这些回应都是第二义的。

因此把《野草》作为理解鲁迅的关键文本时，最主要的工作是转化里面的那些感觉方式。我们用《野草》

里的感觉方式去读鲁迅其他文本推进问题的方式，会有非常强的说服力。因为用鲁迅的文本解释他自己的文本的时候，仅仅依靠他的说法是不够的，他是一个不得不在不同状态下做语词游戏的人；但是各种文本里面潜在的一贯性是他的感觉。今天我实际上只能把冰山一角提炼出来，帮助大家颠覆我们读鲁迅的时候很容易误入歧途的那样一些观念。颠覆了那些障碍之后，你会看到，鲁迅的感觉方式是非常特别的。可以说，我们要把自己到目前为止所受的教育里，给我们印象最深的那些观念全部搁置起来，然后才能有效地读鲁迅。

比如说，鲁迅是不是激进主义的？我宁愿不用"激进主义"这个词，因为激进主义背后有一个西方的思想背景，激进通常不仅仅是一种状态，它还是一种立场。我愿意用"偏激"这样的词，偏激更感觉化，更经验化，而且不会跟任何立场和主义捆绑在一起。用"偏激""极端"这样的词来形容鲁迅，是准确的，而他的偏激和极端很特别，有极其饱满的思想史含量。这也是思想史上一个非常有意思的现象，在最严酷的历史转折期，有良知的知识分子往往采取偏激的方式。为什么？当然每一个历史阶段具体的原因都不一样，但是偏激往往可以把问题表面的很多遮蔽、很多有意无意的掩盖打碎，把真实的状态呈现出来。所以思想史上的偏激，与时代的要素结合起来考虑，就具有了特殊的功能。

鲁迅的偏激一直是文坛内部的偏激，如果没有他的论战对象，我们是没有办法理解他的偏激的。而且我们知道鲁迅很多疑，刚刚开始写了《野草》中最初几篇时，发生了一个很著名的事件，鲁迅为此写作了《记"杨树达"君的袭来》，他写了一个精神病的学生去骚扰他的具体过程，鲁迅认为这个学生并不是精神病，而是被论敌派来的，他说这太下作了，为什么用这样的方式来试探我！文章发表后，发现"杨树达"真的是精神病，于是鲁迅立刻发表了一个更正的文章说：我确实搞错了，他确实是精神病，而且我知道这件事情以后心情很复杂，我宁愿他是装的。写得很沉痛，很富于人情味。但是他同时又说，至少自己写的这篇记事还有存在的必要，因为它发露了人与人互相猜疑的真面目。接着鲁迅又以通信的方式写了一篇补充，说自己只是发表一篇更正的文章并不够，还应该把杨树达的朋友写的关于此事的文稿也一并刊登，并表示由自己承担增刊不增价的责任。

这是很典型的一个例子。鲁迅的偏激并不是人格的偏激，他处理事实的时候是坦诚的。鲁迅的偏激针对的是当时人际关系中的大话、谎言、欺骗，以及表面为了公共事务，其实却是为自己谋利等各种各样他所无法忍受的现象，但这一切往往被遮蔽在冠冕堂皇的名义之下；他如果不用极端的方式戳破，而是用正人君子的方式去讨论的话，这些问题没有办法呈现出来。因此，他是偏激的，在偏激意义上理解他的激进，不要在立场上把鲁迅作为一个激进主义者。当然我们不能反过来说世上所有的偏激都是真问题，有大量偏激的伪问题比不偏激的伪问题还要可怕。

至于《故事新编》和鲁迅对传统的点化，这个问题好像不能因为他的素材是传统的，我们就说这是他继承了传统。在《故事新编》中确实包含了鲁迅所继承的那部分传统，比如眉间尺（《铸剑》）这个故事中包含的那种决绝的自我牺牲的状态；像女娲补天，其实那个女娲可以和《颓败线的颤动》最后那部分一起理解。但是这个传统已经不能被回收到那些神话里面去了，因为那些神话的含义全部被鲁迅打碎以后重新建构了，所以他不是祖述一个神话，他是用神话的外衣传达他所体察到的传统和现代共通的问题。

传统与现代，这是鲁迅当年曾经面对的问题，到了今天，我们究竟要怎么去接受它，怎么去把握它，这个问题并非是不言自明的。我相信，这也正是今天我们重读鲁迅的原因所在。

第二讲　无地中的死火

今天是《野草》细读的第二讲。在上一讲，我简单地勾勒了一下鲁迅在中国现代文坛和思想界的定位，那是一个比较粗糙的、轮廓性的简介，这样做的目的，是帮助我们在接下来的三讲当中相对准确地进入鲁迅的论述逻辑。我们要通过鲁迅的作品读鲁迅，而不是通过鲁迅的名句读鲁迅。因为鲁迅有太多脍炙人口的名句，我们在使用这些名句的时候，很容易把它和上下文割裂开来单独地理解。在这种时候通常出现的情况是发生一种置换，用我们的常识去置换鲁迅特定的感觉。鲁迅所有的警句、格言都是在特定的上下文里产生意义的，必须用上下文解释他的那些说法，《野草》的解读也需要严格遵循这个程序。

今天我想跟大家一起阅读鲁迅《野草》里面的几篇散文。

今天这一讲的主题，我借用了鲁迅的两个关键词，合起来叫作"无地中的死火",所以我们这一讲基本的思路,也是把下面这六篇作品中和这个主题相关的那部分要素做相对仔细的阅读,尽可能地在我们理解的过程中把握它的脉络。

这六篇散文是:《雪》《风筝》《立论》《影的告别》《死火》《题辞》。

为了提炼主题,我打破了《野草》的自然写作顺序,不按照发表的时间顺序来读;我设定的阅读顺序,是从相对容易入手的篇章进入,到了最后,把阅读导向比较困难的作品,这样便于大家理解。

一、关于粘连与孤独

我们先来读第一篇,《雪》。它写于1925年1月份,是一篇很美丽的散文诗,如果我们在杭州这样一个属于南国的气候里读它,相信大家会有更切身的感受。

这篇散文描写了两种雪。第一种雪是南国的雪。鲁迅是这样描写的:"江南的雪,可是滋润美艳之至了……雪野中有血红的宝珠山茶,白中隐青的单瓣梅花,深黄的磬口的蜡梅花;雪下面还有冷绿的杂草。"鲁迅真的是一位文学大师,简短的几个句子就把薄薄的润雪之下江南艳丽的色彩传递出来,我们甚至可以感觉到那种明艳润泽的凉意。文中还有一些渲染,增加了明艳雪景中的动感:在这样的情境里面一定会有蜜蜂蝴蝶吧,虽然没有,但是作者好像觉得它们在忙碌地飞着，而且嗡嗡地闹着。

下面一段，他开始描写南国孩子堆雪人的情景，这个描写非常生动："孩子们呵着冻得通红，像紫芽姜一般的小手，七八个一齐来塑雪罗汉。"雪罗汉就是一个大的雪球上面再加上一个小的雪球，就是我们通常说的雪人，但是因为孩子们太小，他们没有办法成功地把这个雪人堆起来，最后大人们出手帮忙。"虽然不过是上小下大的一堆，终于分不清是壶卢还是罗汉；然而很洁白，很明艳，以自身的滋润相粘结，整个地闪闪地生光。孩子们用龙眼核给他做眼珠，又从谁的母亲的脂粉奁中偷得胭脂来涂在嘴唇上。这回确是一个大阿罗汉了。他也就目光灼灼地嘴唇通红地坐在雪地里。"一直读到这里，和通常的散文没有任何区别，这只是一篇优美动人的雪景图。

我们接着往下读："第二天还有几个孩子来访问他；对了他拍手，点头，嘻笑。但他终于独自坐着了。"这个雪人，孩子们跟他见了几次面之后，对他就丧失了开始时的热情，终于弃他而去了。于是这个雪人孤独地坐在雪地里："晴天又来消释他的皮肤，寒夜又使他结一层冰，化作不透明的水晶模样；连续的晴天又使他成为不知道算什么，而嘴上的胭脂也褪尽了。"这一段读完之后，我们开始进入一个陌生的境界。通常的描写应该是雪后晴天，江南滋润的、色彩艳丽的风景，在这样的场景里堆了雪人，孩子们在雪人面前欢笑，这就是一篇完整的，而且很明朗的散文了。但是接下来这一段，却是通常描写雪景的散文不会去描写的，它写的是雪人被遗弃之后逐渐的颓败过程：它渐渐地失掉了自己的轮廓，失掉了自己可以辨认的主体。可是这个描写非常有节制，鲁迅并没有乱发感慨，并没有因此破坏整个行文特有的情调。他只是淡淡地告诉我们，过了几天之后，这个由雪的温润和粘连而结合起来的物体，什么都不是了。

话题一转，下文描写了北方的雪："朔方的雪花。"这时鲁迅生活在北京，所以也可以说他描写的就是北京的雪。作者写道："朔方的雪花在纷飞之后，却永远如粉，如沙，他们决不粘连，撒在屋上，地上，枯草上，就是这样。屋上的雪是早已就有消化了的，因为屋里居人的火的温热。别的，在晴天之下，旋风忽来，便蓬勃地奋飞，在日光中灿灿地生光，如包藏火焰的大雾，旋转而且升腾，弥漫太空，使太空旋转而且升腾地闪烁。"读到这一段大家就要注意，鲁迅关于雪的论述逻辑开始浮现了。

鲁迅描写了江南的明艳的雪之后，给了我们一个关于这个明艳的雪的结局，这个结局并不那么明艳美好。由于江南的雪很温润，水分很大，易于堆雪人，所以它被打造成罗汉之后有一段短暂的生命：零碎的雪花聚在一起变成了一个实体，但是只维持了一两天，就被制造它的人遗忘了。于是它不再保持它当初的那个样子，它只是一个雪堆，失去了区别于其他雪堆的特征。而朔方的雪，在强悍的北国风土之中，由于寒冷和干燥，完全没有粘连在一起的可能，它们是各自为战的，所以没有人用它堆雪人。我补充一句，我生活在北京，我觉得北方的雪同样是可以堆雪人的，因此这个部分的描写，大家不要非常实在地去理解和诠释。鲁迅确实不完全是在写实，他需要把南国的雪和朔方的雪进行对照，因此需要突出两种雪的不同性格：南方的雪，由于它的温润和水分的充足，可以糅合在一起，但是糅合到一起的结局是一个悲剧。北方的雪由于它从一开始就没有办法黏在一起，因此只能各自为战，它孤独地升腾，孤独却自由。

我们沿着这个思路再去重新读一遍鲁迅的这一段文字，相信大家会有非常鲜明的感受。"在晴天之下，旋风忽来，便蓬勃地奋飞"，这是南方的雪人永远做不到的，因为它在被遗弃之后，不可能再恢复堆雪人之前的蓬松状态，它已经永远溃败了。而北方的雪，从一开始就不曾黏合，它"在日光中灿灿地生光，如包藏火焰的大雾，旋转而且升腾，弥漫太空，使太空旋转而且升腾地闪烁"。这是一幅非常有寓意的图画，这个图画告诉我们，当雪作为自由的精灵在太空中弥漫的时候，不仅自己获得了自由，它使太空也产生了旋转而升腾的意象。

接下来是这篇散文的扣题。开篇处曾经提到南国有一些地方的雨永远不知道雪是什么样子的，它没有化成雪，不知道这是一件悲哀的事，还是一件喜庆的事。最后两段又扣了题，作者说："在无边的旷野上，在凛冽的天宇下，闪闪地旋转升腾着的是雨的精魂……是的，那是孤独的雪，是死掉的雨，是雨的精魂。"雪到这里，最后被追踪还原成了雨，雨是什么？雨是活着的雪，因为它没有固定的形状，雪在从天空中飘落的时候，在鲁迅的意境里面，它是那个有能量的、可以变换形状的雨，在死掉之后幻化出来的形态，不过作为雨死掉之后升华的精魂，雪获得了新生，但那只能是"朔方"之国不肯黏在一起的，孤独的，如粉如沙的雪。

二、相关作品中雪的意象

只读这一篇，大家可能觉得稍微有一点难以理解，所以我们需要一些参照性的作品。幸运的是，几乎在同一个年份，鲁迅还写作了两篇小说，收在《彷徨》里，一篇叫《在酒楼上》，另外一篇就是很著名的《孤独者》。里面都有关于雪的描写，我们可以就雪的意象进行对照性阅读。

我们先来看《在酒楼上》。这一篇写于1924年2月，而《雪》写在它之后，是1925年1月写的，可以说写《在酒楼上》的时候，鲁迅虽然把雪的意象明确地分成南国的雪和北国的雪这两种形态，却没有附带着给它们相对的定位。不过在《在酒楼上》这篇故事里已经出现了很明确的两种雪的意象，这是值得关注的。

故事开篇说"我"去S城，我想应该是绍兴。他说"绕道访了我的家乡，就到S城"，在这之前他已经把家从S城搬走了，这是《故乡》里描写的情景。由于家搬走了，他只能住在一个客栈里面，这家客栈没有给他任何乡愁的感觉，他就出门寻找乡愁。

他走到一家开了很多年的酒馆，这个酒馆大致还是原来的样子，但是老板换人了，于是他进去要了一斤酒和一碟小菜，就坐在窗户边。这时候有这样一段描写：

> 我先前也曾眺望过许多回，有时也在雪天里。但现在从惯于北方的眼睛看来，却很值得惊异了：几株老梅竟斗雪开着满树的繁花，仿佛毫不以深冬为意；倒塌的亭子边还有一株山茶树，从暗绿的密叶里显出十几朵红花来，赫赫的在雪中明得如火，愤怒而且傲慢，如蔑视游人的甘心于远行。我这时又忽地想到这里积雪的滋润，着物不去，晶莹有光，不比朔雪的粉一般干，大风一吹，便飞得满空如烟雾。……

在这已经出现了南北之雪的对照，但是南方的雪在这一篇里并没有用来堆雪人，而是说它很容易粘到一个什么物件上并不移开。这里面已经隐藏了很明确的暗喻，南国之雪很容易附着在什么物件上，它就尽力地跟这个物件合为一体。而北国的雪，大风一吹就满空如烟雾，并不简单地附着在任何地方。

在雪的描写之后，叙述者看到了他的老朋友。整个故事描写的是一个在新旧转折时期不得意的小知识分子，他做的每一件事都是出于好意，最后在结果上却不能解决任何现实里的问题，而只是为了满足他自己和对方的一些幻觉。这个故事主人公的经历与"着物不去"的雪之间存在着一种隐喻关系：雪附着在物体上，但是无法与物体合为一体，这种隔膜的感觉通过温润的雪传达出来，有着独特的效果。

我们再来看一下《孤独者》，这一篇写于1925年10月，是在《雪》之后写的。其中没有大量渲染雪，但值得注意的，是南北两地的两种雪发生了交融。

《孤独者》的主题和《在酒楼上》的主题非常相近，只不过《在酒楼上》写的是一个平凡的文人，他要做两件事，却件件落空，最后觉得自己于社会、于别人，甚至于自己都是毫无意义的存在。而《孤独者》的主人公魏连殳，他更具有战斗性。在故事的前半段，他不甘心和已经过时的旧势力同流合污。虽然这旧势力还很强大，但是魏连殳认为它迟早要垮掉，于是打算输入新思想给他的家乡，但处处碰壁，最后导致失业、颓唐、潦倒，身体也开始垮下去。最后为了活下去，只好给当地的一个军阀做幕僚，向他反对的势力低头了。他于是也混上了好日子，但这违背了他自己要倡导新学、救国救民的初衷。由于在经济上得到了优越条件，原来离他而去的人又都回来了；然而他生活得很不快乐，酗酒抽烟，散尽钱财，最后是肉体上的病和心理上的病同时加身，面对唯利是图的社会，只能落寞而死。

《孤独者》里也有一段关于雪的描写。这个故事的中间部分，魏连殳失业了，委托故事的叙述者"我"为他找工作，但是这个"我"也是四处碰壁的不得志的新派人物，处处受到排挤，自身难保，没有办法帮他找到工作。

这是深冬的夜晚，"我"在看雪："下了一天雪，到夜还没有止。屋外一切静寂，静到要听出静的声音来。"这句话我非常喜欢，这是鲁迅特有的一种表现力。

> 我在小小的灯火光中，闭目枯坐，如见雪花片片飘坠，来增补这一望无际的雪堆：故乡也准备过年了，人们忙的很；我自己还是一个儿童，在后园的平坦处和一伙小朋友塑雪罗汉。雪罗汉的眼睛是用两块小炭嵌出来的，颜色很黑，这一闪动，便变了连殳的眼睛。
>
> "我还得活几天！"仍是这样的声音。
>
> "为什么呢？"我无端地这样问，立刻连自己也觉得可笑了。
>
> 这可笑的问题使我清醒，坐直了身子，点起一枝烟卷来；推窗一望，雪果然下得更大了。

窗外的雪是南国的雪，还是北国的雪？叙述者没有说，不过我觉得是北国的雪。但非常有意思的是，在这里叙述者没有强调北国的雪如沙如灰这样一种干燥的颗粒状态，而他唯一的一个形容"如见雪花片片飘坠"，本来不应该是描写北国之雪的，闭目枯坐这样一个姿态，显示了他所见到的片片雪花有可能是承接下文"故乡也准备过年了"这一回忆的道具。它飘落在回忆的思绪里，但又显然是由北国静寂的雪引发的。在这里，北国的雪引发了对南国的雪的记忆，记忆中又一次出现了雪罗汉。不过在这里，雪罗汉变成了魏连殳，结合连殳本人的故事不难看出，《孤独者》中的雪罗汉与大半年之前写作的《雪》中的雪罗汉有异曲同工之妙：这其实又是一个溃败的意象。但是，在《孤独者》中南国的雪与北国的雪并没有发生对照，它们几乎融合了。为什么？是因为这时候叙述者"我"惦念着挣扎中的魏连殳，而魏连殳所在地方的雪，是滋润的、晶莹的和有黏性的。"我"，正想以这样一种南国之雪的特性去帮助魏连殳而不得，这种感情只能表现为一种牵挂。

因此，参照一下《孤独者》就可以感觉到，《雪》中的这个雪罗汉在晴天之后被遗弃，成了不知道是什么之后，鲁迅对它的感情是复杂的。如果我们用一个简单的逻辑推理方式去读《雪》，就会误入歧途。这一篇里面描写的这两种雪，本来都是"雨的精魂"，但是第一种雪，这个温润的、粘连在一起的雪，是鲁迅在目睹了一次次革新的失败之后，在经历了一次次的背叛之后，他想要而不可得的人生和社会的状态。鲁迅没有把这样一种状态归结为人道主义的碰壁，他以一个冷峻的思想者的目光透彻地看到，在当时那样一个历史转换时期，其实生活经验层面上的互助，或者说在经验层面、直观层面上的孤独者们的联合，在很大程度上只是一种幻想，鲁迅做好了不得不孤军奋战的思想准备。而当你孤军奋战的时候，你面对的第一个问题，就是你将如何设定你的立足之地。所以"雪"是引导我们进入无地之地的一个最好的向导。

三、无可选择中的选择

下面我们来读第二篇《风筝》。

《风筝》也是鲁迅的创作，后来他的两个弟弟都证实，文章的前半部分是真实的描写，后半部分是鲁迅创造出来的故事，现实生活里并没有发生过。他说在他的家乡有放风筝的习俗，但主人公"我"是不喜欢放风筝的，因为他认为一个有志向的人不该玩这类无聊的东西。不但他自己不放，而且也禁止他的小弟弟去放风筝。后来周建人也写过回忆文章，说鲁迅确实不喜欢放风筝，而他自己从小就喜欢，不过鲁迅从来没有干涉过他放风筝，只是好像也没有怎么鼓励他放。

这篇《风筝》的故事前半部分是很容易读的，就是一个蛮横的长兄，当他的小弟弟想放风筝的时候不允许他放，不仅不会买给他或者做给他，而且禁止他想这件事。这个小弟弟想自己解决这个问题，于是偷偷地在院子角落一个不惹眼的小屋子里，花费了很多的时日做了一个漂亮的风筝。在这个风筝将近完工的时候，被他的长兄发现了，当时长兄"我"是这样的心理状态："我在破获秘密的满足中，又很愤怒他的瞒了我的眼睛，这样苦心孤诣地来偷做没出息孩子的玩艺。"也就是说，长兄的怒气并不在于小弟弟偷偷做了风筝，而在于这个瞒天过海的行为居然险些成功——虽然我破坏了你做风筝的行动，你没有完成它，所以你没有机会放它；但这并不能让我满足，因为你隐瞒我做到了这个程度，这个蝴蝶风筝连眼睛都有了，我却居然不知道！我作为长兄的权威受到了挑战。于是他用最残酷的方式摧残了这个风筝："我即刻伸手折断了胡蝶的一支翅骨，又将风轮掷在地下，踏扁了。论长幼，论力气，他是都敌不过我的，我当然得到完全的胜利，于是傲然走出，留他绝望地站在小屋里。后来他怎样，我不知道，也没有留心。"

故事写到这里其实还没有多少特别之处，在五四时期的文学创作里比较常见的描写就是在封建家族的制度里面长幼秩序是如何摧残年轻生命幼小的希望，例如这就是巴金作品相当重要的一个主题。问题是鲁迅不是巴金，接下来才是这篇作品真正的主题。

若干年后，主人公"我"学到了很多新的知识，知道儿童的心灵是必须爱护的，于是他想要忏悔。可是问题在于，在他想要忏悔的时候，他和小弟弟都长大成人了，于是他想求得弟弟的原谅。这就是后半部分的描写，我来快速地念一下。

我也知道补过的方法的：送他风筝，赞成他放，劝他放，我和他一同放。我们嚷着，跑着，笑着。——然而他其时已经和我一样，早已有了胡子了。

我也知道还有一个补过的方法的：去讨他的宽恕，等他说，"我可是毫不怪你呵。"那么，我的心一定就轻松了……我们渐渐谈起儿时的旧事来，我便叙述到这一节，自说少年时代的糊涂。"我可是毫不怪你呵。"我想，他要说了，我即刻便受了宽恕，我的心从此也宽松了罢。

"有过这样的事么？"他惊异地笑着说，就像旁听着别人的故事一样。他什么也不记得了。

全然忘却，毫无怨恨，又有什么宽恕之可言呢？无怨的恕，说谎罢了。

小弟弟不说谎，所以没有宽恕他。

突然之间，我们读这篇散文的感觉开始沉痛起来，这个沉痛在于什么？在于这是一个永远没有办法得到宽恕的忏悔，而这个没有办法得到宽恕的忏悔将伴随主人公的一生，使他的心永远沉重。"现在，故乡的春天又在这异地的空中了，既给我久经逝去的儿时的回忆，而一并也带着无可把握的悲哀。我倒不如躲到肃杀的严冬中去罢，——但是，四面又明明是严冬，正给我非常的寒威和冷气。"

这段描写里有一个时空的跨越。南国绍兴的春天已经来了，而北京仍然是寒冬。当主人公回忆到这一段没有办法得到宽恕的忏悔时，他同时生活在两种温度里面。第一种温度是春天没有把握的温暖。什么意思呢？春天来了，应该温暖也来了，但是人心是不是会在那种温暖里面得到解救？这件事情无可把握，这是一种悲凉。

如果春天的温暖并不必然解救人心，那么还不如回到严冬里去。严冬里没有任何其他的可能性，四面是严冬。然而这样的严冬给人的也并不是轻松的、愉快的感觉，没有任何快乐的可能性，只是寒威和冷清。在这里我们碰到了鲁迅作品的一个重要主题，虽然在理解上有一些艰难，但是我们可以通过鲁迅不同角度的描述不断地跟着它一点点往前走：这就是在无可选择之中，人怎么去选择和坚守。《风筝》给我们的这样一种心情，把《雪》给我们的相对来说还温暖一点的心情往前推进了一步，它给了我们一种在寒冬和温暖当中都无法得到解脱的心灵的悲凉；但悲凉也不是可以立足的感觉，"我的心只得沉重着"。这份沉重的特别性在于，由于小弟弟的忘却，卸下重负的路被彻底堵死了。不会有自己之外的另一个人以任何方式（哪怕是仇恨）分享这份沉重，主人公只能自己一个人独自面对它，而且永无解决的可能。

我们继续往前走，可以走到人世间，下面来看一篇很容易读的作品：《立论》。其实我过去读《野草》的时候常常跳过这一篇，因为我觉得这篇好像太简明易懂了。这次在备课的时候我才意识到，《立论》只有放在无地之地这样的语境中，我们才能读出它的沉重。这个故事是个寓言，而且是大家生活经验里都有的寓言。主人公是一个小学生，他请老师教他写作文怎么立论，老师就告诉他，很难。你说真话一定是不讨好的，说假话一定是有违伦理道德的。于是老师举了一个例子。有一家人生了个男孩，大家来祝贺他满月，很多人说了不一定真会实现的祝福的话，所有这些话听上去都很顺耳，但是没有任何根据。只有一个人比较傻，他说了实话，说这孩子将来是要死的，这是真话，因为这孩子别的事不好说，要死这件事百分之百确定无疑。

说假话的人得到了很多好意的回报，可是说真话的人被大家赶走了。于是在结尾处，主人公说我不想说假话，又不想被人赶走，我该怎么办呢？老师说那么你就得这么说：

> 那么，你就说："啊呀！这孩子呵！您瞧！那么……。阿唷！哈哈！Hehe！he，hehehehe！"

也就是说你什么都不要说，有一个嘻嘻哈哈的态度和那个场合里面的气氛一致就可以了。这是《野草》愿意采取的立场吗？显然不是，那么这篇很短的寓言，究竟希望传达什么样的信息呢？

这篇寓言最难读的地方在于，鲁迅是不是认为只要讲真话就是美德？说那个孩子将来是要死的，确实是在讲真话。而在现实中，讲真话往往并不讨好。但如果这就是鲁迅，那么鲁迅相对来说要单纯明快得多，《野草》也就没有那么难于理解了。这个讲孩子将来要死的人相当于《聪明人和傻子和奴才》里面的傻子，鲁迅显然并不那么欣赏这种直奔"真实"的单纯态度。他在《写在〈坟〉后面》里说"我自然不想太欺骗人，但也未尝将心里的话照样说尽，大约只要看得可以交卷就算完"，并不是敷衍之词；鲁迅希望讲的"真话"，绝不是"这孩子将来是要死的"那么简单直观的。简而言之，鲁迅并不认为说刚生下来的孩子将来要死是一件有意义的事情，他要说的真话不是这个层面的真话。因此他在《立论》中强调的，是当我们想要用真话来立论，而这个立论又确实能够有它积极功能的时候，这是很难做到的一件事。这个"很难做到"才是这一篇寓言真实的主题，它并不是提倡我们大家来学那个说真话的人，以后给谁去贺寿的时候说你一定要死的。这么简单的真话，往往并没有价值，说真话这件事，需要胆识与睿智，还需要相应的社会氛围。有些情况下，迫于各种外在压力，甚至需要用讲假话的方式传达真相。鲁迅在很多作品里都写到了讲真话的困难，也包括为了照顾对方的情感和理解力而不得不讲假话的情形；"讲真话"，在鲁迅这里是一个牵扯到很多方面的复杂事情，不过在这篇作品里，问题只集中在一个方面，即在无法说真话的时候，充其量能做到的仅仅是不说假话，尤其是不说阿谀奉承的假话而已。

四、从被打造的形状中突围

接下来我们要读三篇比较难懂的作品。首先是《影的告别》，这一篇我们需要细读。

> 人睡到不知道时候的时候，就会有影来告别，说出那些话——

这是第一段，这一段要下功夫体会的是，人在睡梦当中的那个时间感觉。我们上一次讲座里讲到鲁迅可以在睡梦中做梦，双重的梦，在此，我们可以看到这个双重做梦的修辞用到了时间上。"人睡到不知道时候的时候"，这是什么时候？我们可不要很直观地认为这是睡糊涂了，例如很多人睡糊涂了之后起来的第一句话说："怎么已经上到第二节课了？"鲁迅说的不是这个意思。而且"不知道时候的时候"这个说法在这篇作品里重复出现了两次，可见这个时间设定十分重要。与它相应的还有关于空间的特定的、相应的、同一层面的表述。

"不知道时候的时候"是一种非自然的时间。自然的时间可以计算，一天24小时，一年有多少天，我们用均质的方式是可以计算的，所以我们才知道第一节课什么时候开始。非自然的时间是不均质的，它的区分方式不是累积的，而是浓淡不均的。区隔非自然时间，依靠的是某些特定的契机。我们要在"不知道时候的时候"上课的话，你是不知道什么时候去教室的，因为它已经没有时间刻度了，没有时间刻度的时间是什么时间？是常识世界里不存在的时间。因此当我们从第一句开始跟着作品往前走的时候，我们就进入了一个常识经验所不可企及的时空领域，现在进入的是时间轴，这个时间轴是"不知道时候的时候"。但是为什么没有刻度的时间还是时间呢？因为影子这个"契机"出现了，于是时间发生了区隔。当你睡到了不知道时候的时候，还是有"时候"，这是影子出现的时候，它不是任何时间都可以出现的，必须到了"不知道时候的时候"这个时间，它才会现身。而这个影子由于是在特定的时空层面里才能出现，所以它已经不是自然的影子了。

我们知道，自然的影子是依靠实体的形存在的，因此"形影不离"；而且当没有光源把实体形状投射出来的时候，是没有影子的。在没有光源的时候，可能有形，但是没有影。有影没形，这个想象实在很奇特。可是影子来告别的时候事情更进一步，这个影要脱离这个形，要自己走，而且还不肯消失。影子脱离了形，它应该消失了才对，但是它不肯消失，还说我要告别，我要独立，这是一种非常难以在常识意义上成立的设想。

影子为什么要来告别？它是有理由的。它的理由是"有我所不乐意的在天堂里，我不愿去"。大家注意，它没有说天堂我不愿意去，它说的是，天堂可能不错，但是里面有我讨厌的东西，比如说那些给我写诽谤文章的讨厌文人都在天堂里，所以我不愿意去。

　　有我所不乐意的在天堂里，我不愿去；有我所不乐意的在地狱里，我不愿去；有我所不乐意的在你们将来的黄金世界里，我不愿去。
　　然而你就是我所不乐意的。

前面三个不愿意去的地方，其实都在现实世界之外，天堂、地狱和未来，这都不是现实生活中可以企及的，影子都不愿意去。还剩下了一个空间——现实世界，"然而你就是我所不乐意的"。为什么呢？你是形，你塑造了影子的形状，你规定了影子的边界，因此你是我最不愿意的。大家注意这个说法："朋友，我不想跟随你了，我不愿住。""跟随"这个词本来是一个行走的动词，通常的说法是"不想跟随你走"，但它与"不愿住"而不是"不愿往"相连，其实是说，我不愿意存在于现在这样一个现实的社会空间里。可想而知，跟随着"你"走的话，不外乎去天堂、地狱或者将来的黄金世界，这都是影子不愿去的；剩下的，只有"住"在现实的世界里，而影子说那是他最不乐意的。
　　那么影子要去哪里呢？所有的选择全部被堵死了。

　　我不愿意！
　　呜乎呜乎，我不愿意，我不如彷徨于无地。

因为没有地方可去了，它只能彷徨于无地。像什么？像朔方之雪，如果朔方之雪变成了罗汉，变成了砖头瓦块上的一层白白的装饰的话，那么它就像影子跟随着形一样，就"住"了，它就留在了现世当中。可是朔方之雪升腾在空间，而且这个升腾是不能停止的，不断改换它的位置，升腾在一个太空的状态里面。这也就是鲁迅在某一些篇章中所说的虚无，虚无就是无地，"我不如彷徨于无地"。

接下来这段，影子在设想它可能的选择：

> 我不过一个影，要别你而沉没在黑暗里了。然而黑暗又会吞并我，然而光明又会使我消失。

在这里我们看到了一个很熟悉的鲁迅惯常的修辞，这样一种选择的不可实现，用一个极端的方式推到了我们的面前。影子在选择无可选择的"时刻"和"场所"。如果影子要告别形体的话，不能在阳光下告别，因为一旦告别了影子就不成立了，影子在阳光下要想成为影子，就必须跟着那个形体；换言之，形是什么样，影就得是什么样，这才叫形影不离。但是影子想不跟着这个形，它想如朔方之雪一样飞舞的时候，那么光明不可能是它的选择，它只能沉没在黑暗里。但是一旦沉没在黑暗里，影虽然好像保存了它自己，但是它和黑暗是不可分割的，它和黑暗变成了一体，因此黑暗会吞没它。于是两难出现了，不可以选择黑暗，更不可以选择光明。

　　还有一个暧昧的选择叫明暗之间："然而我不愿彷徨于明暗之间，我不如在黑暗里沉没。"为什么不愿意彷徨在明暗之间呢？接下来影子进行了委婉、曲折的说明："然而我终于彷徨于明暗之间"，只有在半明半暗之间，影子好像还能待一会儿。只是明暗之间这个短暂的时刻是一种过渡状态，它有两种性质：一个是黎明之前的半明半暗，一个是入夜之前的半明半暗。黎明之前的半明半暗是向光明过渡，入夜之前的半明半暗是要进入黑夜。他说："我姑且举灰黑的手装作喝干一杯酒，我将在不知道时候的时候独自远行。"他给一个没有刻度的时间规定了时间，为什么呢？因为这样一个没有刻度的时间只有在一个不存在的空间里才能够找到它的对应，那就是无地之地，在不知道时候的时候彷徨于无地之地，这是一个特定的时空之下的影的归宿，而这个归宿实际上一点都不美妙。

　　接下来影子这样说："倘若黄昏，黑夜自然会来沉没我，否则我要被白天消失，如果现是黎明。"所以这是一个选择上的两难之境，但是影子必须走，他说：

　　　　朋友，时候近了。
　　　　我将向黑暗里彷徨于无地。
　　　　你还想我的赠品。我能献你甚么呢？无已，则仍是黑暗和虚空而已。但是，我愿意只是黑暗，或者会消失于你的白天；我愿意只是虚空，决不占你的心地。

这几句话相比之下比较容易理解，就是说影子要离开形，离开那个打造他的主体，他唯一的选择就是黑暗和虚空，其他的选择都将使他被束缚于那个形所打造的现在之下。

我愿意这样，朋友——

我独自远行，不但没有你，并且再没有别的影在黑暗里。只有我被黑暗沉没，那世界全属于我自己。

这个说法可以有很多种解读，用鲁迅的杂文和散文都可以来解读，比如肩起黑暗的闸门，这黑暗里只有我一个，别人就不必付这个代价，别人去光明的地方，你们就实体过去，不用管你们的影子了，但是我这个影子是不会跟任何实体往前走的。至于这个形到底是什么，也可以有各种各样的附会，或者说我们用鲁迅的杂文来解释他要诀别的那个形到底是什么。

我个人更倾向于用他的《过客》和《秋夜》里面的意象来解释，但是那两篇我放到最后一讲来讨论。简单地说，影子觉得，如果它摆脱了形，就摆脱了所有的误解、诽谤、攻击，同时也摆脱了所有的关切、爱恋和依赖。因此影的这样一个决绝的状态，我觉得《彷徨》的题记所写的四句诗表达得最充分，叫作："寂寞新文苑，平安旧战场。两间馀一卒，荷戟独彷徨。""两间余一卒"，意思是说天地之间剩了一个战士，五四已经退潮，文坛的那些风云人物各自都有了归宿，而旧的战场依然如故，只是现在它太平了，不再有激烈的战斗；可是旧势力并没有被打倒，它依然故我。在这种时候，荷戟的这个小兵卒，也就是鲁迅自己，他彷徨于这样一个天地之间，他甚至没有找到他的敌人。这是他给自己描述的状态，而影的告别，实际上是他在这样一个状态里给自己选择的命运。鲁迅一直有一个很坚定的信念，自己的决定必须是自己主体性的选择，连死亡都是如此。所以在《影的告别》里，鲁迅也正面展示了他给自己选择的这条孤独的、艰难的战斗之路。这就提示了一个基本的事实，鲁迅的战斗绝不是寻常意义上的战斗。用任何现成的"形"去套，都是徒劳的。

如何区别《影的告别》中影在选择去向时不断拓展的变化？影设想了几个不同的选项，而且每一个选项都是不得已的。首先是影不愿意去各种地方，而且也不愿意跟着这个形，于是它没有现成的场所可以选择；影于是决定不如彷徨于无地，这是最初的选择。同时正因为它说"不如"彷徨于无地，用了这个退而求其次的说法，显然暗示这不是最佳选择，只是不得已的选择。然而彷徨于无地总要有一个地方，这个地方在哪儿？无地就是没有地方，可是又必须选择，所以接下来就是影在寻找

"无地之地"了。影设想了几种可能性："要别你而沉没在黑暗里了。然而黑暗又会吞并我,然而光明又会使我消失。"实际上"要别你而沉没在黑暗里了"只是一个过渡句,并不是一个最终的决定,虽然最终它决定只能在黑暗里,因为别的地方不可能容得下影子。

这一段,我认为它的特定含义是,做了"不如彷徨于无地"的决定之后,影在寻找无地之地,最后它没有确定这个无地之地在哪里。如果它确定了,说有一个地方是我可以去的,或者反过来说,我没有地方可去,索性就不走了,这就不叫影的告别;影的告别是无路可走,但是必须走,影要传递的是这样一种非常特殊的情绪。在无路可走的时候,一般人就不走了,或者再找一条路,但影不是这样。最后它选来选去,说我还是去黑暗里吧,我就沉没在黑暗里。然而黑暗对于影而言,并不是立足之地。这是真正的无地之地,影进去了就无从区别自己与黑暗了。

但是这个选择的不得已,却是溢于言表的:既然你决定了沉没在黑暗里,为什么不一开始就沉没在黑暗里,还要在半明半暗的过程中甄别,把各种各样的可能都摆出来,还要说沉入黑暗中去我就没了,我就不是影了?

实际上,沉没在黑暗里的结局,并不是这篇作品的中心命题。中心命题在于无处可去但是必须去,无地可彷徨但是必须彷徨。所以这个影,没有从容的理想选择,跟死火一样,怎么选择都不可能是完美的状态,似乎只不过是两弊相权取其轻;但是即使如此,这个选择本身也并不是作品的核心问题，它是导入那个核心问题的过程。

我们看到了各种各样的选择，最后才知道每一种选择都是不得已的，都是两弊相权取其轻，都不是想要的；最后影选择了黑暗，可是这个黑暗一点都不理想。因为我们知道影进入黑暗一定就是不存在的，可是它说只有黑暗可以让我假装我还在里面。这里面还暗含了一个没有展开的命题，就是影子离开了形体，就不再有确定的轮廓了，没有确定的轮廓，也就意味着它可以与黑暗合成一体。那么，这个"一体化"，究竟意味着影在黑暗中消失了，还是意味着影在黑暗中扩展了？这是一个鲁迅留给我们的思考题。

刚才有同学提出一个问题：既然如此，这几个选项我们是不是可以做一个排序，哪个更好，哪个差一点？实际上鲁迅也做了一个排序，他的排序很简单，是按照存在的长度来排序的，存在最短的是光明，只要影子进入光明，它立刻就没了；存在得相对长一点的是半明半暗，我们知道半明半暗是很短的过程，它只是黑暗和光明之间一个过渡的瞬间。所以影最初是说光明我是不能选的，那么我来选半明半暗吧，可是半明半暗很不靠谱，因为如果后面通向黑暗还好，如果通向光明，这个瞬间就是灭亡前的瞬间。最后它说不如沉没到黑暗里，沉没到黑暗里并不意味着影可以保存自己，这是很重要的。它没有保存自己，而是让自己融入黑暗，但是它希望这个黑暗里不再有其他的影子，因为其他的影子还是形影不离，它要有形。而且进一步说，假如融入黑暗的不仅是这一个影，那么就意味着它们不得不发生重构：黑暗里的影子没有形，这是影非常决绝的选择，也投射出鲁迅决绝的选择。假如还有其他影也做出同样的选择，那么不只一个离开了形获得了独立的影，它们都各自摆脱了形状，成为无形的黑暗本身，鲁迅认为那是不可设想的。两间余一卒，鲁迅并不认为自己有真正的盟友，所以假如还有其他也要融入黑暗的影，那恐怕是伪装的吧。

鲁迅的决绝，在于融入黑暗意味着消解自己的边界。耐人寻味的对比是，在阳光下影也会消失，这种消失与沉没进黑暗的消失有什么区别？最大的区别在于，阳光下影的消失是以它是否脱离形为前提的，换言之，如果影希望保持自我，它需要不离开形，所以阳光下的告别是影的真实消失；但是在黑暗里，形就不再是前提了。有没有形，影都无法辨认，在这种情况下，形失去了控制影的能力。所以，消失在黑暗中的影，在这种情况下才能摆脱形的控制。

进一步讲，黑暗在这也可以理解为一种以黑暗的方式呈现出来的宇宙哲学。至于有形和无形的区别，实际上这不是一个可以独立讨论的问题，因为任何无形的命题、无形的事物，都要通过有形的手段传达，不然它就不存在。在这个意义上说有形、无形只是相对的，实际上在讲这个问题的时候，我是在谈中国哲学从传统上一直承续下来的世界观，中国哲学与西方哲学特别是西方近代哲学一个最大的差异，是不把个体作为宇宙和人类社会的基本单位或者说基本的支撑点。

五四时期的一代人觉得这是最大的问题，但是不把个体作为支撑点，并不意味着中国哲学就是惨无人道的，中国哲学有另外一种对待个体生命的逻辑。这个逻辑打造的理想状态，是使人在"天则"状态里生活，也就是说，人的生活遵循大于人类社会的自然之道；在前近代时期，这个自然之道被视为人的本然状态，一些杰出的知识分子追求把个体生命视为自然之道的集结点，也就是说，与古代的想法不一样的是，天则大于个体生命，却不外在于个体生命。在这种情况下，如同西欧社会那样的把人的内心世界与外在社会生活加以区分、为个体权力和外在规范划定边界的做法是行不通的。

鲁迅笔下的影融入黑暗，在这个自然之道的意义上是意味深长的。应该说这是以具有高度内在紧张的方式呈现出来的"天人合一"状态，鲁迅对此的态度并不单纯。影的融入黑暗，是对《文化偏至论》的深化，而不是对它的否定。鲁迅以这种独特的方式，为中国式的"个人主义"找到了无地之地的落脚点。

五、燃尽于无地之地

《死火》这篇作品也不太好理解，虽然有一些隐喻是我们时常会遇到的，但是这些隐喻形成的描写逻辑，和我们的日常经验有点不一样。现在我们带着《影的告别》的感觉来读这篇《死火》。

> 我梦见自己在冰山间奔驰。
>
> 这是高大的冰山，上接冰天，天上冻云弥漫，片片如鱼鳞模样。山麓有冰树林，枝叶都如松杉。一切冰冷，一切青白。

作品开头给了我们一个没有温度的画面，大家要调动自己的感觉去设想一个彻底冰冷，没有任何火源、没有任何温暖的世界图景。在这样的连云都冻了，连天地、山树都冰冷、清白的世界里，主人公"我"在奔驰，看上去他好像是唯一有温度的生命，陷落在了一个被冰定格了的世界里。但他忽然坠在冰谷中没有办法往前跑了，于是他观察冰谷这个环境。他说，"上下四旁无不冰冷，青白。而一切青白冰上，却有红影无数"，突然出现色彩了。作画的同学可能最喜欢这样的场景变化，一开始只有一种颜色，冰的颜色，清白的、冰冷的，让人觉得寒冷彻骨的那样一种色调，突然之间出现了红色。红色在常识意义上应该是暖的，一旦出现了红，在一个清白的画面上就出现了一块暖色，但是在《死火》里它同样冰冷，这个描写是违反常识的。

"而一切青白冰上，却有红影无数，纠结如珊瑚网。我俯看脚下，有火焰在。"有火焰在，这个火焰一定是跳动的，可以取暖的，但是并非如此，"这是死火"，火可以死，这也是我们日常经验中不会有的感觉。因为火所谓的死亡就是它变成灰，那才叫死，只要火还在烧就是活的，因为火焰会跳动，只有当火变成灰烬的时候，我们才会说这是死火，火的遗骸。这是日常经验给我们的判断。但是鲁迅突然用一个画面把这个跳动的火焰冰冻了，它失去了热度。"有炎炎的形，但毫不摇动，全体冰结，像珊瑚枝。"它是冰一样的火，因此，它是死火。"尖端还有凝固的黑烟，疑这才从火宅中出，所以枯焦。"

这个火宅，按照《鲁迅全集》的注释，是指三界之欲望这样一个使人备受煎熬的人间俗界，佛教认为要摆脱这种三界欲望煎熬之后人的灵魂才会安息，才会有轮回和生生不息的转世。鲁迅在这里定格了仿佛从火宅当中出来的火焰这样的一个瞬间，他不去讨论人间的苦难，而是给我们定格了一个绝对不可能冰冻的跃动着的生命体，把它所有的基本特征都推向了它的反面，这是一种非常极端的描述笔法。

他说："映在冰的四壁，而且互相反映，化成无量数影，使这冰谷，成红珊瑚色。"当火凝聚成了冰冻状态，它仍然还有一个功能：染红了只呈清白颜色的冰的世界。尽管包括这个红色火焰在内，世界同样是冷的，但是它改变了这个世界单一的清白色调。

接下去是"我"这个叙述者的感想，他说：

哈哈！

当我幼小的时候，本就爱看快舰激起的浪花，洪炉喷出的烈焰。不但爱看，还想看清。可惜他们都息息变幻，永无定形。虽然凝视又凝视，总不留下怎样一定的迹象。

这也是一个非常独特的感觉方式，当我们去看那些跃动着的场景和画面的时候，我们确实想捕捉它，想让它停下来。对于一般人来说，烈焰和浪花只有在跃动的时候才是最赏心悦目的，如果浪花和烈焰被定格，它大概不会引起观赏者持久的兴趣。但是"我"说，最喜欢最想做的一件事就是让它定格，这样的一种兴趣背后的冲动是什么呢？

"死的火焰，现在先得到了你了！"——这个冲动实际上是让自己和永无定型、永无停顿的跃动之物结成一个更近距离而且更确实的相互关系。因此，这个"我"用一种反常的非经验、非直观的方式说，我非常想得到一个跃动的物像，而这个物像从来不曾让我亲近它，只有当它定型为死了的、失去生命状态的时候，我才能够亲近它。于是这又给了我们一个悖论，"我"真的是想要死掉的火焰或者是浪花吗？

接着往下读，我们来看"我"是怎么样对待死火的。

"我拾起死火，正要细看，那冷气已使我的指头焦灼。"这是一个非常准确的描述。极度的冰冷同样会让人有焦灼感，和烧焦的感觉是一模一样的。我们通常说一个东西很冷的时候，跟烤火时的感觉正好是对立的两极，那是因为这个冷还没有到极点，而且那个热也还只是比较惬意的状态，冷和热只有在都没到极端的情况下是明确对立的两种感觉。如果到极点的话，极度的冷和极度的热给人皮肤的感觉一样，都是焦灼之感。因此，死火的冷气使"我"焦灼，这是把两个本来对立的意象用"焦灼"这样一个感觉组合到了一起。死火极度的冰冷使它获得了一种能量，它虽然不能燃烧，却拥有在燃烧的时候给人的感觉。

接着描写了"我"没有常识的举动："但是，我还熬着，将他塞入衣袋中间。冰谷四面，登时完全青白。我一面思索着走出冰谷的法子。"原来使整个冰谷染红的能量就是这样一点可以塞在口袋里的死火，当它被塞进口袋，被遮盖住的时候，冰谷恢复了原来的惨白。可是这时候死火活过来了，"我"的体温在不经意之间唤醒了冰冻到了极点的火焰。

于是，"我的身上喷出一缕黑烟，上升如铁线蛇。冰谷四面，又登时满有红焰流动，如大火聚，将我包围"。这回死火活了，这个红焰已经是火的红焰，同时它不再是可以近距离观赏，可以静态触摸的那个红珊瑚了，它变成了像佛教里讲的烤人烈火那样的火炬，把冰谷照亮，而且开始流动。"我低头一看，死火已经燃烧，烧穿了我的衣裳，流在冰地上了。"

"'唉，朋友！你用了你的温热，将我惊醒了。'他说。""我原先被人遗弃在冰谷中"，"遗弃我的早已灭亡，消尽了。我也被冰冻冻得要死。倘使你不给我温热，使我重行烧起，我不久就须灭亡"。这一段字面的意义是他本来是一团烈火，但是他被人遗弃在冰谷之中，遗弃他的是人、兽、魔鬼、天使？不知道，总而言之，遗弃他的已经灭亡了，天地之间就剩下了这团火，但这团火没有办法继续烧下去，而且它被强大的天地之间的冰山封住了，于是它被冰冻得要死。这个火如果不烧的话也要死的，它会被冻死，所以它说："倘使你不给我温热，使我重行烧起，我不久就须灭亡。"这是字面意义。

读了这一段，比较熟悉鲁迅的同学就会想起鲁迅在写《呐喊》之前的状态，而且鲁迅也有相应的文字，在解释他为什么要写《呐喊》的时候，在一个会馆里面抄古碑，实际上那是把自己埋葬起来的一种方式。我们也可以用一个过度诠释的方式，帮助自己去想象鲁迅所说的被人遗弃在冰谷这样一个说法的意象。我们可以理解当鲁迅在绍兴会馆里抄古碑的时候，实际上抄古碑这件事情未必是他真正希望做的事情，但是他认为，这是唯一在那时候他真实可以做的事情。这时候钱玄同来找他，请他出山写小说，于是第一篇小说《狂人日记》就此问世。在某种意义上，也可以说这是"五四新文化运动"带给彷徨之中的鲁迅的一个契机。对旧传统有强烈的不满，但是对于新文化又有自己疑虑的鲁迅，在受到温热之后，重新燃烧起来——可以用这样的意象去理解死火的这一段阐述。死火说，如果我不重新烧起，我不久就须灭亡，也就是说烧起来这个瞬间他摆脱了被冻死的厄运。我们也可以用这样的感觉去想象在写作《狂人日记》的那个时刻鲁迅的感知方式。

"我"开始和活起来的火焰有了这样的对话：

> 你的醒来，使我欢喜。我正在想着走出冰谷的方法；我愿意携带你去，使你永不冰结，永得燃烧。

意思就是说我会继续给你添柴，让你不会熄灭，所以我愿带你出去。但是死火并不认为这冰天冰地之间还有可以让它继续烧下去的柴，它认为只有它自己，因此回答说："那么，我将烧完！"于是"我"觉得这个事情不好办了，把死火带走好像不是一件好事，他说："你的烧完，使我惋惜。我便将你留下，仍在这里罢。"死火回答说："唉唉！那么，我将冻灭了！"留下我也是死路一条，怎么办呢？这时候死火反问道："但你自己，又怎么办呢？""我说过了：我要出这冰谷……"死火说："那我就不如烧完！"在这几句话里我们看到了一个瞬间结盟。

鲁迅是不结盟的，《影的告别》里面的影子也说了，我愿意一个人沉没在黑暗里，这黑暗只属于我一个人，不要再有别的影子。但是在这里，当死火进行选择时，它反而知道，不管它怎么选择，它的结局都是一样的，是烧完，也就是说最后变成灰烬，这是一种死亡；还有不烧完，但是冻死，它不再是火，而变成了红色的冰，这对火来说是另外一种死亡。它知道，无论何种选择对它来说都没有太大的差别，可是这时候它需要找到在这两者之间进行选择的依据，这个依据是——我是不是有同盟军，于是它就问，你呢？你是什么选择？

"我"也有两个选择。第一个选择是挣扎着离开冰谷，另外一个选择就是既然到处都是冰，我就留在这里不动了。但是不动就意味着他也将冻死在这里，于是"我"回答说，我要出去，我要走出这个冰谷。这样，死火立刻做出选择："那我就不如烧完。"

我们看到一个很动人的结盟瞬间，但只是瞬间。死火"如红彗星，并我都出冰谷口外"。尽管作品没有写死火烧完了，但是很显然，在出了冰谷之后，"我"和死火并没有在一起。"有大石车突然驰来，我终于碾死在车轮底下，但我还来得及看见那车坠入冰谷中。"这个大石车据说也是佛教里面的意象，它代表了一种惩戒。"我"给自己选择的这条出路，实际上和死火选择的出路有同等性质，就是说出了冰谷，但是并没有因此获得新生。最后"我"被碾死了，在被碾死的那一刻，看到的景象是大石车掉进了冰谷，这象征着大石车的灭亡。同时"我"的脑袋里闪过的最后一个念头是："哈哈！你们是再也遇不着死火了！"什么意思呢？死火活过来了，烧尽了，这是一团火焰最好的结局，死火不可能再冻死在冰川里了，因此对死火来说这也是它的最佳选择。可是这个最佳选择是一个理想的选择吗？

最后一句话是这篇作品给我们的回答。

　　我得意地笑着说，仿佛就愿意这样似的。

最后一句用了一个不确定的说法，这是非常有意思的结局。什么叫"仿佛"？如果用中学语文课本的常识来解释，看上去好像是这样，但是不确定。当然鲁迅在使用"仿佛"这个词的时候，和我们今天所使用的"仿佛"是有差异的，它在有些情况下表示很确定的意思。不过在这里把"仿佛"这个说法理解为不确定是准确的，因为后面还有一个"似的"。这里是说，冰谷里失掉了死火，死火不会再被冻死了，但是冰谷也不再是红色的冰谷了，这是件好事还是件坏事？其实关于这一点，"我"是不确定的，但是就死火本身来说，当它恢复了火的温热，当它跃出冰谷把自己烧尽的时候，这是一团火所能进行的最自然、最真实的选择。这难道不是鲁迅给自己做的选择吗？尽管他不确定这个选择是不是比留在冰谷里更好，但是他必须这样做，因为只有你跃出冰谷，这个世界才有变化的可能。只是这个变化鲁迅认为不可能由他来造成，所以他安排这个主人公被大石车碾死。

《死火》写了另一种情境下的"影的告别"。影无处可去，最后选择在黑暗中沉没；死火也无处可去，最后选择在跃出冰谷之后烧完。这是另外的一种"彷徨于无地"的意象。

六、解读《题辞》

现在我们来读最后一篇,《野草》成书之后鲁迅写的这篇《题辞》。《题辞》是《野草》的二十三篇作品都发表之后,过了一年才作为序言写的,但它本身就是一篇出色的散文诗。在这一年里,鲁迅经历了从厦门到广州的孤独、寂寞,同时又目睹了时代剧烈变化的过程。在这样的一个过程之后,《野草》结集出版,鲁迅写了这篇《题辞》,我们完全可以把它作为第二十四篇作品来阅读,而且它的难度很大。这一点,我们上一讲已经有所涉及,但是我们还要从头开始。

> 当我沉默着的时候,我觉得充实;我将开口,同时感到空虚。

当我们读了以上五篇作品之后,跟上一次讲座时相比,同学们应该可以有更多的、更细腻的感知。虽然如果用语词来解释,我大概还会重复上次讲座时给大家的分析;但是在我们读了这五篇作品之后,再来理解"当我沉默着的时候,我觉得充实;我将开口,同时感到空虚"这句话的时候,我们知道这个表述有多么沉重。因为我们经历了那个不知道时候的时候，和没有任何落脚之地的无地的空间，经历了雪没有办法附着在任何物体上，只能腾空跃起的体验，体会了死火为了求生而烧尽自己的不得已的选择。当我们在现实中理解一个人想要得到宽恕，但是他永远没有机会放下心灵里沉重负担的那份无奈之时，当我们了解了希望用自己的力量破坏旧世界、建立新世界的战士面对的背叛、欺骗和各种血腥之时，我们就可以理解，那样一种充满了悲哀的空虚之感，同时又不是所谓的虚无主义的虚无，具有怎样的沉重。我们知道沉默时的充实有多么的沉重，而开口时候的空虚又有多么的悲哀。

> 过去的生命已经死亡。我对于这死亡有大欢喜，因为我借此知道它曾经存活。死亡的生命已经朽腐。我对于这朽腐有大欢喜，因为我借此知道它还非空虚。

这里鲁迅讲的完全是他个人的思想经历和情感经历。所谓的"大欢喜"确实用了佛教的术语，并不是说过去的我的那一段生命已经过去了，已经死亡了，因此把它放下了，所以便高兴地进入下一个轮回，不是这个意思。因为有了死亡才有了大欢喜，所以大欢喜不同于一般的欢喜，并不仅仅是高兴的意思，这是一种个人融入宇宙、融入天地的特定感觉。

小我生命的死亡，使得这个生命本身融入了宇宙，它不再以自己那一点形来概括宇宙，而是把自己融入黑暗之中，让自己成为宇宙的一个部分。即使如此，他仍然知道，我的这个生命曾经留下过痕迹，这个痕迹是曾经活过的痕迹。曾经活过这件事情，并不是魏连殳讲的"我还要活，所以我需要一点钱"，并不仅仅是这层意思。其实魏连殳所说的"我还要活下去"这句话背后的深意是，我还想继续用推动新学的方式改变这个世界，我的事情没做完，所以我不能死。但是对鲁迅来说，曾经存活的含义要远远比这层意思深刻。那个曾经存活的意思在很大程度上是见证这个世界在各种各样的真实和谎言当中不断变化的过程，他比我单枪匹马地去改变这个世界，或者说我联合一批人去改变这个世界这样的现实理想要更沉重，也更深刻，同时也更真实。"死亡的生命已经朽腐。我对于这朽腐有大欢喜，因为我借此知道它还非空虚。"这个意思也是一样的。

> 生命的泥委弃在地面上，不生乔木，只生野草，
> 这是我的罪过。

这一段看上去是鲁迅的自谦，他为自己不能培育根深叶茂的乔木而致歉；不过，这里关键的还是第一句，"生命的泥委弃在地面上"。承接上一段关于过去的生命已经死亡、朽腐的说法，我们可以知道野草是由鲁迅过

去的一段生命幻化而成的。而这幻化很艰辛，生命的泥并没有很好地安顿，它只是"委弃"在地面上而已：鲁迅过去生命的窘迫跃然纸上。

接下来的描写是："野草，根本不深，花叶不美，然而吸取露，吸取水，吸取陈死人的血和肉，各各夺取它的生存。当生存时，还是将遭践踏，将遭删刈，直至于死亡而朽腐。"这是一个勇敢的猛士直视残酷现实的时候能够写出的字句。同时，这里也有一个隐喻，陈死人的血和肉，在野草身上转化为新的生命，虽然并不是时髦的耀眼的生命，但是真实地再生了。

接下来："但我坦然，欣然。我将大笑，我将歌唱。"请大家注意，"我坦然，欣然"是我已有的状态，但是"我将大笑，我将歌唱"是还没有发生的状态，我很想大笑，我很想歌唱，我想要做这件事，但是还没有发生。"我自爱我的野草，但我憎恶这以野草作装饰的地面。"这以野草做装饰的地面不仅仅是讲鲁迅所处的民国初年，在军阀混战当中开始转型的社会的动荡，所以把它仅仅解释成"万恶的旧社会"还是比较浅表层面的生硬理解；更深的含义，是以《野草》作为装饰的文坛。《野草》是本书，发行之后就会引起各种各样的评论、理解、曲解、爱护和攻讦，对鲁迅来说，这一切都不是他想要的，因此他憎恶这个以他的作品作为装饰的文坛乃至知识圈。

地火在地下运行，奔突；熔岩一旦喷出，将烧尽一切野草，以及乔木，于是并且无可朽腐。

前面的讲座里我提到过这个问题，就是"地火"到底指的是什么。我认为这个地火所讲的，并不仅仅是新时代的革命能量，而是从过去的旧时代里也一直存在，一直代代相续的变革的能量，地火并没有新旧之分。我们再结合上节课他对《失掉的好地狱》的定义，我觉得这样的理解是有一定根据的。当这样一个真正的变革力量来临的时候，鲁迅认为无论是野草，还是鲜花或者乔木，一切都将荡然无存，一个新的世界会在那时候降临。因此，他说其实我的野草做不做装饰这件事也没有那么重要，因为它早晚要被烧尽，而且当新的力量喷涌而来的时候，其实所有的野草和乔木都不会留下痕迹。

写作这篇题辞的时间是 1927 年 4 月 26 日，那是"四·一二政变"与广州"四·一五事变"之后。在这两次血腥的事件之前，4 月 8 日，鲁迅在黄埔军校发表演讲《革命时代的文学》。这个讲演里最脍炙人口的说法是："一首诗吓不走孙传芳，一炮就把孙传芳轰走了。"所以"地火"在这讲的，是真正的、翻天覆地的、能改变这个社会的能量。而这个能量从哪里来？不会从文人们的口号和文章里来。"但我坦然，欣然。我将大笑，我将歌唱。"尽管如此，我仍然要写作我的《野草》，而且爱我的《野草》，尽管我知道它在历史的长河里微不足道。当地火真的喷发的时候，革命真的要变革这个时代的时候，这些都可能会被扫荡，但是我仍会坦然和欣然。

"天地有如此静穆，我不能大笑而且歌唱。"我想大笑、想歌唱，可是不合时宜，因为这时候天地静穆。关于天地静穆这个说法，鲁迅研究者已经指出，这就是国共决裂之前那个短暂的安静时刻。紧接其后的"天地即不如此静穆，我或者也将不能"，暗示了其后大革命的爆发。这个分析是有道理的。不过我们的重点还是在于怎么去理解鲁迅的"我将大笑，我将歌唱"和"我不能大笑而且歌唱"这一对称的说法。这里我们看到了一个错位性的表达。鲁迅认为他能够在《野草》里呈现的他对时代的观察、理解，以及尽他全部的能力所进行的思想和文学的工作，在大时代里是微不足道的。可是对他来说，由于这是他全部生命的痕迹，他对此可以引以为傲。他可以大笑，他也愿意歌唱，因为他做了他能做的全部，但是想一想在历史的大转折时代，自己的大笑和歌唱有什么样的功能呢？鲁迅觉得，尽管他愿意坦然和欣然地对待自己的作品，但是它实在不能真正让他去大笑和歌唱。

> 我以这一丛野草，在明与暗，生与死，过去与未来之际，献于友与仇，人与兽，爱者与不爱者之前作证。

所以大笑和歌唱对于鲁迅来说，是在那个特定的历史时期没有办法做的事情，而他能够做的仅仅是把这一丛野草献给这样一个大时代。可是这个大时代在鲁迅的笔下并不是抽象的所指，他说的是："这一丛野草，在明与暗，生与死，过去与未来之际，献于友与仇，人与兽，爱者与不爱者之前作证。"所有的事情都和他个人的经历、个人的感觉直接相关，他没有说我要为这个大的时代作证，实际上他把这个大的时代凝缩在了这样一个"在明与暗，生与死，过去与未来之际"的瞬间，而他所面对的，则是"友与仇，人与兽，爱者与不爱者"这样一些完全可以具象化的生命。

作证是鲁迅为自己确定的思想任务。这一点跟他在1927年的两篇讲演《革命时代的文学》《魏晋风度及文章与药及酒之关系》的主题直接相关。鲁迅非常清楚地看到，文化人的事业就在于为时代为历史作证，而这个工作比想象的要艰难得多。历代都有很多文化人"作伪证"，就是说，跟着时代思潮的热点，或者跟着权势者的意志去写作和说话。在很大程度上，这种作伪的方式由于占到了某种先机，可以首先让文化人自己获益。至于这样的工作是否可以记录历史，那是大可怀疑的。鲁迅一生都在与这种作伪的文人论战，对他来说，求真是一个需要勇气和智慧，并且必须忍受孤独和误解的艰难过程。

最后两段是鲁迅的扣题，这个扣题是鲁迅在大的历史转折时期为自己的《野草》做的定位，同时也是他对于当时文坛所表示的态度。他说：

为我自己，为友与仇，人与兽，爱者与不爱者，
我希望这野草的死亡与朽腐，火速到来。

他并不希望《野草》占据现实文坛里的空间，他希望它死
亡，希望它朽腐。鲁迅在很多场合都说自己写的是"速朽的
文章"，他说的是非常真实的，并不是矫情。最著名的证据
就是鲁迅拒绝为自己争取诺贝尔文学奖，他认为其他中国人
也没有资格得这个奖。这并不是鲁迅自轻自贱，或者是鲁迅
的自傲，这是他对于在那个历史阶段里文字工作的一个最有
穿透力的理解，他说千万不要以为我们这些文人做的工作有
多么了不起，我们唯一能做的是证明我们曾经活过，证明我
们曾经活过的方式就是让我的作品死亡、腐朽。

"去罢，野草，连着我的题辞！"这句话是对什么说
的呢？当然一方面是在呼唤烧毁一切的地火，但同时，
也是对以野草做装饰的"地面"说的。鲁迅想要表达的
是，《野草》对我来说，只是我对仇人们的一种报复，对
亲人们的一种回应，但是这种报复和回应，并不是我写
作的最终目的，我的目的只是证明我曾经生存过。曾经
生存过这件事情，是一定伴随着死亡和腐朽的。如果有
这个，就留下我生存过的痕迹，这就足够了，我不希望
别人去利用它。这是《题辞》里暗含着的一个比较难懂
的意思，它是由这句话的特定语气传递出来的。

总结今天我们读的这六篇作品，我希望它们能够传

递出鲁迅特定的感觉方式：在一个现实中无法落实的时空中寻找自己彷徨之所的极限状态。如果我们带着这样的感觉去读《野草》，《野草》里那些看上去难懂和阴暗的部分就会连成一个有序的感觉逻辑，帮助我们去理解创作这些作品时的那个特定的情境和对于那个情境的感觉方式。

一个连带的问题是，我们为什么到今天还要读《野草》？我们为什么要在历史上寻找思想家？这是因为，思想家能够打翻我们用日常经验或者通行的意识形态建立起来的常识，告诉我们它们是多么虚假。我们读《野草》，不是为了让大家都变成鲁迅，鲁迅只有一个；可是这个思路我们可以慢慢拓展。如果你们不选择《野草》，也许可以躲开一些问题，但是选择了《野草》，我们就要学习鲁迅的诚实，去真实地面对它，因为《野草》里给我们的绝不仅仅是一些语词，一些表述，一些经典的描写。它背后的逻辑，也不仅仅是一种残酷的自我解剖，孤独的、绝望的战斗。

《野草》确实用诗的形式揭示了中国哲学里一直延续的深刻命题，这个命题就是今天我们的讨论之后推进到的基本课题意识：个体的生命如何用真实的方式融入历史当中。这个历史可以是一个大起大落的转折时期，也可以是一个非常平淡的时期，但是这个课题不会因为这些变化而变化。

最后一篇写作的《题辞》，从一开始就把野草落实到了死亡和腐朽上，这是非常值得关注的一个点。这个死亡和腐朽是能够打破所谓的虚无主义的一剂良药。所以有一些优秀的鲁迅研究著作都有一个看法，认为鲁迅实际上在很年轻的时候，就已经解决了他的死亡问题，也就是说，他已经对死亡有了透彻的思考。剩下的是他走向死亡的时间，他只是利用这个时间使用他的生命而已。因此他把自己的第一本文集命名为《坟》，这是他对死亡的一种非常独特的理解。尽管他在《野草》里相当频繁地使用了佛教术语，但是鲁迅对死亡的理解与佛教对死亡和轮回的感觉方式是截然不同的。

关于鲁迅如何感受死亡，这是个非常重要的问题。鲁迅有一些作品，看上去写得有点阴暗，甚至有点颓唐；但是在他最颓唐的写作当中，我们感受到的都是力量。不过这些力量不那么通俗易懂，它们是一种张力，彼此之间也存在着抗衡制约的关系；这就意味着要搁置我们的常识去读鲁迅。当我们说鲁迅是不是觉得虚无，他是不是绝望，是不是在反抗，涉及这些概念的时候，一定要搁置我们的常识，然后这些概念才会承载起鲁迅的生命。谈到鲁迅对死亡的自觉，我们也得搁置常识，因为我们常人对死亡的感觉就是生命要终止了，我们希望这一天尽可能地晚一点，虽然知道这一天迟早要来。但这不是鲁迅对死亡的感知方式。

对鲁迅来说，他对死亡的感觉，是与早年经历的一次次挫败相关的。这个挫败并不意味着死亡，而意味着他找不到任何可靠的真实的出路。人在感觉不到出路的时候，那种感受其实是死亡的感受，死亡就是没有任何可能性改变，不可能改变你最不想要的现时状况。这是一个从死亡这个经验事实里延伸出来的理解。因为在狭义上，死亡通常就是肉体停止了生命体征。在狭义的死亡来到之前，实际上鲁迅并不想死亡。不想死亡并不是贪生，而是他觉得他需要使用他的生命。今天我们谈到，早年鲁迅就对死亡有他自己的理解，实际上不是谈狭义上的鲁迅对肉体死亡的心理准备，尽管在表面上看他确实漠视死亡，不害怕死亡，但是鲁迅从来没有求过死，所以他不在这个意义上对死亡产生自觉。他是以与死神赛跑的心情急匆匆地活着。他知道人的生命有限，而且他知道在有限的生命里，他所能做的事情恰恰是他不能把握的事情，比如说他在《死火》里面所暗示的那个没有把握的选择。但是他必须这样做，所以他全力以赴地投入。

同学们可能会觉得，为什么要跟死亡扯在一起呢？因为如果不跟死亡扯在一起，就不会有《野草》里面关于希望的这篇作品。关于希望，现在的鲁迅研究已经形成了基本共识，"绝望之为虚妄，正与希望相同"，希望和绝望在不可靠的意义上是一回事。希望和绝望要是一回事的话，对鲁迅来说，他怎么去感知世界？既然都是虚妄，他选择什么呢？我们只能说鲁迅选择的哲学范畴、人生价值或者说人生意义，就是我们刚刚读过的死亡与朽腐。人只有选择了死亡之后才会大于希望和绝望，为了理解鲁迅对于希望与绝望的态度，我们要有这样的认知。当人选择了死亡，当他明确地知道他是在走向坟墓的时候，希望和绝望对他来说，意义就不是本源性的，但是同样有意义。鲁迅不断地希望，不断地绝望，但是希望和绝望都不是他的立足点，所以他一辈子没有一分钟是犬儒主义。那么他的支点在哪里？他的支点是他对死亡的哲学性理解。

在这样的前提下，我们去理解无地之中的彷徨、没有时间刻度的瞬间这样一些基本的感觉单位，才能知道为什么孤独、寂寞这样一些被常识认为人很难忍受的状态，却被鲁迅认为是战士最应有的状态。因为只有在绝对的孤独状态之下，无地之地和不知道时候的时候才可能呈现。而只有在这样的时空里，影子才能摆脱塑造它边界的形状，也就是说影子摆脱的形，其实就是它原来曾经获取的形态。影离开了形还有形吗？没有形来规定自己边界的影，它会是什么样的形状？它是否根本就没有形状？还是形状不再重要？而没有边界的影，是否就是黑暗本身？这是鲁迅给我们留下的一道哲学作业，这是值得我们大家来思考的。一个摆脱了形的影，作为战士将如何奋斗，如何战斗？这是下一节我们将要讨论的问题。

第三讲　在无物之阵中战斗

今天在进入正题之前，我想先跟大家聊几句跑题的话。上两次的讲座之后，同学们给我提了一些问题，我们做了有限的讨论。我有一个建议，就是大家在阅读鲁迅的时候，恐怕需要注意调整自己的阅读方式，思考一下怎样获得认识论的自觉，这是一个需要事先用心的小程序。

通常大家在读名著，尤其是读那些有难度的名著时，事前对自己用什么方式去阅读这件事恐怕不太用心去想。因此像鲁迅这样难读的思想家，像《野草》这样艺术性很高的作品，我们很容易用没有经过反思的认识论回收它。回收的结果，就是我们可能无意识地依靠自己的认识方式，把鲁迅重新打造成一个有勇无谋的战士，抑或悲观厌世的哲学家，或者是其他类型的哲人。其实鲁迅同时代人里，就有人说他是很世故的老人，也许今天仍然还有人同意这样的说法。

一、鲁迅的难读之处

我要强调的是，鲁迅难读的地方在哪里呢？在于鲁迅的思想是一个立体的结构，我们目前读的《野草》，只是这个立体结构里一个重要的环节，或者说，它是这个立体结构里最基础也是最核心的部分。鲁迅一生有大量的著述，包括学术论文、杂文、散文、虚构的创作等，如果把鲁迅所有的作品统合起来看，我们会发现，鲁迅思想这个立体结构有多个侧面，而多个侧面的关系并不是彼此隔绝的。所以我们可以读到鲁迅杂文里一些非常明快、非常坚决的战斗檄文，在这点上，它和同时代那些富于战斗性的知识分子的写作方式没有太大的区别。比如在鲁迅悼念左联五烈士那些著名的文章里，可以看到他对年轻的左翼作家的爱护和珍惜之情，以及对于他们惨遭屠杀的愤怒。这类文章在鲁迅的写作中也占有相当的比例。

这些部分，我们用通常的经验都可以理解。但是鲁迅还有另外一些很难解的部分，是我们用通常的直观经验无法企及的。现在我们锁定了《野草》，《野草》是鲁迅著述里最难读的部分，因为它和我们通常的直观经验是有所龃龉的，如果我们只有直观经验，就读不懂《野草》。事实上，《野草》也是世界鲁迅研究界公认的最难读的作品之一。接下来的问题是，我们这次讲座是在讨论《野草》，是在试图理解《野草》的生命哲学里甚至看上去有一些阴暗的部分，是不是因此我们就可以说这是鲁迅文学乃至鲁迅思想的基调，或者说我们只能从这样一个部分进入鲁迅？

可能有同学意识到，老师要自相矛盾了，因为刚刚我说我认为《野草》是理解鲁迅的基础，现在又提出这样一些问题，说如果我们仅仅从这样一个基调去理解鲁迅，觉得鲁迅就是很阴暗的；何况鲁迅自己也反复地说，我害怕我的阴暗毒害了青年。是不是我们就该把他的作品基调定义为阴暗？于是这个问题变得有点麻烦，这个麻烦直接挑战我们的认识论。这两次课同学们提出来的疑问，归纳起来有一个相近的认识论基础，就是你们要求一些确定的看法。鲁迅如果是孤独的，你们就希望沿着孤独这条线去建立一个鲁迅意象，而他不但和年轻人之间有非常亲密的关系，而且和同代人之间也有很多合作这件事情，你们就会觉得没有办法处理，因为已经确定了他是孤独的。如果说鲁迅是阴暗的，那么他那些很温暖的作品是否意味着他抛弃了阴暗，开始转为温暖？如果不这么理解，就好像没有办法处理这些看似矛盾的部分。

但是鲁迅这个人物最有魅力的地方，就在于在他身上阴暗和明亮、悲哀和快乐是糅合在一起的。因此，他的战斗方式必须和我们今天要讨论的《野草》部分作品里的战斗姿态结合起来，我们才能理解他的檄文所指向的方向。实际上任何一个思想人物都不是四分五裂的，我们不可以用自己的常识把一个思想家、文学家割裂成几个部分，这是在知识感觉和情感结构上必须注意的问题，所有的人都是一个有机的整体。当一个战士能够写明亮的檄文，同时又写出《野草》里《墓碣文》这样非常沉重的文章的时候，我们就知道他的明亮和一般的明亮不同。这是我要给大家说的题外话。因此，我们在《野草》这个讲座里讨论的，是鲁迅一生著述中最沉重难解的部分，可是这个部分和他那些简明易懂的战斗檄文或者说很温暖、很温情的文字之间并不是相互隔绝的。我们用《野草》去读他的另外一些侧面时，就会在那个侧面里看到另外一些含义，这个含义不一定直接呈现为所谓的悲哀、阴暗或者像我们昨天讨论的那种在无地之地彷徨的危机饱和状态。但是这种危机饱和的状态会帮助我们理解鲁迅其他写作的侧面，包括他充满温情的侧面。

今天我们讲第三讲。上一讲结束的时候，我有一个提示：这样一位在无地之地坚持，在没有时间刻度的时间里面出发的人物，他作为战士该如何战斗？这就是今天的主题。我们也要读五篇作品，从比较简单的文本入手，渐渐深入比较难懂的文本，来讨论鲁迅作为一个战士是如何战斗的。

这五篇作品依次是：《聪明人和傻子和奴才》《死后》《这样的战士》《淡淡的血痕中》《墓碣文》。

二、什么样的抗争才有意义

我们来读第一篇《聪明人和傻子和奴才》。这个故事上一讲大致涉及过，我们不需要再谈情节。我想抓住几个细节和大家一起体会一下。奴才在这个故事里不停地诉苦，他曾经向聪明人、傻子诉苦，得到的是两种不同的回应。我们看到聪明人在回应的时候是很动感情的，是真是假姑且不论。作品是这样描写的："这实在令人同情"，聪明人也惨然说，然后"聪明人叹息着，眼圈有些发红，似乎要下泪"。最后说："我想，你总会好起来的……。"这是我们比较常见的人道主义的态度，我们不能说这个聪明人一定是在敷衍，或者是要心机，甚至是在表演，他也可能在真实地同情这个奴才，但是他知道他自己做不了任何事。所以他也可能在真诚地祝愿奴才会好起来。聪明人的特点是他不采取任何行动，但是他愿意付出同情，重要的是，这同情对他自己没有任何损害。

接下来是傻子出场。傻子只想解决问题，为此他不计后果。傻子要给奴才改善他的居住环境，但是他没有考虑到他想要帮助的对象是一个奴才，并不是一个想要造反的英雄，所以他帮错了人、帮错了地方。于是奴才把他赶走了，赶走之后，奴才暂时受到了主人的表扬，很多人祝贺他，聪明人也来了，于是聪明人得到了感谢。奴才说："你先前说我总会好起来，实在是有先见之明……。"聪明人也代为高兴似的回答他："可不是么……。"我不知道大家读下来是什么感觉，在这里我们看到真实的问题是，奴才受到他的主人极度的剥削和压榨，自己没有力量去改变这个现实，因此，他保持心理平衡的方式就是不断诉苦；但是他并不相信任何外力可以改变他的处境，一旦有人要用实际行动帮他，他的第一反应却是把那个人赶走，保住他奴才的位置，这是现实的困境。可是这个现实的困境，对聪明人来说，却是他不断获得人道主义美名的绝好契机。虽然鲁迅没有这样说，但是整个故事的逻辑是向着这个方向的，聪明人没有表现出他是一个居心叵测的坏人，没有表现出他是主人的同谋，但他确实是一个很聪明地知道自己做什么都无效，因此什么都不做的人道主义者。

鲁迅给我们揭示了一个非常残酷的真实图景：当我们作为人道主义者，聪明地去给那些无法改善自己生存条件的穷苦人一些安慰的时候，我们其实是在帮倒忙，是在强化剥削与被剥削的社会结构。由于这种安慰，就使得这样的社会结构像注入了润滑剂一样，它可以在情感的滋润下更有效地维持自身不断的再生产。这样一篇寓言，背后隐含了对肤浅的人道主义的尖锐批判，同时它还有一个更沉重的主题，那就是傻子所做的这件事情不但于事无补，反过来正因为傻子做了这件事情，才使得聪明人作为聪明人得到了很高的评价。如果傻子不来砸这堵墙，聪明人的预言就不会得到实现，因此，傻子在事实上做了一件什么事？它的后果到底是什么？这是我们要思考的问题。

鲁迅给我们描述了这样一个无法破解的连环套，它的背后隐含了鲁迅对于战士如何去战斗这个艰难课题的思考。我们通常觉得，只要动机是好的，我们要改变这个世界一切不公正的现象，那么只要去战斗就好了。哪怕为此献身或者失败，也是值得的，因为总会有人记住我们，总会有前赴后继的人来不断改变这样不公正、不合理的社会。实际上这确实是对于每个热血青年都极其富有魅力的想法。假如我们这个社会里连傻子都没有，全都充斥着奴才与聪明人，那才真正是悲哀的。但是如果只有傻子，也无法改变社会状况。因此，我们同时需要思考，究竟什么样的战斗，才不会使傻子陷入这样一个圈套里。换句话说，战斗需要的不只是勇气，真正的战斗需要的首先是头脑。

鲁迅在写作这篇寓言的时候，并没有看到中国社会出现有希望的革命的可能性，他看到的是一次次战乱所带来的社会凋敝和破坏。但是鲁迅并不愿意因此成为一个聪明人，换句话说，他并不认为这个世界没有任何革命和改革就可以自动地变好。因此在这样的情况下，鲁迅写作的这篇寓言，给我们提示了对于革命本身进行思考、对于各种意义上的抗争进行思考的必要性。我引用一点鲁迅的杂文作为参考。1925年发生了"五卅事件"，在上海发生了血腥的大屠杀。1925年6月，就是"五卅惨案"发生的第二个月，北京天安门广场举行了大型的群众集会，抗议刽子手，声援、祭奠惨案的牺牲者。在那次抗议活动中，有一些激愤的人，当场切断手指头写血书，这是在整个民国战乱时期常常出现的状态。

鲁迅对这件事情是有保留的。在人们的政治热情面前，他不能正面说你不必这样做，但是他显然认为，这个做法无助于达成政治目标，因此并不可取。他在杂文《忽然想到》里写了这样一段话："又是砍下指头，又是当场晕倒。断指是极小部分的自杀，晕倒是极暂时的死亡。我希望这样的教育不普及；从此以后，不再有这样的现象。"1926年"三一八惨案"发生之后，鲁迅写下了很类似的文字，他说：青年学生不要这么轻易地上街去请愿，希望以后不再有这样的请愿行动。他有一句很著名的说法："血的应用，正如金钱，吝啬固然是不行的，浪费也大大的失算。"在这样的论述当中，蕴含了鲁迅什么样的洞察力？这个洞察力就是他在《聪明人和傻子和奴才》这篇寓言里给我们提供的这样一个结构：傻子在事实上形成了和奴才、聪明人共谋的关系。他越是作为，就越是强化了奴才的奴才地位，也越是让聪明人显得聪明。显然，在这样的结构当中，傻子确实是名副其实的"傻子"：他的抗争起到的作用，与他的预设正好是相反的。这种"直奔主题"的行动方式，在社会发生变革的时候很容易见到，而这种方式却因为无法识破假象背后的真实状况，往往被敌人以最坏的方式加以利用。

傻子的行动不可取，但是傻子的精神很可贵。我们可以在鲁迅很多篇杂文里看到他对"傻子"的珍惜。在他呼吁学生不要再像"三一八"时那样轻易上街请愿的同时，也写作杂文痛心地指出，死者尸骨未寒，人们却已经忘记了。把鲁迅反对学生轻易牺牲与他痛斥漠视学生牺牲的社会氛围这两种态度结合在一起，我们才能领会鲁迅的政治智慧。

有一篇散文叫作《我要骗人》，这是鲁迅的代表作之一，写于30年代，最初是应日本改造社社长之约用日文写作的，后来由他自己译成了中文。《我要骗人》写鲁迅去电影院看电影时遇到小学生募捐：水灾淹了一个地方的灾民，他们为灾民募捐，而募集到的钱会交给水利局的官员。鲁迅很清楚，自己付的一块钱，还不够水利局官员买一天的烟，但是他仍然给了孩子钱，因为他不忍看到孩子失望的表情。当他看到孩子满意的笑脸之后，却一天都不舒服，因为自己捐钱其实是违心地"骗"了孩子，让孩子陷入了"傻子"的困局。鲁迅写道："女孩子的满足的表情的相貌，又在眼前出现，自己觉得做了好事情了，但心情又立刻不舒服起来，好像嚼了肥皂或者什么一样。"但是，因此拒绝孩子的募捐，心情会舒服吗？鲁迅却不可能做到："可悲的是我们不能互相忘却。而我，却愈加恣意地骗起人来了。"

鲁迅在他身边的学生身上看到的热情与正义感，更让他为年轻人轻易的牺牲感到痛惜。一方面他写文章痛斥刽子手，另一方面他又极力地劝阻年轻人不要鲁莽行事。可是，不鲁莽行事，也并不意味着犬儒主义，鲁迅并不止于用违心地"骗人"的方式去温暖年轻人，他还有更进一步的指点。

鲁迅在《忽然想到》中谈到，年轻学生在国难当头的时候上街呼吁"同胞觉醒"，但是只是"同胞同胞"地叫并不解决问题。"要中国好起来，还得做别样的工作。……学生们和社会上各色人物接触的机会已经很不少了，我希望有若干留心各方面的人，将所见，所感都写出来，无论是好的，坏的，全给它发表，让大家看看我们究竟有什么样的同胞。明白了之后才可以计划别样的工作。"别样的工作是什么呢？他在我们前面引用的那篇《杂感》里有这样一段话："无论爱什么，——饭，异性，国，民族，人类等等，只有纠缠如毒蛇，执着如怨鬼，二六时中，没有已时者有望。"做一件事情就咬住它做到底，而不是做一下就罢手，更不是做那些表面文章。"血书，章程，请愿，讲学，哭，电报，开会，挽联，演说，神经衰弱，则一切无用。"在1925年社会动乱，学生们热血沸腾地想为社会做贡献的时候，鲁迅却说学生们最惯常采用的那些行动方式都无用。值得注意的是，鲁迅在这里把吃饭、恋爱这些人的生物本能与国家、民族、人类等通常与日常生活并不直接关联的范畴并列为同一个序列，并且强调说只有用执着地追求吃饭和异性的方式去追求国家和民族的独立，才有可能获得成功。在鲁迅大量的讨论里，都隐含着这一条基本的逻辑：观念与个体的生活欲求不能够脱节，它们之间有着感觉上的密切关联；如果切断了这个关联，听凭观念天马行空，那么这种观念就"一切无用"了。血书、哭、神经衰弱，都与个体的生命感觉相关，为什么鲁迅认为它们无用呢？因为它们是一过性的姿态。何况在鲁迅看来，这种种姿态的用意，在于做出来给别人看。

"血书所能挣来的是什么？不过就是你的一张血书，况且并不好看。至于神经衰弱，其实倒是自己生了病，你不要再当作宝贝了，我的可敬爱而讨厌的朋友呀！我们听到呻吟，叹息，哭泣，哀求，无须吃惊。见了酷烈的沉默，就应该留心了；见有什么像毒蛇似的在尸林中蜿蜒，怨鬼似的在黑暗中奔驰，就更应该留心了：这在预告真的愤怒将要到来。"这一段话跟后面我们要一起读的另外一篇《淡淡的血痕中》的主题是高度一致的——其实《淡淡的血痕中》就在重新讲述这个道理。

现在我们还是回到《聪明人和傻子和奴才》，把问题简单地整理一下。这是1926年发表的一篇寓言，大家知道，1926年中国社会非常动荡，各种各样的行动派都在行动。鲁迅在这时候写作这篇言简意赅的寓言，是告诉人们，不是所有的行动都有意义，有些表面上看慷慨激昂、毫无私心的行动，未必会有正面的效果，有些行动很可能跟傻子砸泥墙一样，它最后成全的是聪明人肤浅的人道主义。当我们搞清楚了鲁迅这样的逻辑之后，我们才能理解他给自己确定的那个战斗位置。鲁迅的战斗，决不是傻子的战斗，它贯彻了清醒的政治判断。因此，鲁迅拒绝自己的战斗被任何聪明人所利用，他因此不得不以特别的方式使自己的战斗区别于"傻子"们的战斗。

三、战士的"死法"与"活法"

下面我们一起读一下《死后》。

《死后》是这样开头的："我梦见自己死在道路上。"这是一个很重要的意象，没有死在家里，没有死在医院里，不是在一个安定之处，不是在人们通常死去的场所，而是死在人来人往的道路上。我想敏感的同学读了这一句话，脑子里立刻会闪出一个意象，会联想到鲁迅那篇《过客》，甚至会联想到这个死者是不是就是那个过客？死在道路上，是死在行走的过程中，并不是我们所说的寿终正寝。死在一个正要往前走，但是没有走到目的地的半途之中，所以叫死在道路上。它的第一个寓意就是我死的不是时候，我的事情没做完，我要去的地方还没有去到我就死了。第二个寓意是我死的不是地方，因为人来人往，大家都要从这里经过，我死在这里就占了一块地方，这个地方该不该由我来占呢？

接下来有一个诠释："这是那里，我怎么到这里来，怎么死的，这些事我全不明白。总之，待到我自己知道已经死掉的时候，就已经死在那里了。"这又是一个隐喻，这个隐喻实际上是鲁迅在他的杂文里曾经提到过的一个他不喜欢的状况。他的《杂感》里面有这样一段话："死于敌手的锋刃，不足悲苦；死于不知何来的暗器，却是悲苦。但最悲苦的是死于慈母或爱人误进的毒药，战友乱发的流弹，病菌的并无恶意的侵入，不是我自己制定的死刑。"最后一句解释了《死后》的第二段。当他说我不知道怎么死在这里，为什么死的，说的是这不是我自己计划中的死，可是当我意识到我死了的时候我已经死在这里了，它变成了一个既成事实：这表达了鲁迅的不情愿。

接下来的几段是纯粹文学的描写，描写一个死人还有知觉时候的感觉，听到黎明时分的喜鹊叫，老鸦叫，空气好像很清爽，有一点泥土气息；不过死人的感觉跟活人不同："我想睁开眼睛来，他却丝毫也不动，简直不像是我的眼睛；于是想抬手，也一样。恐怖的利镞忽然穿透我的心了。在我生存时，曾经玩笑地设想：假使一个人的死亡，只是运动神经的废灭，而知觉还在，那就比全死了更可怕。谁知道我的预想竟的中了。"直接用了日语，"的中"就是命中靶子的意思，引申义就是预测成真。"我自己就在证实这预想。"这是形容一个人有思想，但是没有任何行动能力时的状态，就是人死了的状态。把这样的隐喻作为一种社会行动的观察理解也没问题，不过这不是这篇作品最重要的主题。

接下来形成了看热闹的人群。"看的人多起来了。我忽然很想听听他们的议论。但同时想，我生存时说的什么批评不值一笑的话，大概是违心之论罢：才死，就露了破绽了。"这是鲁迅特有的幽默。"然而毕竟得不到结论，归纳起来不过是这样——'死了？……''嗡。——这……''哼！……''啧。——唉！……'"都是一些语气词，没有任何实质的内容。

"我十分高兴，因为始终没有听到一个熟识的声音。否则，或者害得他们伤心；或则要使他们快意；或则要使他们添些饭后闲谈的材料……这都会使我很抱歉。现在谁也看不见，就是谁也不受影响。好了，总算对得起人了！"

再下面有一段，说有一只苍蝇停在颧骨上，"开口便舐我的鼻尖。我懊恼地想：足下，我不是什么伟人，你无须到我身上来寻做论的材料……。但是不能说出来。他却从鼻尖跑下，又用冷舌头来舐我的嘴唇了，不知道可是表示亲爱。还有几个则聚在眉毛上，跨一步，我的毛根就一摇。实在使我烦厌得不堪，——不堪之至"。这个地方就有所指了。已经有鲁迅研究的专家考证说，这几句说的就是陈西滢等人，就是那些拿鲁迅作为材料写攻击他的流言的、鲁迅眼中的无聊文人。"忽然，一阵风，一片东西从上面盖下来，他们就一同飞开了，临走时还说——'惜哉！……'我愤怒得几乎昏厥过去。"这还是很直白的表述，也有非常明显的针对性。

接下来是他被装进棺材的描述，"还听得有人说——'怎么要死在这里？……'……但人应该死在那里呢？我先前以为人在地上虽没有任意生存的权利，却总有任意死掉的权利的。现在才知道并不然，也很难适合人们的公意"。底下又是鲁迅的幽默："可惜我久没了纸笔；即有也不能写，而且即使写了也没有地方发表了。只好就这样抛开。"

接着他就被钉在棺材里了。可是入土为安之后又有了新故事，因为埋得并不舒服。"手背上触到草席的条纹，觉得这尸衾倒也不恶。只不知道是谁给我化钱的，可惜！但是，可恶，收敛的小子们！我背后的小衫的一角皱起来了，他们并不给我拉平，现在抵得我很难受。你们以为死人无知，做事就这样地草率么？"鲁迅的这些描写非常有味道，它可以使我们感同身受地体验到不能动、不能看、不能说的特定状态，也为下面的描写做了铺垫。

正在这时候，他听到了一个声音："您好？您死了么？是一个颇为耳熟的声音。睁眼看时，却是勃古斋旧书铺的跑外的小伙计。不见约有二十多年了，倒还是那一副老样子。"这时候这个"我"突然发生了不可思议的变化，因为从开篇一直到这里为止，鲁迅反复地渲染"我"死后的特定感受：死在路边的时候，下葬之后，"我"一直只有听力而没有视力，我们已经逐渐习惯于这种无法睁眼的感觉了；但是到这个小伙计跟他打招呼说"您死了么"的时候，他突然睁开了眼睛，这时候他还看了一下棺材六面的壁说："委实太毛糙，简直毫没有加过一点修刮，锯绒还是毛氄氄的。"与开篇以来的所有描写相对，这个死尸似乎还魂了。

小伙计自问自答说，你睡在这样的棺材里没关系，关键是咱们要办的事，"一面打开暗蓝色布的包裹来。'这是明板《公羊传》，嘉靖黑口本，给您送来了。您留下他罢。这是……'"这里面有一点点字缝里的意思，我们都知道《公羊传》是《春秋》三传之一，是战国时期公羊高给《春秋》做的注解。这书在清代以前并没有占据很重要的位置，但是在清代以后受到重视，到了清末的时候，康有为把《公羊传》作为他进行立宪改革的根据，而章太炎，也就是鲁迅曾经的老师，专门写过文章批评康有为说：你忘记了《公羊传》的主题是复仇。里面确实有很突出、很鲜明的关于复仇的解说。鲁迅在这篇里写到《公羊传》，恐怕是用了一点点曲笔，点出了"复仇"的主题。

这时候小伙计拿了明版的《公羊传》，而且是用黑线圈了边的版本给他看，于是又发生变化了：本来他是不能睁眼，不能动的，现在不但可以睁眼，有视力了，而且开始说话了："'你！'我诧异地看定他的眼睛，说，'你莫非真正胡涂了？你看我这模样，还要看什么明板？'"小伙计说："那可以看，那不碍事。""我即刻闭上眼睛，因为对他很烦厌。停了一会，没有声息，他大约走了。但是似乎一个马蚁又在脖子上爬起来，终于爬到脸上，只绕着眼眶转圈子。"整个的变化非常有意思，这具死尸只有在明版《公羊传》出现的时候睁开了眼睛，而且说话。这是否暗示了"复仇"主题的出现，使得他获得了与人间沟通的能力？在小伙计走了之后，他又恢复了原来的不能动、不能说，也不能看的状态，一个蚂蚁照旧在他脸上转圈子。

接下来，"万不料人的思想，是死掉之后也还会变化的"。这里说的"变化"，对应到上文所说入殓的草率使得衣角起皱之后的心态：虽然不舒服，但是"我"决定接受死了和接下去将要腐烂的现实，打算静静地想想就算了。但是到了结尾处，"我"忽然不甘心就这样平安地消失。"忽而，有一种力将我的心的平安冲破；同时，许多梦也都做在眼前了。几个朋友祝我安乐，几个仇敌祝我灭亡。我却总是既不安乐，也不灭亡地不上不下地生活下来，都不能副任何一面的期望。"这和一开始的第二段文字是呼应的，说我到了一个不知道是什么的地方，我怎么来的，怎么死的，我全都不明白，这就是所谓的不上不下，换句话说，是一个未完成的状态。这一段在说我们非常熟悉的鲁迅的主题，是他多次在不同作品里重复的说法。我要回报亲人和朋友的关爱的时候，我应该好好活；我要让仇敌不快活，让他们的世界多一些缺憾的话，我也要好好活。如果我做不到好好地活，我就是不上不下地活。而这个不上不下的活法，实在不是一个理想的状态。

可是下文话锋一转，承接着上面"不能副任何一面的期望"的活法，又谈到这种如同影子一样悄悄地死掉，亲人不知道，仇敌也不知道的状态。与活着不能让亲友和敌人满意相应，这种死法也是不上不下的：虽然亲人因为不知道而不会过于悲痛，敌人也因为不知道而无法得到快乐，然而这种死法与上不下的活法并没有区别，两者都充其量避免了亲者痛仇者快的局面，却无法造成亲者快仇者痛的结局。然而，"我觉得在快意中要哭出来。这大概是我死后第一次的哭"。

接下来有一个问题需要仔细斟酌，那就是"我"为什么感到快意。这个快意承接了上面一行，讲的是我没有让亲人痛苦，也没有让仇敌快乐，我就这样无声无息地消失了。这一段呼应了前面看热闹的人里面没有一个熟人的时候"我"感觉到的那种安慰。可以说，"我"感觉到的"快意"其实有着特殊的功能，这个功能与我们下次讲座将要读的两篇《复仇》具有内在的一致性：在无法用正常的思维去对待的现实面前，在价值被扭曲、真伪被颠倒的现实面前，只有用不让敌人满足的方式，才能取得真实的胜利。而这种胜利，是吸取了傻子直奔主题的教训之后不得已的选择。可以说，为了避免与奴才和聪明人同谋的后果，只能在不让敌人得逞的意义上进行战斗。可以说，鲁迅最重要的斗争策略就是"不让敌人如意"。

但是紧接着，"我"却并没有停留在这种快意之中："然而终于也没有眼泪流下；只看见眼前仿佛有火花一样，我于是坐了起来。"梦醒了，"我"决定活下去。显而易见，不得已地影一样地死掉，并不是"我"的最终选择，比起不让敌人从自己的死中获得快乐来，活下去让敌人不舒服的"快意"更强烈。那么，活下去的"活法"，与这种不让敌人快乐的"死法"之间，是否有关系呢？我认为，《死后》提示的，其实并不仅仅是以这种特异的"死法"进行复仇的主题，它提示的恰恰是"生前"。以特定的"死法"复仇，基本上还是消极的，但是以特定的"活法"战斗，则具有更多的积极内涵。

四、在"无物之阵"中战斗

下面我们来读著名的《这样的战士》。

"要有这样的一种战士——已不是蒙昧如非洲土人而背着雪亮的毛瑟枪的；也并不疲惫如中国绿营兵而却佩着盒子炮。"表面上看，好像是非常具体的意象，讲的都是兵，实际上这篇寓言写的是战士，战士首先会让我们联想到士兵，但是士兵有各种各样的。鲁迅首先刻画了两种士兵：一种是土人，很蒙昧，可是却配了最先进的洋枪，这暗示谁，我们看下文能知道。另一种是绿营兵，就是清朝的正规军，这是被官方收编了的士兵，他们也装备齐全，却缺乏斗志。但是鲁迅刻画的战士并不是这两种士兵，而是看上去毫无优势可言的勇士："他毫无乞灵于牛皮和废铁的甲胄；他只有自己，但拿着蛮人所用的，脱手一掷的投枪。"这个战士一无所有，没有任何自我保护的装置，他拿的是最原始的武器，没有任何现代化的装备。

"他走进无物之阵，所遇见的都对他一式点头。"这不是真正意义上现实厮杀的战场，战士走进去的，是对他都在点头的一个"战场"。它为什么叫无物之阵呢？因为这些敌人真正的形态，真正的心思，都隐藏在各种各样的伪装之后，甚至隐藏在奉承恭维之后，所以不太容易识破，这是第一层意思。第二层意思是，所有这些人都是杀不死的，他们似有似无，很难看清真正的形态，所以叫无物之阵。

"他知道这点头就是敌人的武器，是杀人不见血的武器，许多战士都在此灭亡，正如炮弹一般，使猛士无所用其力。"到了这里，我们已经看到了这个战士特定的处境：他遇不到真刀真枪，遇不到货真价实跟他对垒的敌手，他面对的是躲躲闪闪、闪烁其词，对他极尽恭维之后又射冷箭的这样一群不知道是什么的东西。

"那些头上有各种旗帜，绣出各样好名称：慈善家，学者，文士，长者，青年，雅人，君子……"看到这里就明白了，无物之阵在哪儿？在文坛。因此我们再回顾一下开始的段落，就知道关于蒙昧如非洲土人以及配着盒子炮的绿营兵的描写，是指涉文坛上的几种所谓的战士。有的拿着新式武器，但是自己和那个武器根本不配套；有的被体制收编，疲惫不堪，但是手里还有可以杀人的工具——其实这些比喻，说的都是文坛的状况。

"头下有各样外套，绣出各式好花样：学问，道德，国粹，民意，逻辑，公义，东方文明……。但他举起了投枪。"这些构成无物之阵的，头上有旗、头下有花样的敌手，都立了誓说："他们的心都在胸膛的中央，和别的偏心的人类两样。他们都在胸前放着护心镜，就为自己也深信心在胸膛中央的事作证。但他举起了投枪。他微笑，偏侧一掷，却正中了他们的心窝。"这个隐喻非常清楚，不需要我解释了，他抓住了对方虚伪的要害之处进行抨击，于是战士认为，他已经戳到了敌人的痛处，他们应该会毁灭。

"一切都颓然倒地；——然而只有一件外套，其中无物。无物之物已经脱走，得了胜利"。在此我们可以体会鲁迅特有的感受方式。他用笔在战斗，但是笔锋所向的结果，往往是"打空拳"。他挑起或者被卷入的一次次论战，大多以"无疾而终"的方式了结，不仅如此，鲁迅的论战对象往往占据某种意义上的"政治正确"高位，这就是"头上的各种旗帜"和"头下的各样外套"，于是使得论战的定位变得有些微妙。各种旗帜和各样外套具有欺骗性，而鲁迅拒绝与各种意识形态合谋，这就不免使得他反倒显得政治不正确了："因为他这时成了戕害慈善家等类的罪人。"我们知道，鲁迅曾经被同时代人批评为"油滑""世故"，也曾被攻击说他不敢直接跟军阀对抗；而鲁迅独特的战斗所具有的内涵，反倒因此被忽略了。

"但他举起了投枪。他在无物之阵中大踏步走，再见一式的点头，各种的旗帜，各样的外套……。但他举起了投枪。他终于在无物之阵中老衰，寿终。他终于不是战士，但无物之物则是胜者。在这样的境地里，谁也不闻战叫：太平。太平……。但他举起了投枪！"

我们看到这篇作品里有一句话被反复重复，就是"但他举起了投枪"，意思很明确，这个战士就是鲁迅本人，鲁迅要不停地战斗下去。《晨报副刊》在1926年2月3日曾经发表了李四光与徐志摩的通信，题目是"结束闲话，结束废话！"，意思是不打算跟鲁迅论战了，但是文中仍然充满对鲁迅的诋毁之词。鲁迅立刻发表了一篇杂文叫《我还不能"带住"》。为什么呢？因为鲁迅认为，一旦停止论战，真相就被遮蔽了，所以即使是空拳也要打下去，他不肯放下投枪。

在这里我想提示一个有点复杂的问题，因为鲁迅研究已经有了很长一段时间的历史，有些学者对鲁迅的论战做了细致的考证，其中有一部分考证证明，鲁迅的攻击和批评是不公正的，至少是不准确的。这些考证有它的道理，鲁迅有些具体针对性极强的批评未必准确。在论战的时候，鲁迅的姿态往往是偏激的，他在不断遭受围攻的状态下，更是很难放弃这种偏激的态度；想想他病危时关于"一个都不宽恕"的遗言，这一点不难理解。但是如果问题被引向这个方向，我们读鲁迅杂文的时候，就会关注鲁迅的这个批评是对的，还是错的，那么鲁迅杂文真正的历史功能就可能被忽略。所以我想提醒大家注意，对于鲁迅这样的思想家，还有另外一种读法。如果鲁迅关心的并不仅仅是具体问题的是非对错——我要强调的不是说他不关心，而是说他不仅仅关心是非对错——而是隐藏在是非之后的更本源的问题，那么可以说，比起是非问题来，鲁迅更多关心的是真伪问题；由此，他在无物之阵中的战斗姿态就获得了意义：他在跟冠冕堂皇的意识形态之下那些不登大雅之堂的真实动机进行殊死搏斗。而我们需要追问的是，一个不停揭露对方意识形态的虚假性格，要把这样的揭露作为自己战斗的战士，他追求的究竟是什么？

鲁迅的杂文里有很多相应的作品，可以证明他这种战斗姿态的内容。比如《忽然想到》里面有一篇叫《"到民间去"》，这是五四时期开始流行的口号，很多年轻人都到民间去；鲁迅并没有轻易否定这个口号，他觉得到民间去的青年非常可爱。但是怎么才算是到民间去，这件事是要思考的。鲁迅说很多青年要回到家里去了，这其实也是一种到民间去，这本身指的是五四时期脱离家庭又回归家庭的社会潮流，在此也暗含了鲁迅式的讥讽。这个讥讽不重要，他真正要说的是"旧家庭仿佛是一个可怕的吞噬青年的新生命的妖怪，不过在事实上，却似乎还不失为到底可爱的东西，比无论什么都富于摄引力。儿时的钓游之地，当然很使人怀念的，何况在和大都会隔绝的城乡中，更可以暂息大半年来努力向上的疲劳呢。更何况这也可以算是到民间去，但从此也可以知道：我们的民间怎样；青年单独到民间时，自己的力量和心情，较之在北京一同大叫这一个标语时又怎样？""到民间去"是个标语。大家一起大叫，这时候是没有问题的，问题是叫完了之后你真的到民间去了，就会发现民间没有标语口号那么单纯。你大叫的口号没有用处了，甚至是非善恶也都搅在一起，这个时候，才算是面对了真实的"民间"。

"将这经历牢牢记住，倘将来从民间来，在北京再遇到一同大叫这一个标语的时候，回忆起来，就知道自己是在说真，还是撒诳。"鲁迅言简意赅地道出了问题所在。在时代大潮里，青年最容易被道德热情感召，而且最容易接受意识形态的宣传。但是如果仅仅依靠这些，还远远不能深入把握时代的脉搏。只是大叫标语，很容易把抽象的口号等同于真实，而在社会发生大的变动时，看上去正确的抽象口号也最有诱惑力，最能打动迷惘彷徨的知识分子。鲁迅提醒青年，不但用剁手指写血书的方式不能认识现实和改变现实，用不剁手的开会喊口号的方式也同样不能认识和改变现实。而当一个知识分子要"说真"而不是"撒诳"的时候，他就不能把现实回收到观念里去。李卓吾在明末以极端的方式否定所有前提，最后把借自佛教的"虚空"作为论述的视角，就是因为他也是在警惕当时僵化教条了的儒家"标语"。鲁迅时隔几百年，传承了中国思想中这最可贵的基因，同样也在追问"大叫标语"的背后，是否也是在撒诳？

为了防止同学们误解，我要补充一点。任何一个标语口号，任何一个思想潮流，在开始出现的时候都是有生命力的。但是当它成为一种意识形态，被固化为一种所谓的立场之后，当口号离开了它的语境开始自行流传之后，它就有可能为不动脑筋的人提供现成的说辞，甚至变成打人的大棒，于是就开始僵化了。这就需要我们每个人依靠自己的现实观察和体验，重新思考它的有效性和合理性。标语口号如此，各种理论又何尝不是如此呢？

鲁迅一直是在具体语境中写作和论战的。他处在新旧交替的历史时期，各种来自西方的新思潮冲击着中国的思想界，也对中国社会的转型提供了契机；但是这并不意味着新思潮在中国落地生根，取代了传统社会的基本结构。同时，也并不意味着新的就是合理的、正确的，传统的就是保守的、邪恶的。鲁迅对于现代思想和文学中出现的若干新的流派，无论它们是打着非政治的旗号还是以无产阶级革命立场自居，都给予了辛辣的批评，其理由就在于他认为这些"新"的思潮并没有接触到中国社会的真实样态。从前面所引的他讨论"到民间去"的方式可以看出，在鲁迅那里，新与旧不构成认识论的分类方式，真与伪才是他判断的标准。这个问题我们无法在这次课上正面展开，需要另外专门讨论。何谓真何谓伪的问题，当然要在具体的论战中甄别，不能抽象化地处理；与此同时，不能不说鲁迅求真的思想特征，具有鲜明的中国思想史的精神禀赋。

五、面向未来的记和念

我们现在还有两篇要读，先读一篇《淡淡的血痕中》，这是1926年发表的一篇很短的作品，但是写得很惨烈，因为这是在"三一八惨案"发生之后写的，这个事件对鲁迅的冲击非常强烈，他写作了一系列的小品和杂文。《淡淡的血痕中》也是这一系列作品中的一篇，它被收进了《野草》，我想这是因为，它虽然是对一个具体事件的回应，但是它后面蕴含了超越这个事件的更深刻的思考。

《淡淡的血痕中》有一个副标题，叫作"记念几个死者和生者和未生者"，这是有一点违反常识的，通常，纪念死者是我们比较习惯的说法，比如《记念刘和珍君》。纪念几个死者和生者好像也可以，因为死者已去，生者还在，纪念是由于某一些特定的场景、事件把他们连在了一起。如果纪念未生者，至少在一般意义上，"记念"这个词就有问题了，因为没有人会去纪念还不存在的事情或者人物，纪念是对已经过去的事物表达一种自己的感怀，还不存在的未生者如何纪念呢？因此我们读到这个副标题的时候要回过头来对"记念"这个词进行重新定义。

我是这样去理解的：我把"记念"分成两个词，第一个是"记"，第二个是"念"，即记住死者，来念或者说祝愿生者和未生者。用"记念"这样一个词把死者和生者及未生者连起来的时候，实际上就是把过去、现在和未来连在了一起，通过"记"和"念"这样的情感活动来重新面对人类历史的长河，直面历史长河中人类的命运本身。

我们现在读一下正文："目前的造物主，还是一个怯弱者。他暗暗地使天地变异，却不敢毁灭一个这地球；暗暗地使生物衰亡，却不敢长存一切尸体；暗暗地使人类流血，却不敢使血色永远鲜秾；暗暗地使人类受苦，却不敢使人类永远记得。"这个造物主当然是一个虚构出来的拟想形象，实际上这个造物主就存在于人类之中，到了下一段就被转化成了人类本身。

"他专为他的同类——人类中的怯弱者——设想，用废墟荒坟来衬托华屋，用时光来冲淡苦痛和血痕；日日斟出一杯微甘的苦酒，不太少，不太多，以能微醉为度，递给人间，使饮者可以哭，可以歌，也如醒，也如醉，若有知，若无知，也欲死，也欲生。他必须使一切也欲生；他还没有灭尽人类的勇气。"

这里描写了人类的一种所谓的中间状态，这种状态之所以是"中间状态"，在于它有限度地品尝人世间的悲苦，尽可能苦中作乐，而且以真实的快乐态度活下去。鲁迅认为这样的活法是怯弱者的活法。

"几片废墟和几个荒坟散在地上，映以淡淡的血痕，人们都在其间咀嚼着人我的渺茫的悲苦。但是不肯吐弃，以为究竟胜于空虚，各各自称为'天之僇民'。""天之僇民"来自庄子，指人受到世俗各种各样的束缚，没有办法获得充分的自由。"以作咀嚼着人我的渺茫的悲苦的辩解，而且悚息着静待新的悲苦的到来。新的，这就使他们恐惧，而又渴欲相遇。"

这样一种状态在前面我们读过的几篇杂文里都呈现过。人们需要一定的悲苦，需要一定的刺激，但是又要求这个悲苦和刺激不会像毒蛇一样，用鲁迅的话说就是"二六时中"一直不肯停歇地、死缠烂打地去追求你的目标。因此这样的悲苦都是一次性的，一时性的，它是人类生活里躲不过去但又不可缺少的刺激和调节。在这样的悲苦当中也会产生某一种类型的人道主义。我姑且借用战后政治学的说法：这是现代人特有的一种他者志向型的利己主义。什么叫"他者志向型的利己主义"？就是现代人非常敏感于社会的各种不公正、各种疾苦、各种黑暗，并且会适时地表示自己的愤怒。因此他不是在情感上完全只想自己的利己主义者。可是这样的愤怒和悲苦都和他自己的现实生活没有关系，他仍然可以过安稳的生活，甚至可以过优裕的生活。最典型的代表，就是前面我们读到的《聪明人和傻子和奴才》中的聪明人。说到底，聪明人的"他者志向"，随时可以转化为替自己谋取利益的工具。

鲁迅认为，这是造物主的良民，他就需要这样。他经营他自己的现实生活，同时关心天下国家大事，而且有自己的立场，有自己的态度，甚至有自己的行动。然而所有的这些态度和行动都与鲁迅所说的那种"像毒蛇似的在尸林中蜿蜒，怨鬼似的在黑暗中奔驰"有本质的区别。

在《淡淡的血痕中》，鲁迅又重新提起了《忽然想到》中提出的关于如何抗争的问题，但他不是在针对具体的"血书，章程，请愿，讲学，哭……"等是否有用的层面分析这个问题，而是在造物主的视野里，换句话说，是作为人类生命哲学的命题来讨论的。人类到底如何生存才是最真实的生存方式？每天斟出一杯苦酒，但是苦酒还不会苦到什么程度，喝了以后会有一些悲哀，但是不多不少，不会影响你的饮食起居。即使付出一些代价，比如断指写血书，也还不至于毁掉自己的人生：这样一种关心社会、关心国家和天下的所谓志士，并不是鲁迅所讲的猛士，这不过是造物主的良民而已。为什么呢？造物主不断让天地变异，让生活因此不会平淡，并不断造出一些血腥，但是所有的灾难又很快会被人类遗忘：天下因此而太平。

在"三一八惨案"发生后不久，鲁迅写了一系列文章，谈到了如何记忆死者的问题。到了1933年，为了纪念左联五烈士的牺牲，鲁迅写作了一篇很沉痛的悼念文章，这篇文章有一个具有反讽色彩的标题：《为了忘却的记念》。核心问题就是，我们要长久地记忆死者付出的代价，为此，哪怕是当事人的朋友（比如鲁迅）在事件发生的时候没有可能写文章纪念，哪怕暂时不得不噤声，也一定要记住。"但我知道，即使不是我，将来总会有记起他们，再说他们的时候的。"一个惨烈的事件发生之后，人们即使做出反应，也是一时性的，多数人会很快忘掉它。在这样的情况下，鲁迅定义了他所认可的那种战士的行动方式，他说："叛逆的猛士出于人间；他屹立着，洞见一切已改和现有的废墟和荒坟，记得一切深广和久远的苦痛，正视一切重叠淤积的凝血，深知一切已死，方生，将生和未生。"到这里他扣了副标题了。能够把死者、生者和未生者联系起来的那个主体，必须是一个能够"记得一切深广和久远的苦痛，正视一切重叠淤积的凝血"的主体。

"他看透了造化的把戏；他将要起来使人类苏生，或者使人类灭尽，这些造物主的良民们。"鲁迅认为只是适当咀嚼人间的苦痛，也就是说，用聪明人的方式去对待人间的苦难，这是造物主的良民；他宁可让猛士起来，如果不能唤醒这些聪明人，就让他们灭绝吧。这个写法非常激烈，我建议大家不要很具体地理解为鲁迅要消灭人类，这不是鲁迅的原意。我们要想到，这是"三一八惨案"之后，他在激愤中写出来的檄文。与此同时，他也写下了"血的使用，正如金钱"这个劝同学们不要再付无谓的代价，不要再去做无谓牺牲的呼吁，但是与此同时，他仍然呼唤叛逆的猛士。那么，他呼唤的勇士是什么样的呢？显然，不是血书、眼泪、签名这些行为能够满足的主体。

"造物主，怯弱者，羞惭了，于是伏藏。天地在猛士的眼中于是变色。"造物主和那些怯弱的、只能有限地喝干一杯苦酒的、"他者志向型的利己主义者"们，都隐匿了。"天地在猛士的眼中于是变色。"

这最后的两句话很有深意。"伏藏"本来是藏传佛教的术语，指的是当人们还没有理解能力的时候，把佛经真理隐藏在各种事物甚至虚空之中。据说西方传统里也有类似的说法，天使把智慧与能力隐藏在某些物体或虚空中，等待时机成熟的时候再通过某种机缘被后人打开和传承。鲁迅在这里用了"伏藏"，恐怕不是这么直接的意思，但是他没有在这里说羞惭的造物主和怯弱者隐藏起来了，而是用了"伏藏"，显然是有深意的。我认为，这个"伏藏"与紧接其后的"变色"是直接相关的：造物主和怯弱者由于羞惭，把自己藏在了其他事物的背后；于是，勇士如同"这样的战士"一样，面对了无物之阵。鲁迅在此反用了"伏藏"一语，暗示了一个深刻的事实，那就是"无物之物"通过"伏藏"，仍然会在将来复活，所以，才不仅要记念死者和生者，而且要记念未生者。换句话说，将来还会是怯弱者的天下，所以需要未生者中能出现新的勇士。尽管勇士面前的天地已经变色，无物之物已经逃脱，但是勇士仍然希望把自己的精神留给未生者。可以说，结尾这一句是扣题的点睛之笔。

在读《淡淡的血痕中》的时候，大家可能自然地联想到刚刚读过的《这样的战士》，因为"这样的战士"就是在无物之阵中孤军奋战的勇士；在《淡淡的血痕中》，无物之阵是由怯弱者所组成的人群。无物之阵和怯弱者之阵都是对于猛士和战士而言，都是和他不相对称的敌手：他没有办法射中他们的心脏，但又必须不停地战斗下去。刚刚有一位老师提醒我，没有强调《这样的战士》

里面的一句话，这个提醒很重要："他终于在无物之阵中老衰，寿终。"他死在无物之阵之中，而不是在它之外，可是他仍然还要举起投枪，这是他作为战士战斗到死，到最后一秒钟这样的意象。当然我们也可以做进一步的诠释：当他的肉体生命已经结束之后，这个战士的精神仍然举起投枪。

这个诠释的根据在于，他在无物之阵之中老衰寿终，终于不再是战士，因为作为肉体生命，他已经站不起来了，他已经死亡了，接下来出现的局面，就是没有人再来挑战，因此天下太平。太平之后，当他又举起投枪的时候，这并不是你们常看的鬼怪片里的"还魂"；这个战士的精神能量，在他的肉体死亡之后，仍然还能够举起投枪，这其实暗示了鲁迅把自己的战斗意志通过文字留给了后代。这一"死而不已"的顽强战斗精神，正是他在《为了忘却的记念》最后说的那样，即使鲁迅本人因为白色恐怖"没有写处"，他也还是在逃亡中写下了记念的文字，为的是"将来"也就是"未生"的世代可以记起他们，再说他们。

昨天有几位同学有一个表述，说读了《野草》这样的作品之后，不知道为什么觉得它给了我们力量。这个感觉非常重要，因为你们感受到的这个力量，就是鲁迅精神举起的投枪。在《淡淡的血痕中》他又一次举起投枪，这个投枪面对了造物主，也面对了怯弱者。而你们通过对《野草》的细读，正在试图接过他的投枪。

六、在无可选择中坚守

现在我们来读最后一篇，《墓碣文》。

"我梦见自己正和墓碣对立，读着上面的刻辞。那墓碣似是沙石所制，剥落很多，又有苔藓丛生，仅存有限的文句——"

下面的文句非常难读。这个墓碣的正面和反面都刻了字，正面的句子是非常重要的核心命题。"……于浩歌狂热之际中寒"，大家都在生虚火，发高烧，聚在一起发出巨大能量的时候，他感觉到寒冷。"于天上看见深渊"，天上本来应该看到的是天堂，但他看到的是无底的深渊，深不见底，一片黑暗。"于一切眼中看见无所有；于无所希望中得救。"在人们似有深意的目光中看到的是空洞无物，在没有任何希望的状态中才能得救。这段话读下来，我想大家对它的逻辑应该不陌生，通常在常识中对立起来的两项在这里被结合成了同一种感觉。

"有一游魂，化为长蛇，口有毒牙。"这个游魂变成了长蛇。长蛇的意象在《野草》里反复出现，即使它象征了冲破现有的虚伪、谎言和一切藩篱，象征了一种能量，它也不是我们大家在常识意义上理解的所谓光明、希望这样的能量。大家看了以后都不免觉得要退避三舍。当我们看到长蛇意象的时候，我建议大家把自己的感觉调整到极限状态，我们通常很难让自己长时间地持续极限感觉。我们喜欢生活在一个相对比较温和的中间状态，但是在极限状态下，一切意象都会发生变化，长蛇就是这样一种意象，它区别于只能消受一杯微甘苦酒的怯弱者，显示了它的决绝与执着。

这条长蛇口有毒牙，但"不以啮人，自啮其身，终以殒颠"。本来它应该咬人才能活下去，但它咬的却是自己，它的牙又是有毒的，最后把自己咬死了，而且死得很惨烈，所以叫殒颠。"……离开！……"离开是一种警告，墓主警告看墓碣文的人，要是没有足够的心力就不要往前走，不要绕到墓碑后面！但是读了正面碑文的"我"没有离开——"我绕到碣后，才见孤坟，上无草木，且已颓坏。即从大阙口中，窥见死尸，胸腹俱破，中无心肝。而脸上却绝不显哀乐之状，但蒙蒙如烟然。"这是一个超现实主义的意象，但是这个意象并非是最重要的，重要的是墓碑背面的说辞。

"抉心自食，欲知本味。创痛酷烈，本味何能知？……痛定之后，徐徐食之。然其心已陈旧，本味又何由知？……答我。否则，离开！……"前面已经赶他一次了，现在第二次赶他：有本事你就回答我，回答不了你就走。为什么两次让他离开？因为留下的即是同党。《墓碣文》有两段，前面一段是讲极端状态下两极的结合，后面一段是讲在两极结合之后对于这种结合状态的追究无法得到答案。因为从意象上看，鲁迅有一句很著名的话就是在解释这个死尸，他说："我常常解剖别人，但是更多的是无情的解剖我自己。"这个解剖确实很无情，但我们在这里看到的意象并不仅仅是解剖。按照常识，这个解剖就是自我批评，对于不在极端状态下去感知的人来说，自我批评不是那么不可忍受的。我们只要勇敢一点，承认自己有错误，这件事情可以做到。但是如果自我解剖是开膛破肚而且不可能再度复原，那么自我解剖就不那么轻松了。

而且更不轻松的是，自我解剖之后主体将得不到任何结果。解剖之后怎么知道自己是什么呢？自己用毒牙把自己剖开了，为了尝自己的心肝到底是什么味。但是太疼了。我们都知道最初的疼痛是难忍的，当人体适应了疼痛，一段时间之后可以相对忍受这个疼痛。应用这个医学常识，这具死尸也做了这样的行动，虽然这是极为超现实主义的行为：我等最初剧烈的疼痛过去以后重新再来尝，但是疼痛过去了，心肝已经陈旧变味了。只有在最初拿出来的瞬间，新鲜的时候那才是本味，可是这个本味由于剧烈的疼痛尝不出来。当疼痛消失之后它已经失去了本味，我再尝它没有意义。

看了后面的说辞，再回到正面去重新理解"于浩歌狂热之际中寒；于天上看见深渊"。这样一些描述是不是可以让我们联想到《影的告别》给我们提示的那样一种无地彷徨的困境？因为这个主人公要去解释为什么他会在狂热之际感觉到寒冷，为什么他会在天上看到深渊，为什么对别人而言可以对立可以分开的两极，在他看来是同一回事？要想得到答案，他必须追问他自己的心肝，然而他的心肝却同样是无法追问的，因此无情解剖自己的结果，是最后不知其味。在这里，我们知道无情地解剖自己这个行为本身的惨烈程度，这是一个只有在极限状态下去思考人类命运的人才能够感知到的。猛士出来了，他看到天地变色，那时候他感觉到的状态，很难为充其量只能饮下一杯苦酒的怯弱者所理解。这就是《野草·题辞》里面所说的窘境："当我沉默着的时候，我觉得充实；我将开口，同时感到空虚。"

《墓碣文》正面和背面的两段碑文，给我们提示的既不是自我牺牲，也不是无限循环；正面碑文给我们提供的在现实世界通常被对立为两极的那些事物，在墓主人那里被合二为一了。实际上，当你在酷热当中看到寒冷，在天堂里看到地狱，你如何自处？我认为这是《野草》最基本的母题，这个母题就是在无可选择当中选择，或者在无可选择中坚守，而不是放弃。

最后一段："我就要离开。而死尸已在坟中坐起，口唇不动，然而说——待我成尘时，你将见我的微笑！我疾走，不敢反顾，生怕看见他的追随。"这三句话字面意义很好理解：这具死尸没有办法知道他的心肝味道，也就是没有办法真的通过自我解剖得到一个让他能安顿的结局的时候，唯一的选择就是他要变成灰尘，如此他才能安顿。"变成灰尘"的含义，和《野草·题辞》中讲的朽腐是同样的。死亡和朽腐，也就是成尘的时候，已经死了的这具死尸才真的能够死。死亡是要成尘的，而在成尘之后，所有追寻的经历完成了，它放弃了自己特有的形状，如同影子放弃了形一样，化为宇宙的一部分，他可以微笑。

"我"终于疾走，于是离开了。"不敢反顾，生怕看见他的追随。"这句话怎么理解？我希望大家不要太实在地说这是不是鲁迅的选择，是不是鲁迅说完以后他逃跑了。这样去理解的话，首先犯了一个常识性的错误。我们知道所有文学作品中的"我"一定不是作者，他是拟想的作者。这是我们阅读文学作品时特别要保持的底线。因此这个"我"的疾走，是鲁迅疾走，还是鲁迅设定的一个观察者疾走？或者是鲁迅设定的分身在疾走？坟冢中的那具死尸，他是鲁迅看到的死尸，还是鲁迅自己？这都是问题。我个人的方法是不把它做实，我只在作品的描述中寻找它的逻辑，我把这个逻辑看成鲁迅的逻辑，而这个逻辑就在碑文两侧的文字里。

很多复杂的文本只有仔细追问，里面的含义才能被追出来。首先我不太倾向于把正面和背面的碑文分开，比如说正面的碑文是纪念他的人写的，而背面的碑文是他的自况。不过我认为，正面和背面是从两个不同的角度讲同一个问题；这同一个问题，就是不能用现行的标准去判断外在的世界和我们内在的自身，因此我们必须要用一种特殊的方式去求真。正面也是疑问，为什么呢？正面好像是祭奠的意思，说有一个游魂化成了长蛇，把自己咬死了。好像是在纪念他，但是纪念他的碑文所描写的困境实际上正是墓主人的困境。你可以理解成是他人写的，也可以理解成是他自己写的；背面的碑文，墓主人要求"答我"是因为无解，所以他要求"我"回答，而我的逃跑在这个地方非常重要，因为"我"确实答不了，墓主人也答不了。他答不了才在那里三令五申：你跟我不是同类，离开；你答不了，离开。但是他自己仍然答不了，因此他要化成灰尘以后才能够微笑。

"我"和这个墓主人的关系，可以有很多种解释，比如一种解释是，"我"是鲁迅的一部分化身，墓主人是鲁迅的另外一部分化身。这个解释是可以的，因为鲁迅确实写过彷徨于无地（《影的告别》），同时也写过"他眼前火光一闪从坟中坐起来"（《死后》）。也可以只把坟里的主人看成鲁迅的化身，甚至把"我"看成鲁迅的化身。在某一些情况下，鲁迅讨厌这种不知其味但是仍在坚持的状态，这种状态只有死亡之后才能解脱，所以鲁迅也可以这样解释。但是我认为，这篇《墓碣文》的核心，就在于正面和反面的两段话，这两段话是谁写的不重要，重要的是它从两个完全不同的角度传达出同样无解的问题：一个是观察外在的社会，一个是观察自我的内心。同时，更重要的是，我们需要理解这些作品传达出来的特定情绪，那就是在这种无解的状态下坚持，而不是轻易地放弃。

大家把所有这些作品串联起来阅读，《墓碣文》里包含的深邃哲理，就可以通过对其他篇章的解读加深对它的理解。墓碣文正面所揭示的，是鲁迅一生战斗的轨迹。他总是在事物的正面看到它的反面，总是有能力把那些不被质疑的前提打翻。然而打翻之后如何呢？只能在无所希望中坚持。鲁迅把他在论战中的感觉凝缩到了墓碣文正面的文字中，向我们展示了他战斗的特别性。这是一个顽强却不被时人理解的战士，他投掷出去的投枪总是射不中对手，对手自有办法逃脱；他在孤独战斗的时候并不忘记时时扪心自问，这就是背面的碑文。然而扪心自问却并不能得到圆满的答案，这使他也不可能据守自己的内心获得平安。这个战士并不轻易结盟，他对于结盟有很高的要求：答我，否则，离开！《墓碣文》给我们的，是一个永无宁日的追问者意象，他的凄怆与决绝，正是鲁迅本人的"活法"。

简单总结一下今天的主题。我选了五篇作品，我相信大家读下来真正的感觉并不是沉重，而是比沉重更深刻的对于真实战斗的思考和欲求。在读了鲁迅的作品之后，重新去理解文坛上的战士如何战斗，事情就好像没有那么简单了。鲁迅曾经有过一个非常犀利的说法，他说事实上在现实当中流血牺牲的那些真正的战士，他们被历史记忆的时间永远比不过那些并没有流血，但是写作了诗文的文人，所以做文学家是很划算的一件差事。这是他辛辣的讽刺。但是在做这个讽刺的同时，他更是在讨论文学家如何尽到自己的责任。鲁迅说真正的文学家并不总是按照现实的要求发声，他可能在众声喧哗中沉默，也可能在万籁俱寂时呐喊。因为真正的文学家并不是百科全书，有一个题目就要做一篇文章，现实里发生了什么他就要做什么。换言之，真正的思考者，他工作的价值不在于是否能够制造和追随热点问题。而我们知道，在这个状态下战斗的鲁迅，作为一个战士，他始终是在无物之阵中面对那些虚假的、漂亮的口号，毫不留情地撕破那些无物之物的伪装。

当然，有一个一以贯之的鲁迅"战斗"的主题，就是对中国国民性的揭露。而对国民性的揭露，在鲁迅的杂文中有相当大的比重是通过对文坛的批评、对文坛的揭露间接完成的。所以这样一个战士，他的孤独、他的坚韧，他一直战斗到死的精神，绝不是一般想象的那么简单、单纯，更不是所谓的立场和启蒙这样一些概念所能涵盖的。

七、寻找鲁迅精神世界的入口

中国改革开放后的鲁迅研究专家，做了一件了不起的事，他们把鲁迅变成了鲁迅笔下描写的孙中山那样一个人，即有缺点的战士。鲁迅评价孙中山的时候说，完美的苍蝇毕竟是苍蝇，但有缺点的战士仍然是战士。把鲁迅重新理解为一个有血有肉的人，是使得鲁迅获得历史生命的重要起点。鲁迅的精神世界有它自己的路径，也有它的入口，在动态的历史过程中进入鲁迅的精神世界，是一个充满了挑战性的思想工作。鲁迅拥有对我非常有诱惑力，可是我还没有能力完全把握的思想宝藏。鲁迅留下的思想宝藏提供了最好的媒介，足以让我们重新建立自己的认知习惯，并且不断用打破常识的方式让自己的感觉处于敏锐的常新状态。

刚才有同学问，《野草》是鲁迅处在低潮的特定时期写的，还是早就暗藏在了鲁迅写作的宇宙当中？这是个非常好的问题。不管鲁迅处在高潮期，还是低潮期，我认为他都会写作《野草》，因为他不是一个现实活动家，他面对的时代课题是如何与那些似是而非的无物之物战斗。这注定了他必然要处于他在《野草》里描绘的那种无法交锋同时又不断受到中伤的处境，也必定为他带来《野草》呈现的那种心境与氛围。鲁迅拥有深刻的洞察力和细致的认知力，他在别人习以为常的地方发现致命的问题。在中国从一个解体了的前近代王朝转向现代国民国家的过程中，现实中的战乱和思想上的迷惘，都使得人们，特别是知识分子，更愿意抓住一些救命稻草般的意识形态。鲁迅在文坛几乎是孤军作战，这是难以避免的。所以在这样一个动荡的时刻，历史注定了会产生鲁迅，而鲁迅一定会写作《野草》。

当然，因为今天的时代变化，大家可能也不太适应这样的文体了。但是从思想史的角度看，《野草》处理的问题一点都没有过时。我在读《野草》的时候，基本上没有感觉到鲁迅所讲的那种黑暗，我在里面感受到的最强烈的基调，是人在极限状态下没有任何选择余地，也没有任何出路可言的时候，不肯放弃地寻找无路之路的那种坚持的心力。大家可能也感觉到了《野草》里涌现的饱满的心力。年轻的课代表告诉我说，她读了《野草》以后，感觉受到鼓舞，感受到了力量，这个感觉是很对的。其实《野草》告诉我们的是，在极端状态下，人们如何用自我坚持的方式去求真。

鲁迅的作品有几大板块，一个是他沉潜的学术研究，一个是他用檄文的方式书写的杂文，一个是虚构作品，一个是相当数量的翻译作品，还有一个是他具有美术功底的艺术鉴赏，比如搜集木刻、培养画家、印制笺谱等。把这几大部分结合起来，黏合的点是《野草》。在这个意义上说，《野草》是鲁迅精神的灵魂所在。大家不要过于介意他写的蟒蛇在尸林当中奔走这样的意象，他为什么要说蟒蛇、猫头鹰，是因为他的论敌都在讲人道主义、慈善、和平、玫瑰花、和平鸽，所以他就要写《无花的蔷薇》。在这个意义上，鲁迅的黑暗其实是第二义的。

最后一个问题是，今天讲的这五篇为什么这样排序。实际上我最初把《这样的战士》排在第一篇，第二篇是《淡淡的血痕中》，第三篇是《墓碣文》，但是后来我反复掂量，觉得这样进入有点困难，我决定选择比较容易进入的，相对来说意象比较平易、浓度不是特别高的作品作为最初的开端。就像搭台阶一样，一阶一阶往上走，我把最难的放在最后，让大家渐渐跟着我进入困境之后，我们直面困境。最后变成了这样的排序，在这个排序里，《死后》相对来说虽然没有那么单纯，但是比较平易，而《聪明人和傻子和奴才》是从《死后》往前迈了一步，从个我主体的自我坚持，一步迈到了他对这个社会上各种各样的奋斗和行为相互之间关系的观察。所以在阅读逻辑上，这是一个从主体的感知迈向社会的过程。关键是他迈向的社会是一个寓言式的社会，他揭示了一个经常被通行思路遮蔽的共谋关系，是由什么样的人造成的这样一个不那么好懂的关系。这一步的跨度不是很大，但是也不小。当然为了讲述的方便，我最终还是把《聪明人和傻子和奴才》放到了第一位。（在课堂上，《死后》是排在第一位的，但是在整理速记稿的时候，我发现这样排列对于理解不太方便，因此形成文字的时候进行了颠倒，把《死后》排在了《聪明人和傻子和奴才》之后。——著者）

这两步迈出以后，《这样的战士》相对来说就比较容易理解了，关键的问题在于"无物之阵"到底是什么意思。因为《聪明人和傻子和奴才》暗示了鲁迅要面对的那样一个敌军的阵营是有无数伪装的，同时他很难找到同盟军，同盟军很有可能是被回收到敌军阵营里的傻子。鲁迅不想跟傻子做战友，这种状态是

《这样的战士》里面讲的"无物之阵"中战叫的内容。《淡淡的血痕中》是进一步深化《聪明人和傻子和奴才》和《这样的战士》里面那些有慈善家、各种好名称的那些人的意象，也进一步表达了鲁迅为什么要把他自己和枭蛇鬼怪放在一起的原因。因为好名称都被"无物之物"占据，最后剩下的只有猫头鹰和毒蛇了。如果他也用人道主义，也用慈善，用关怀青年这样一些说法的话，他和"无物之物"是没有办法区别的，所以他宁愿让自己变成枭蛇鬼怪。最后，《墓碣文》实际上是把今天我们的阅读推到了一个两难之境。所谓的求真，只有在这种两难之境里才会发生。一切漂亮的、动人的口号，最后都被证明是虚伪的，而且即使有部分的真实，比如说聪明人的眼泪可能是真实的，它的社会功能却可能是虚假的。在这种状态下，才会出现一个两难之境中那个不知其位的困境。这是在历史最严酷的极限状态下求真的良知者必然面对的困境，因为他害怕自己在无意中作伪，最后变成了：我只有成尘的时候才会微笑。

当然也完全可以用其他的顺序来编排这些文本，或者说再把其他的文本放到里面来。鲁迅每一个文本都可以有多种解释。因此我们去读鲁迅的时候，用我们的方式去接近的鲁迅，可能只是鲁迅的某一个部分，没有人能够真的把鲁迅全部穷尽了。我们不过是尽可能地去理解鲁迅精神基本的结构而已。所以现在我仅仅是在做初步的尝试，将来随着阅读的深入和资料工作的推进，我会做相应的修正。鲁迅文本的多样性是非常丰富的，而他在中国现代思想史上的贡献，他与传统的关系，这些问题还有非常大的展开空间。

第四讲　绝望与希望之外

今天是我们最后一次讲座。这一讲的主题是绝望与希望之外。这和此前讨论的鲁迅笔下的未来、希望，以及如何理解他的绝望等问题，看似在方向上稍微有点不一样，不过实际上它们是密切相关的——我试图在此前的基础上把问题再推进一步。在进入核心主题之前，我们还是按照前三讲的规则，先从最好读的文本入手，一点点地推进我们的理解。我今天打算讨论六篇作品，基本上是到目前为止还没有正面讨论过的文本。它们分别是：《好的故事》《秋夜》《希望》《复仇》《复仇（其二）》《过客》。

一、抓不住的霓虹色碎影

我们先从《好的故事》开始讨论。这是在《野草》里显得独具一格的诗篇，它非常明快，而且极其美丽，鲁迅用简洁的笔法给我们勾勒出似乎可以亲眼看到、可以亲手摸到的一幅江南乡村的图景。我简单地给大家读一读："灯火渐渐地缩小了，……鞭爆的繁响在四近，烟草的烟雾在身边：是昏沉的夜。我闭了眼睛，向后一仰，靠在椅背上；捏着《初学记》的手搁在膝髁上。我在蒙胧中，看见一个好的故事。"这是一开始的引子，里面有一个需要注意的提示，就是《初学记》。《初学记》是唐代的类书，一共有三十卷，它相当于一部大型的工具书，包括经史子集、天文地理、制度和社会风土人情各个方面，包含了到唐初为止的一些名作。鲁迅没有说这本《初学记》的哪一卷，我们只知道他拿了一本《初学记》。

接着往下读。他看到了一个很美丽的画面，是一个好的故事："这故事很美丽，幽雅，有趣。许多美的人和美的事，错综起来像一天云锦，而且万颗奔星似的飞动着，同时又展开去，以至于无穷。我仿佛记得曾坐小船经过山阴道，两岸边的乌桕，新禾，野花，鸡，狗，丛树和枯树，茅屋，塔，伽蓝，农夫和村妇，村女，晒着的衣裳，和尚，蓑笠，天，云，竹，……"一口气给了我们一大串意象，这些意象归结起来，是乡野生活和平的、没有阴影的理想图景。

这一切"都倒影在澄碧的小河中"，这是非常有意思的写法。如果是一般的描写，会呈现实实在在的情境，但是鲁迅说，我看到的不是那个实实在在的情境，是倒影里面的情境。于是"随着每一打桨，各各夹带了闪烁的日光，并水里的萍藻游鱼，一同荡漾"。在这个荡漾的波涛里，我们发现，实实在在的岸上的景观动起来了，之后它开始变形，"诸影诸物，无不解散，而且摇动，扩大，互相融和；刚一融和，却又退缩，复近于原形。边缘都参差如夏云头，镶着日光，发出水银色焰。凡是我所经过的河，都是如此"。

看上去很写实，如果我们用细读的方式跟着文本往前走，会感觉到，尽管鲁迅没有说他在做梦，其实他是把我们引进了一个梦境。这个梦境是有现实版本的，那个现实的版本存在于遥远的过去，他坐在小船里，划着进入了这样一个好的故事。在这个虚实相间的意境中，大家要认真地去体会鲁迅传达给我们的那种平和、优雅、美好的情绪。而这个情绪是通过什么传达的？通过水，通过水面的动荡；原本各自独立的意象，通过各种倒影在水里的变形、融合和分解，传达给我们在河岸上很难体察到的平和与美妙。

"现在我所见的故事也如此。"上一段讲的是他在故乡的时候曾经看到过的景象，这个景象已经是记忆了，而且经过了作者的双重反射。第一重反射是通过水去看，第二重反射是通过记忆去看。现在我所见的故事同样如此，这回不直接谈岸上的风景，只谈水里的。"水中的青天的底子"就是蓝色的天映在了水里变成了背景，"一切事物统在上面交错，织成一篇，永是生动，永是展开，我看不见这一篇的结束"。有一点抽象地把上面的图景、色彩给我们重新组合了一下，在蓝天背景下我们看到人间社会的世间百态交织在了一起，织成了一篇故事。显然，这个"现在的故事"，也是一个折射的结果，它以《初学记》为媒介，把我们带进了水中那个变动不居的多彩图画。

"河边枯柳树下的几株瘦削的一丈红，该是村女种的罢。大红花和斑红花，都在水里面浮动，忽而碎散，拉长了，缕缕的胭脂水，然而没有晕。茅屋，狗，塔，村女，云，……也都浮动着。大红花一朵朵全被拉长了，这时是泼剌奔进的红锦带。带织入狗中，狗织入白云中，白云织入村女中……。在一瞬间，他们又将退缩了。但斑红花影也已碎散，伸长，就要织进塔，村女，狗，茅屋，云里去。"

然而，当"我"正打算追随动感凝视这一切的时候，却陡然惊醒，这时，发现手里的《初学记》几乎坠地，眼前就只剩下几点虹霓色的碎影。"我"本能地打算留住这个美丽的场景，于是"抛了书"，也就是抛下了引发这个美丽梦境的《初学记》，伸手去拿笔。然而当"我"抛下书之后，也就完全回到了现在，于是"只见昏暗的灯光，我不在小船里了"。

这一篇读下来大家有什么感觉？把它只作为一篇色彩明艳，而且描写极其生动的美丽的散文诗，还是把它作为《野草》这样一部被公认为有着沉重主题的文集里的特殊的文章来读？这两种读法是不太一样的。单独地读，这是一个值得反复体味的精美小品，一点阴影都没有。但如果我们结合其他的篇章来读，问题就不那么单纯了。

我之所以把《好的故事》作为今天这一讲的开头，是因为通常我们读了鲁迅名作《希望》之后，会觉得鲁迅抛弃了希望，抛弃了绝望，他是一个毕生从事激烈战斗的战士。但是读了《好的故事》之后，我们的想法会发生一点变化。因为在这一篇故事里，至少可以读出几个信息：第一个信息是，鲁迅其实不是一个抽象意义上的战士，他并非简单地把传统看成一个黑暗实体，站在它的对立面跟它拼搏。他不仅继承了中国传统里一直存活到现在的人文精神，而且深深浸淫在传统社会里那些朴素平和的生活氛围中。这一点尤其在《朝花夕拾》中有很细致的呈现。

如果从这样的角度去理解《好的故事》，那么里面两次出现了《初学记》的细节就很值得关注了。第一次是捏着《初学记》的手搁在膝盖上，他还是握着很牢的，我们甚至可以推测，鲁迅捏着的这本《初学记》大概是30卷里面关于诗词、民间生活的部分，比如它可能是很美丽的诗词歌赋，当然也可能是对于民间生活某一些侧面的记述。到了作品结尾处第二次出现《初学记》的时候，却是另一个意象："我无意识地赶忙捏住几乎坠地的《初学记》"，《初学记》要掉下去了，这是一个隐喻。如果大家接受我的过度诠释的话，这也许就意味着鲁迅试图要抓住已经逝去、不可能简单地用原来的方式再复制和持续的传统生活里的某一些要素。我们不能把它看成一个完整的传统社会生活，因为传统生活里面有相当黑暗、相当残酷的部分，如果不在内容上做直观比较的话，那么这一特点在结构上，与现代生活里也存在黑暗和残酷的现实，其实也没有太大区别；但是，是否传统社会就全都黑暗和残酷呢？就如同是否现代社会就全都美好和善良呢？如果我们能够摆脱这种实体性的感觉方式，那么就能体会到，鲁迅在《好的故事》里给我们提供了传统生活里面的那些美妙的部分，他不忍其逝去，但是它确实在离他而去。

第二个信息，是"我"试图抓住好的故事，追回好的故事，但是没有成功。

"眼前还剩着几点虹霓色的碎影。我真爱这一篇好的故事，趁碎影还在，我要追回他，……我抛了书，欠身伸手去取笔……我不在小船里了。"

这说明什么？说明鲁迅自己也没有生活在过去那样一个有茅屋、狗、塔、村女……的传统乡村社会里。他已经不在小船里了，他在今天的这个岸上，但是这个岸上的世界是一个比过去更好的社会吗？我们想一下《失掉的好地狱》，那是第二讲我们讨论过的文本。鲁迅向我们暗示，中国的传统社会可以说是地狱，因为它确实有残酷和落后的方面，而且鲁迅一直致力于与这种传统社会的黑暗面进行战斗。但那还算是一个"好地狱"，一个我们不想回去却有所留恋的生活空间；传统社会里仍然有某一些要素让我们觉得，把它一把火烧尽会是一种损失；那些要素应该存活到今天，今天的"新"社会缺少了那些部分会变得让人难以忍受。

当然《好的故事》描绘的并不是好的地狱，它描绘的是一去不返、以倒影的形式投射给今人的传统社会里那些美丽的记忆。因此，我们读这一篇的时候，不要把它简单地理解为这是鲁迅在怀旧。他没有怀旧，因为他并没有让自己沉浸在这个美丽的画面里。结尾处所说"我不在小船里了"，是一个沉重而决绝的判断："我"想抓住过去那个美丽的好的故事，但是抓不住。因此最后一句他说："但我总记得见过这一篇好的故事，在昏沉的夜……"

读过这篇以后，我建议大家尽可能地建立一个有分寸的感觉，这是关于过去、今天和未来的一个鲁迅式的想象。这个想象并不是建立在怀旧的基础上，但也不是建立在简单否定过去的基础上。当然《好的故事》本身并没有承载那么多的内容，我们可以结合上一讲的几篇作品加深对它的理解，比如上一讲我们读了《淡淡的血痕中》，这是一个关于过去、今天和未来的鲁迅式的设定。在上上一讲里我们读到的《风筝》，当然里面包含了某一些对过去沉重的记忆，但是都饱含了温馨的色彩。在鲁迅的时代，传统被意识形态视为负面的东西，主流认知是中国需要吸收西方的先进制度、技术、思想文化，迅速改造社会；鲁迅没有站在这个潮流的对立面，不过，他的"反传统"却是按照自己的想法进行的。《好的故事》描述了传统社会生活的平和美丽,《淡淡的血痕中》则揭示了传统社会生活废墟荒坟和流血的一面;这两面合起来,才是过去的生活。

二、无所交锋的"冷战"

在这样一个温暖的开头里,我们继续往前推进一步来读第二篇,不过接下来就不那么温暖了。这是《野草》的第一篇,《秋夜》。

《秋夜》是一篇难懂的作品,表面上看这是一篇很清醒的散文。鲁迅没有说他在做梦,更没有说他在梦里做梦,但所有的描述通过鲁迅特有的笔触都向我们展示了一个非现实的空间。现在我们从头开始,进入《秋夜》。

> 在我的后园,可以看见墙外有两株树,一株是枣树,还有一株也是枣树。

这个著名的描写已经被很多鲁迅研究者做了相当细致的分析。如果一般人写,大概会直接说墙外有两株枣树,但是鲁迅把两株树拆开来一株一株地介绍:"有两株树,一株是枣树",我们读到这里,一定认为另一株是桃树或者其他什么树,因为通常两株树不相同我们才这样介绍,但是他告诉我们说:"一株是枣树,还有一株也是枣树。"有一些学者非常准确地指出,通过这样的同语反复，鲁迅传达了一种特殊的情调，这个情调是寂寞和单调，当然也可以说是寂寞和孤独。这个把握是非常准确的，我想再添上一句，这里还暗含了另外一个意象，就是说虽然两株枣树是同类，而且它们被种植在一起，但是它们各自为战，相互之间没有关系，所以必须分开介绍。接下去我们再读到枣树时，会发现鲁迅的描写对象不动声色地从"他们"转变为"他"，两株枣树在不知不觉之间被锁定为一株。

第二段描写的是天空，从这里开始，我们读到的是非现实世界里才会出现的特异景象：

> 这上面的夜的天空，奇怪而高，我生平没有见过这样的奇怪而高的天空。

奇怪而高这个词用得极其精妙，精妙之处在于它指向一个日常生活中司空见惯，绝对不会引发奇怪感觉的对象——天空。当天空这个笼罩了一切的物质空间变得"奇怪而高"的时候，一种不祥的神秘感油然而生。在这个奇怪而高的天空之下，还有什么奇怪的事情不会发生呢？在第一次形容之后，鲁迅立刻重复了一次这个修辞，这个重复与上文的"一株是枣树，还有一株也是枣树"的同语反复相互呼应，孤寂奇绝的场景跃然纸上。应该说，《秋夜》开篇这两次重复修辞，具有强大的描写功能，寥寥几笔，铺陈出独特的诡异情调，也勾勒出无可取代的叙述场景。

"他仿佛要离开人间而去，使人们仰面不再看见。"这是一个很特别的想象。如果人们仰面看不到天空，那会看到什么？看到的可能是一个无边无际的黑洞。当然这事不可能发生，如果发生，来不及看我们就先死掉了，因为大气层没有了。但是鲁迅的这个比喻是非常有想象力的，他说天空躲躲闪闪地要离人而去，让人看不到它。这时候的天空被赋予了人格特征，它的狡黠和阴险跃然纸上。

"然而现在却非常之蓝，闪闪地映着几十个星星的眼，冷眼。他的口角上现出微笑，似乎自以为大有深意，而将繁霜洒在我的园里的野花草上。"这是一个很和平的描述，但是里面包含了尖利的棱角。我们只要联想起《这样的战士》里的描写，就会知道这个天空现在实际上被鲁迅设定为无物之物或者说无物之阵。

现在目光从天空通过洒下的繁霜转移到了花草上。"我不知道那些花草真叫什么名字，人们叫他们什么名字。我记得有一种开过极细小的粉红花，现在还开着，但是更极细小了，她在冷的夜气中，瑟缩地做梦，梦见春的到来，梦见秋的到来，梦见瘦的诗人将眼泪擦在她最末的花瓣上，告诉她秋虽然来，冬虽然来，而此后接着还是春，胡蝶乱飞，蜜蜂都唱起春词来了。她于是一笑，虽然颜色冻得红惨惨地，仍然瑟缩着。"这一段里出现的主角是一种不知名的、开着小粉红花的小草。赶上了深秋季节的霜冻，但是它不肯让花瓣凋谢，只是花瓣变得更细小，于是它瑟缩着做春天的梦。而鲁迅通过这样一个在寒冷的季节里坚持着瑟缩着、不肯凋谢花瓣的小花草，来传递那些微小的生命即使在极严酷的环境下仍然怀抱着希望。这个希望就是秋天之后虽然会有冬天，但是冬天之后春天就到了。

接下来是枣树："枣树，他们简直落尽了叶子。先前，还有一两个孩子来打他们别人打剩的枣子，现在是一个也不剩了，连叶子也落尽了。"这两个复数的"他们"之后，枣树的人称代词变成了单数的"他"。接着是枣树和小粉红花的关系："他知道小粉红花的梦，秋后要有春"；但是小粉红花拒绝做的另一个梦，枣树也知道，那是落叶的梦，"他也知道落叶的梦，春后还是秋"。希望来了之后，不会永远给你美好的现实；春天来了之后，它背后隐藏的是秋，而秋的后面又将是冬。

"他简直落尽叶子，单剩干子，然而脱了当初满树是果实和叶子时候的弧形，欠伸得很舒服。"这是鲁迅特有的意象。当枣树长满了果实、长满了叶子的时候，它要为这个果实和叶子所牵累，没有办法欠伸得很舒服。当一切落尽，只剩了光秃秃的枝干之后，枣树露出它本来的面貌。"欠伸得很舒服"的意思，是指这个树干本来是要挺直的，只有在它没有任何牵累的时候，它才能够显示出它原本的状态。但是在它经过一轮发芽、长叶、结果，而且这个果实又被人打掉的经历之后，它没有办法让所有的枝干都挺直了。这个感觉，在《过客》里过客拒绝小女孩布条的时候，又一次被浓墨重彩地强调了。"但是，有几枝还低亚着，护定他从打枣的竿梢所得的皮伤，而最直最长的几枝，却已默默地铁似的直刺着奇怪而高的天空，使天空闪闪地鬼䀹眼；直刺着天空中圆满的月亮，使月亮窘得发白。"这是一个非常明确的鲁迅式意象，这就是《这样的战士》里所描写的发出战叫的无物之阵当中的战士的形象。

"鬼䀹眼的天空越加非常之蓝，不安了，仿佛想离去人间，避开枣树，只将月亮剩下。""鬼䀹眼"的天空自己先想逃走了，无物之物打算逃脱，躲开直刺它的枣树，抛出一个替死鬼是月亮。"然而月亮也暗暗地躲到东边去了。"大家要注意，在这里鲁迅用了曲笔，又一次暗示我们，这不是一个现实的故事，因为我们都知道，月亮圆的时候是从东方升起来，往西边移动，在西边落下。满月不可能在升到半空以后再暗暗地躲到东边去，它应该躲到西边去才对，鲁迅想告诉我们什么？告诉我们这是一个非现实的场景。

"而一无所有的干子，却仍然默默地铁似的直刺着奇怪而高的天空，一意要制他的死命，不管他各式各样地䀹着许多蛊惑的眼睛。"这个"蛊惑的眼睛"在鲁迅的刻画里是最好理解的，我们不用引用他的杂文就可以知道。在《这样的战士》的开头，描述的各种各样的好名称，各种各样的锦旗，都是各式各样的蛊惑的眼睛。然而枣树脱离了它所有的牵累之后直刺天空，不管它面对多少诱惑，这个直刺天空的姿态是默默的、坚定的、不动摇的。"一意要制他的死命"，让人联想到鲁迅的论战姿态：即使处于"一无所有"的劣势，也绝对不肯罢休。

这时候鲁迅觉得应该有声音出现。"哇的一声，夜游的恶鸟飞过了。"这个意象我们曾经讨论过，这个夜游的恶鸟恐怕也是猫头鹰这一类的鸟。"我忽而听到夜半的笑声，吃吃地，似乎不愿意惊动睡着的人，然而四围的空气都应和着笑。夜半，没有别的人，我即刻听出这声音就在我嘴里，我也即刻被这笑声所驱逐，回进自己的房。灯火的带子也即刻被我旋高了。"这个笑声回应的是猫头鹰的叫声，而笑声、猫头鹰的叫声，和默默的不发出声音的枣树的直刺天空的光秃秃的树干，它们之间有一个并不交集的、不可见的呼应关系。只是没有任何迹象能让人觉察到这是一个相互配合的关系，唯一的提示仅仅是，它们都发生在"鬼映眼"的天空之下。由于地面上有各种各样的植物、动物和人，天空一直感到不安；实际上，这个天空最直接的意象，是文坛上占尽先机、好名堂和好旗帜的伪君子。它虽然可以洒下繁霜令小粉红花瑟瑟发抖，但仍然会在枣树默默的直刺中感到不安。

接下来是关于小虫的意象。当翠绿色的小虫从窗纸的破洞飞进来，恐怕已经在秋夜中耗尽了生命。有一只直接掉进了灯火，自然就被烧死了；剩下的停在灯罩上，但也没有多少时间可以存活。于是"我"的心里涌起一点温情。小青虫把人的视线自然地引向了画着栀子花的白纸灯罩，于是"我"有了一段联想："猩红的栀子开花时，枣树又要做小粉红花的梦，青葱地弯成弧形了。"这又是一个暗喻。当他用充满温情的状态去观察这些小虫的时候，他想到天地之间那些可爱的生灵，于是他让他的枣树不仅仅停留在刺破青天的状态，而是根据自然的规律，他想象现在这个无所牵挂、一无所有的战士到了明年春天，也要和小粉红花一起继续做梦，于是它将再度弯成弧形，不再刺向天空，因为它也要长叶，要开花，要结果。

到了这时，笔锋一转："我又听到夜半的笑声；我赶紧砍断我的心绪，看那老在白纸罩上的小青虫，……遍身的颜色苍翠得可爱、可怜。我打一个呵欠，点起一支纸烟，喷出烟来，对着灯默默地敬奠这些苍翠精致的英雄们。"最后这个很含蓄的结尾向我们传递了后来在《过客》里面出现的意象。《过客》并不是没有人间的温情，但是有一种更强大的力量让他跨越这些温情，甚至放下、拒绝这些温情一直往前走。而前面是坟。小青虫们也终于"老"在了白纸灯罩上，受到了"我"的敬奠。

《秋夜》勾勒了一幅冷战图。在这里对立并不白热化，然而持久、决绝；我们看不到交锋，却感受得到内在的紧张。这较量并没有明确的阵营，在狡黠的、冷酷的环境里，各个生灵按照自己的生命逻辑坚韧地活着。这种走向死亡的坚韧活法，是让鲁迅感动和敬重的。哪怕是小青虫，也值得尊敬和祭奠。

这是自然的状态，也是人文的状态。在鲁迅眼里，这是永无尽头的冷战，希望与失望都与它相关，温情与冷酷也都以它为基调。四季更迭，意味着生命的起落，意味着战斗的持续，然而"鬼睒眼"的天空却并不正面迎战，至多不过洒下繁霜，表现出不安。

以《秋夜》开头的《野草》，注定了是一场无从交锋却无可逃避的冷战。

三、直逼真正的暗夜

读完了《秋夜》之后，我们可以进入今天这一讲的中心文本《希望》。

"我的心分外地寂寞。然而我的心很平安：没有爱憎，没有哀乐，也没有颜色和声音。"一开头鲁迅传达了两种情绪，一种情绪是寂寞，一种情绪是没有任何感觉，所谓的平安在这里并不是平安无事的意思，其实是静如止水的状态。它和寂寞不一样，静如止水的状态是没有任何感觉，连寂寞都无法感受。因此，我的心分外地寂寞，然而很平安，这样的状态告诉我们，在这个状态里面的寂寞不是普通的寂寞。有什么区别呢？普通的寂寞是每一个人都希望摆脱的状态。当然还有一种，就是现代人喜欢"把玩"寂寞，所谓的顾影自怜。但是一旦把玩，就不会静如止水了。在静如止水状态下寂寞的时候，这寂寞变成了人的宿命，它是无可摆脱的，也没有摆脱它的必要，因为你摆脱不掉，也不能把玩它，于是必须想另外一种办法，就是要面对寂寞。

接下来是鲁迅心境的一段描写："我大概老了。我的头发已经苍白，不是很明白的事么？我的手颤抖着，不是很明白的事么？那么，我的魂灵的手一定也颤抖着，头发也一定苍白了。"这是一个双重的关于衰老的意象。人在肉体上老了，这是可视的；在灵魂上老了，这是不可视的。鲁迅说的是，当灵魂老了的时候，平安就来了。

接下来又起了一段，只有单独的一句话："然而这是许多年前的事了。"这一句不是说许多年前我就老了，而是说我现在要谈一下许多年前曾经有过的事。"这以前，我的心也曾充满过血腥的歌声。"我们可以注意到，《野草》里面鲁迅不止一次地使用这样的意象，把歌声与血腥结合起来。虽然《好的故事》是一个例外，但《好的故事》是一个抓不住的故事，是一个现在再也没有办法简单复制的意象。而现实当中所有的歌声、笑声等情绪，无不伴随着血腥。

第一讲我引过《一觉》里的一段话，"我愿意在无形无色的鲜血淋漓的粗暴上接吻"，鲁迅要直面他所处的那个时代。他说："我的心也曾充满过血腥的歌声：血和铁，火焰和毒，恢复和报仇。"这确实是很残酷的，但又是让人不可能寂寞、不可能平安的情感的激烈表达，它是一种极限状态下的情况。"而忽而这些都空虚了。"这些表述，我们可以借助现实中很多事实加以理解，即

使不用辛亥革命未达目标、五四最终退潮这样一些事实
一一解释，也可以理解鲁迅在这个激烈的、巨变的时代
波涛里产生的强烈希望，在失落之后的那种空虚感。

　　接下来的一句是："但有时故意地填以没奈何的自欺
的希望。"主题"希望"出来了，而第一次出现的希望就
是"自欺的希望"，也就是说，从一开始，主体就没有
真正地信赖它。"希望，希望，用这希望的盾，抗拒那空
虚中的暗夜的袭来，虽然盾后面也依然是空虚中的暗夜。
然而就是如此，陆续地耗尽了我的青春。"鲁迅讲的是，
希望是他抵挡现实当中难以承受的苦难和悲哀、抵挡各
种各样黑暗的那一柄盾牌。但是这个盾牌却是自欺的，
为什么呢？因为在盾牌所向的那一面，也就是盾牌的前
面是空虚中的暗夜，但是在盾牌的后面，它挡不住的黑
暗其实已经把他整个人包裹起来了。所以他觉得用这样
的盾牌去挡一个意象中的黑暗其实是自欺的行为。然而
就这样，却耗尽了自己的青春。

　　接下来同样是关于希望的转折："我早先岂不知我的
青春已经逝去了？但以为身外的青春固在：星，月光，
僵坠的胡蝶，暗中的花，猫头鹰的不祥之言，杜鹃的啼
血，笑的渺茫，爱的翔舞……。虽然是悲凉漂渺的青春
罢，然而究竟是青春。"在这里，希望具体化为青春的形
态，同时出现了一个不明显的对比。鲁迅青春的内容是
血和铁、火焰和毒、恢复和报仇，这是非常强烈的、极
具战斗性格的内容，而且所有的战斗都被推向了极端。

但是身外的青春固在，这个描述后面所提示的意象，跟鲁迅年轻时候青春的意象，在内容上是不同的。

身外的青春里包含了无奈、失望、虚无，以及各种各样没有强烈冲击力的抵抗，这实际上是鲁迅对下一代年轻人在社会生活中表现出来的各种情绪的一个形象化。即使是这样，这仍然是青春，虽然是悲凉、缥缈的青春，然而究竟是青春，鲁迅认为如果青年还有这样的青春，那么他就不会真的丧失希望。自己的青春没有了，但是他可以寄希望于身外的青春。作品到这里，呈现出了潜在的逻辑：青春和希望结合在一起是什么意思？我们都知道，希望这个词是对于还没有实现的事情所抱有的期待。当我们说这个人是有希望的，显然他现在还不是你期待的样子，但是你相信或者是期待着将来他有可能是那个样子，因此，期待是一种对于可能性的呼唤，对于未来有可能发生、期盼会发生的事情有某种信心和向往，这种状态，叫满怀希望。

青春之所以和希望结合在一起，是因为青春还没有完全成熟，可能性还没有完全呈现出来；比如说和在座的各位比起来，你们就比我有希望。因为你们未来的日子比我长，可能性也比我多。鲁迅曾经一度把希望寄托在年轻人身上，但是后来他失望了，这是我们都知道的基本事实。在这种情况下，鲁迅说如果我这个老人身外的青春都不在了，那么事情就麻烦了。我的希望往哪里寄托呢？我自己无论是心还是身都已经老了。而我现在的状态是连寂寞都不是我所要驱逐的了，寂寞变成了我的伙伴，在这种状态下，唯一能寄托希望的不在我的身内，而在我的身外，在我的下一代，在未来。所以具象地说，身外的青年们是不是能够给"我"希望？抽象地说，中国、人类是不是值得期待？这是鲁迅对于希望这个范畴很深刻的追问。

"然而现在何以如此寂寞？难道连身外的青春也都逝去，世上的青年也多衰老了么？"鲁迅在给《野草》英文版写的导言里，说是因为自己看到当时青年们太消沉了，所以便写了这样一篇文章。但是仅仅依靠这样一个说明来读这一篇作品，其实是有问题的，因为这一篇作品是不是能够鼓舞起消沉的青年们的意志，它的功能是不是为了鼓舞青年，或者说批评青年？这是大可怀疑的。虽然写作的动机可能是看到青年消沉，但是这一篇作品，远不是为了解决社会问题而写作的启蒙式文章。

我在第一次讲座里强调过，《野草》是一部用诗的形式写作的哲学著作，它以没有任何抽象的意象性描述，给我们传达出的是哲学的命题。因此，可以说，青年们的消沉给鲁迅提供了一个重新思考希望的契机。廉价的、人道主义的鼓舞人的欺骗是不是真的能够生产出有内涵的希望？这和鲁迅的很多论述是直接相关的，比如说《呐喊》的自序里他谈到铁屋子的意象。鲁迅的疑虑是：如果一群人睡在铁屋子里，他没有希望，因此也就没有失望，让他憋死是不是最人道的？你把他喊起来，让他有了希望，又在绝望中挣扎着死去，喊他的人是不是间接地在犯罪？这些问题都和我们今天轻易挂在嘴边上的所谓启蒙直接相关。

当身外的青春看上去好像也要逝去了，世上的青年看上去似乎有衰老迹象的时候，鲁迅下了一个决断，他说："我只得由我来肉薄这空虚中的暗夜了。我放下了希望之盾，我听到Petöfi Sándor（1823—49）的'希望'之歌。"这里的"肉薄"跟我们前面某一次课上读到的"的中"一样，也是日语词，含义是近距离的"逼近""迫近"，所以也写为"肉迫"。这个"逼"和"迫"传达的是一种咄咄逼人的感觉，但是并不发生直接的交锋。"肉薄"一词在中国前近代的文献中似乎是与"肉搏"通用的，表示近距离的激烈搏斗；但是在日语的演进过程里变得并不通用，而且肉薄除了"迫近"的意思之外，还可以延伸出"近距离接近"的意思，所以可以用到不可能发生搏斗的场合。鲁迅是在哪个意义上使用的呢？我请教了薛毅教授，根据他提供的鲁迅在其他文章中的用法，鲁迅是分开使用"肉薄"与"肉搏"的。例如《从胡须说到牙齿》中有"肉薄中央医院"的说法，这只是亲身到中央医院去的意思，没有"搏斗"的含义。译著里出现得比较多，《苦闷的象征》《出了象牙之塔》《关于绥蒙诺夫及其代表作"饥饿"》里都有"肉薄"，比如"肉薄读者""肉薄那现实生活的核仁"等，都是"迫近"的意思。而"肉搏"在鲁迅这里就是近距离搏斗的意思。在《杂忆》中出现过"肉搏强敌"的说法，在译文中也有使用。《革命的英雄们》《枯煤·人们和耐火砖》里都在搏斗的意义上使用了"肉搏"。因此可以断定，鲁迅在《希望》中使用的"肉薄"一词，利用了日语词里"亲身迫近"的意思。

"肉薄空虚中的暗夜"，就是逼近、迫近空虚中的暗夜，意味着不再把希望作为盾牌以求回避似有似无的暗夜，而是逼视它，迎上前去。为什么要这样做呢？因为下文最后点出一个重要的信息：就连这个暗夜也未必是真的。如果是"肉搏"的话，对手不仅是确定的，而且短兵相接；而未必是真的暗夜，是没有办法与之搏斗的。如果结合《这样的战士》与《秋夜》来理解，这种"肉薄"状态，首先意味着辨识。《秋夜》里枣树直刺天空的枝条，虽然离天空很远，谈不到近距离迫近，但在使天空感到不安的意义上，也是一种具有逼迫性的"肉薄"。其次，"肉薄"包含了鲁迅冷彻的判断：如果要与暗夜对决，那么必须放下希望。下面他引了匈牙利诗人裴多菲的一段诗，这段诗怎么翻译，特别是第二句有很多争议，因为从匈牙利语翻译成了很多的文字，鲁迅肯定也是转译的。鲁迅是这样翻的："希望是甚么？是娼妓：她对谁都蛊惑，将一切都献给。"据日本学者丸尾常喜考证，"将一切都献给"这个译法是比较接近匈牙利语诗的原文的。英语翻译成："这个妓女对一切都献出她的身体。"这个译法和鲁迅的翻译有点不一样。竹内好把它翻译成了另外一个意思：她对谁都蛊惑，但是蛊惑的结果是使被蛊惑者献出一切，妓女让被蛊惑的男人献出一切。换句话说，当你满怀希望的时候，你会为希望献出你的一切。鲁迅的翻译不同，他翻译的意思是，希望会赋予你一切。

"待你牺牲了极多的宝贝——你的青春——她就弃掉你。"两种翻译表面上看是不一样的，鲁迅的这个翻译和他后面要讲的话直接相关：你以为你得到了很多，当希望把一切都给你的时候，那是你对自己的一个虚假的承诺。你说将来很好，将来一定是一个非常美好的社会，就像《好的故事》那样。当你这样去幻想未来的美好图景的时候，那个希望给了你一切。我想这是鲁迅要传达的意思，鲁迅在这里讲"希望之盾"是自欺的工具，因此他才说，希望之盾会许诺你非常多的东西，但是你仔细一看，你要挡的东西透过那个盾都在你身边，它不能给你任何保护。

接下来鲁迅写道："但是，可惨的人生！桀骜英勇如Petöfi，也终于对了暗夜止步，回顾着茫茫的东方了。"这个"茫茫的东方"指的是什么？有一种解释是：我希望天亮，东方是太阳升起的地方。如果这样理解的话，这个"天亮"到底在上下文里承担什么角色好像有点成问题。

我个人愿意做一个有点冒险的过度诠释，这个解释对于我而言非常重要，因为它涉及我这一讲的中心问题：我为什么要讲"绝望与希望之外"？有一次课上曾经跟几位同学讨论过支撑着鲁迅的是什么，我当时说的是"死"，当时我对那个"死"有一些解释，而且我说这个话题要留到最后一讲，今天我们必须要处理这个问题。我们先来看这一句话："对了暗夜止步，回顾着茫茫的东方"，如果和下一句联起来，这个"东方"也许是更实在的东方，是一个地理空间的意象，那是产生了中华文明与印度文明的地方。

为什么呢？因为接下来讲"绝望之为虚妄，正与希望相同"。其实这句话原话在裴多菲的诗里面是很温暖的，《鲁迅全集》有一个注解，我查了其他学者的考证，这个注解是准确的。实际上裴多菲说这句话时，是非常温暖的一个表述。他说有一次他要去未婚妻所在的城市，坐一辆马车出发，这驾马车是由看上去根本撑不下来的几匹驽马来拉的，因此他绝望。但是坐上车以后这几匹马飞奔如箭，所有的骏马恐怕都要自愧不如。于是他大发感慨说看来人也不要轻易绝望，这个绝望是很骗人的，正像希望那样。虽然裴多菲说希望也很骗人，但是他受到绝望欺骗的经验却是一个很愉快的经验，得到了意想不到的好结果。

因此，裴多菲说的"虚妄"是很轻松的，它只是不可信的意思。但是到了鲁迅这里，意思被他改变了，被他转化了，"对了暗夜止步，回顾着茫茫东方"，在这种时候这个"东方"给了他什么呢？给了他"虚妄"，"虚妄"是什么呢？虚妄并不是虚无，能够帮助我们理解"虚妄"这样一个表述的，特别是把绝望和希望放进来之后的这个表述，应该是不能简单还原到道教的虚无和佛教的"无"中去的。其实"虚妄"这个词原本就是佛教术语，但是鲁迅从来没有从佛教徒的角度使用过佛教的术语，当然在另一方面，他又确实继承了中国传统社会里一脉相承的大于一切有的"无"的概念，这和中国哲学的自然观中人与自然内在契合的理念直接相关。

绝望和希望都是虚妄，这句话是不是意味着鲁迅从此不再有希望，也不再有绝望？如果这样理解就偏了。这一句话里，关键词是"虚妄"，它意味着不确定，意味着变化，意味着不可靠。它颠覆了以人为中心的世界观，但是赋予了人的精神以清醒的自觉。到这一句为止，鲁迅一直在讨论的问题是：我非常想依靠身外的青春重建希望，身外的青春难道真的不存在吗？这是他的疑问，并不是他的判断。可是在这样的情况下，鲁迅知道青年们很消沉，就直接鼓动青年吗？鲁迅同时代很多人道主义的作家都在做这件事，结果如何？我们几次引用过鲁迅杂文里的说法：高喊口号之后，还是要证实一下这个口号是真的还是假的。比如说我们要到乡间去，看到了民间、乡间以后，再回到学校里去考察这个口号。当鲁迅这样讲的时候，他知道用直观意义上所谓乐观主义或者是鼓舞人心的方式去建立希望，只是自欺而已。

但即使是这样，鲁迅并不想放弃希望。虽然他不想放弃希望，却没有任何可能足以在直观意义上建立起希望。在这种状态下，他是不是应该绝望呢？他说绝望同样靠不住。我们知道希望和绝望是两种完全不同的感情，希望是面对目前不存在的可能性所怀抱的一种期待方式，乃至于情感方式；绝望是面对你现在看到的、无法接受的现实所怀抱的一种感觉方式，乃至于情感方式。因此，希望和绝望的关系不是同一层面的关系。那么鲁迅要做什么呢？鲁迅对现实确实不断地绝望，但是他从来没有把绝望作为他在现实里——用他自己的话说是"肉薄暗夜"时——的立脚点。他的立脚点不是绝望，绝望是他在不断奋斗的过程中不断产生的一种感觉，但当这种感觉不是他的立脚点的时候，绝望和希望一样，都是伴随着鲁迅一生的情感，即使在不同阶段它们的内容不断发生变化，但它们都不能左右鲁迅的判断。

当这样来处理绝望和希望的时候，一定会有大于绝望与希望的另外一个立脚点，这个立脚点就是《希望》一开头的那两句话：寂寞和平安。当我们读到"茫茫的东方"的时候，我们是不是可以理解为东方特有的，来源于佛教，但是并不能被佛教回收的那种对于"无"的感觉？"无"绝不是没有，"无"是大有，是无数个"有"集合起来的无形的状态，这是只有东方哲学才能够有效打造出来的感觉，宇宙生命的特有范畴。因此，"无"既不是虚无，也不是虚妄，它是包含了虚无、虚妄，包含了绝望和希望在内的宇宙世界观。

我们注意到，这篇作品的主题原本并不包含绝望，如果它包含绝望，题目应该叫希望与绝望；因此可以说，绝望是来自希望的衍生品。当我们读《希望》的时候，不能够偏离这篇文章的脉络，把它简单地置换为这是鲁迅在表述他的绝望，表述他对绝望的绝望。如果那样理解的话，可能和鲁迅的原意不太吻合。鲁迅确实谈到了绝望的不可靠，但是对他来说更重要的是希望。他知道希望的不可靠，但是又没有可靠的感觉，在这种"无地之地"里徘徊的时候，唯一看似可靠的恰恰是无可依靠的"虚妄"。

我们再把最后这几段读一读，最后这几段是鲁迅特有的重复性修辞，在重复中他增加了一些新的说法，而新的说法是有其他的篇章可以证明其含义的。

"倘使我还得偷生在不明不暗的这'虚妄'中"，这里出现了不明不暗的说法。《影的告别》里面非常重要的一个瞬间。当时有同学问我这是哪个阶段，哪个层面。我们知道不明不暗，如果不是鲁迅，也许别人，包括我们在座的各位，会把它确定为一个特定的时间状态，它既不是明，又不是暗，它是一种中间状态。但是在鲁迅的《影的告别》里不明不暗是一个不得已的过渡，是影不能选择光明，也不愿意选择黑暗的时候暂时栖身的状态，所以它是一个过渡。而这个过渡最大的特征，在于你不知道它结束之后到来的是光明，还是黑暗。

在这里鲁迅使用了"偷生在不明不暗的这'虚妄'中"这样一个说法，也就是说，假如我在这样的状态里存活的话，我是偷生，是暂时的栖身，我必须继续寻找摆脱偷生状态的契机，这个契机只能在身外。这里值得注意的是"偷生"的表述，它让人联想起《求乞者》："我将用无所为和沉默求乞……我至少将得到虚无。"偷生当然并不是理想的生存形式，更何况偷生在明暗不定的虚妄之中；但是鲁迅没有其他的选择，这份不得已，迫使他寻求同样不得已的解脱方式。他说："我就还要寻求那逝去的悲凉漂渺的青春，但不妨在我的身外。因为身外的青春倘一消灭，我身中的迟暮也即凋零了。"在这里有一个上文没有的微小变化：身外和身内那个悲凉缥缈的青春在这里有一个微妙的合体，也就是我的青春已经逝去了，但是它没有走干净，别看我和寂寞共生，别看我很平安，但是我内心还有迟暮在，迟暮是希望的残痕，而这个残痕要身外的青春把它点亮，因此需要寻找。

"然而现在没有星和月光，没有僵坠的胡蝶以至笑的渺茫，爱的翔舞。然而青年们很平安。"青年好像靠不住了，怎么办？"我只得由我来肉薄这空虚中的暗夜了，纵使寻不到身外的青春，也总得自己来一掷我身中的迟暮。"结合《这样的战士》，可以找到似曾相识的感觉。"自己来一掷身中的迟暮"，就是把内心那抹希望的残痕作为投枪投掷出去。行文到此，我们发现，这是一种把希望和绝望包含在自己的内在世界里，却并不把它们作为立足点的状态。身外的青春和希望绑在一起，他寻不到，又不肯止步于绝望，因为绝望也同样虚妄，因此鲁迅要像真正的战士那样，投掷出自己希望的残痕，这是青春逝去后留下的迟暮，却是智慧成熟的结晶。这锐利的投枪让鲁迅拨开希望的面纱，看到了时代的真相：他看到的是热闹新文苑的寂寞，尘封旧战场的平安！

"但暗夜又在那里呢？现在没有星，没有月光以至笑的渺茫和爱的翔舞；青年们很平安，而我的面前又竟至于并且没有真的暗夜。""肉薄"的对象是暗夜，投掷的目标是暗夜，可是往哪里逼近，如何投掷，才能够与真实的暗夜对峙？这里我们又看到了那个熟悉的鲁迅特有的命题，就是《影的告别》里的影子彷徨于无地的感觉，《这样的战士》里的战士举起投枪，却进入无物之阵的状态。——但他举起了投枪！

把"面前竟至于没有真的暗夜"与"绝望之为虚妄，正与希望相同"结合起来理解，我们可以与《希望》的核心主题相遇。当人们把希望或者绝望作为盾牌进行战斗的时候，面对的战斗对象很可能是同样具有自我欺骗性质的虚假"暗夜"。影子和战士拼力所抵抗的，不正是这种虚假的"暗夜"吗？在历史的巨变中求真，并不是一个遥不可及的课题，它从对于真的暗夜的甄别开始。

在这样状态下，坚持着的鲁迅有一个大于希望和绝望的更深刻的宇宙观，我们不妨就用鲁迅的说法来表述，这是一个从"茫茫的东方"历史中产生出来的生命哲学，这个生命哲学是不能简单地折合到尼采的生命哲学里去的。当然也不能把它回收到佛教"无"的概念里去，或者用庄子的哲学去解释它。这是中国传统人文精神里那个最难以理解、却被一代代优秀的知识分子所传承下来的生命感觉。我们只能从历代中国思想家"求道"的探索中，去寻找这种生命感觉的根基。

这种生命感觉让鲁迅可以用一种无可言说的方式，用一种坚守寂寞的方式，重新处理绝望、希望这类感觉所带来的情感。鲁迅的这种生命感觉，构成了大于绝望、希望，大于绝望与希望的对立，大于对绝望的绝望，大于这所有情感的哲学范畴。这是鲁迅生命体验的精华，对它最形象的描述就是《题〈彷徨〉》的那首诗："寂寞新文苑，平安旧战场。两间馀一卒，荷戟独彷徨。"天地之间的这个卒子和天地的关系是什么？当这个战士肩扛战戟独自彷徨而没有可战斗的真实对象，也没有可以归属的队伍时，如同影投身于黑暗从而消解了自己的轮廓一样，这"一卒"把自己融进了"两间"。准确地说，他把天地之道化约在自己这个小卒身上，从而使自己构成了天地间的一个点。在这时候他的心是平安的。他的心格外寂寞，而这个寂寞没有让他真的心如止水；到他生命结束的时候，作为战士，他还一直肩负着战戟逼近着、辨析着"真的暗夜"。我们联想一下鲁迅在《野草·题辞》里所说的对于过去的生命的"死亡的大欢喜"，就可以理解，支撑着鲁迅对希望与绝望感知的，正是这种"大欢喜"的寂寞。

特别需要指出一点，《题〈彷徨〉》写于1933年，这是鲁迅研究中公认的鲁迅转向"左翼"的时期。鲁迅在1930年参与了左联的创建，与左联的骨干有一些龃龉；

当他在左联中以独特的方式战斗时，他眼中的新文苑并非如同人们看到的那样热闹，旧战场也同样并未因硝烟散去而面目全非。鲁迅仍然追问着20年代写作《希望》时所追问的那个根本性的问题：假如不想偷生在不明不暗的虚妄中，也就是说不想以希望或者绝望自欺，那么，就只好"肉薄"空虚中的暗夜，从而直面"真正的暗夜"——真正的暗夜在哪里？

鲁迅写作中反复出现的一个表现形式是值得注意的：他往往在论述推向高潮的时候笔锋一转，简洁地提示说：这一切并不真实。《希望》在点出暗夜并不真实的时候，也以这个形式强化了表现力。鲁迅一生最在意的是真伪的问题，为此他不惜把问题推向极端。他早在用文言文写作时期就写下了"伪士当去，迷信可存，今日之急也"的呼唤，这并不是偶然的。《华盖集续集》有一篇《我还不能"带住"》，可以说直接对他早年的呼吁做了具体的注解。

鲁迅说："我自己也知道，在中国，我的笔要算较为尖刻的，说话有时也不留情面。但我又知道人们怎样地用了公理正义的美名，正人君子的徽号，温良敦厚的假脸，流言公论的武器，吞吐曲折的文字，行私利己，使无刀无笔的弱者不得喘息。倘使我没有这笔，也就是被欺侮到赴诉无门的一个；我觉悟了，所以要常用，尤其是用于使麒麟皮下露出马脚。万一那些虚伪者居然觉得一点痛苦，有些省悟，知道技俩也有穷时，少装些假面目，则用了陈源教授的话来说，就是一个教训。只要谁露出真价值来，即使只值半文，我决不敢轻薄半句。但是，想用了串戏的方法来哄骗，那是不行的；我知道的，不和你们来敷衍。"

用公式化的"黑暗的旧势力"来解释这段引文中的"人们"是不准确的。这里的"人们"其实是受过很好教育的新式知识分子，当然也不仅仅指的是陈西滢等现代评论派的文人。这篇杂文虽然是直接回应现代评论派的，却可以帮助我们理解《希望》里关于"肉薄暗夜"的说法。鲁迅说眼前并没有真的暗夜，显然意味着他与之对阵的并不是简明易懂的敌手，而是以"公理正义""正人君子""温良敦厚"著称的"虚伪者"；鲁迅认为这些人的言论文字会使弱者"不得喘息"。这说法看上去有些夸张，不过却把新文化运动兴起之后文坛错综复杂的紧张与对立表述得淋漓尽致。鲁迅明确地表示，他在揭露虚伪者方面决不敷衍，使麒麟皮下露出马脚，是他重要的斗争目标。但是恐怕鲁迅面对的最大困难，就是这些无物之物看上去并不"黑暗"，而鲁迅却很容易被扣上刻薄、恶毒的帽子。

应该说"五四新文化运动"在极短的时间内完成了一个从生气勃勃的意识形态变成僵化教条的过程，这个过程就是西方思想以观念的方式笼罩了中国文坛。鲁迅在《这样的战士》里所说的好名声、好旗号，刚刚我念的这段话中提到的"公理正义的美名，正人君子的徽号，温良敦厚的假脸"等，讲的都是这种教条占有优势地位，成为一种霸权性的意识形态。每一代在历史转折时期试图创造出新的思想能量的知识分子，他首先面对的难题就是如何打破这种以假乱真的作伪。这种作伪，实际上就是把相对化的真理绝对化之后，把它作为意识形态转化为霸权性的舆论，用来打压自己的论敌——用鲁迅的话说就是使无刀无笔的弱者不得喘息，用今天的话说就是所谓的"政治正确"。

回想一下《秋夜》中"奇怪而高"的天空，《聪明人和傻子和奴才》中的聪明人，《淡淡的血痕中》中造物主的良民，《失掉的好地狱》中主宰地狱的人类，我们自然会想起《墓碣文》中的墓碣文："于浩歌狂热之际中寒；于天上看见深渊。"而"我的面前又竟至于并且没有真的暗夜"，在这样的上下文中，就暗示了人们眼中的暗夜并不是真的暗夜，真的暗夜其实藏在了人们认为光明的所在之后。同时，也暗示了鲁迅在"肉薄"真的暗夜的时刻，他仍然将要面对无物之阵。

四、生命飞扬的大欢喜

现在我们开始读两篇《复仇》。

我们知道"复仇"是鲁迅一直坚持的主题，但是我们不能简单地把它理解成以牙还牙，以眼还眼。鲁迅的复仇不是这么简单的问题，虽然他的很多论战方式确实是以牙还牙，以眼还眼，但是对鲁迅来说，他复仇的行为本身，目的并不是干掉他的论敌或者自己占上风。如果是的话，他就不会在《这样的战士》里面用那种方式去写，这个战士一直在复仇，但是他的复仇永远得不到最初设定的效果，他面对无物之物在战斗，注定不会有胜算，但是他绝不放下自己的投枪。复仇是鲁迅的一个多次重复的主题，我们在读《死后》的时候遇到了《公羊传》，可以说《死后》的主题就是复仇，这是鲁迅的春秋大义。但是，鲁迅的复仇主题，必须与《这样的战士》结合起来理解，否则，我们就无法解释下面这两篇《复仇》里的复仇为什么要用这样的方式进行。

我们先来读第一篇。这一篇写得非常简洁，相对来说还是比较好理解的。鲁迅后来在给郑振铎的信里解释过他写《复仇》的意象，我们只看他的文本不太看得出来。他说这一男一女其实是用了暗喻。两个人对立着就有两种可能：一种可能是相互吸引，另一种可能是相互残杀。由于人的血管里奔流的血液是热的，因此，这个温热就使人可以相互吸引、相互蛊惑，"希求偎倚，接吻，拥抱，以得生命的沉酣的大欢喜"。这是一种形式，爱的形式。另外一种形式则是恨的形式，就是用一柄尖锐的利刃穿透皮肤，对方就死掉了，死掉的过程是"使之人性茫然，得到生命的飞扬的极致的大欢喜；而其自身，则永远沉浸于生命的飞扬的极致的大欢喜中"。当鲜血四射的时候，生命就飞扬到人体之外了，这是一种生命飞扬极致的大欢喜。

我们先不讨论大欢喜这种形容，首先需要关注的是，当两个人对视的时候有两种可能，这一假设和明暗之间作为过渡状态，最后可能连接到两种完全不同的场景这样的思路是很一致的。于是在《复仇》的第一篇里出现了这样一对男女，"他们俩裸着全身，捏着利刃，对立于广漠的旷野之上"。

这样的形态提示了两种可能，"他们俩将要拥抱，将要杀戮……"，拥抱是一个大团圆的结局，杀戮当然就是一个大悲剧，但是在前面的两段里，鲁迅预先说这都同样是大欢喜。

接下来进入正题。两个人都拿着利刃，站在荒野里一动不动，于是围观者出现了。这是鲁迅最讨厌的中国的国民性。他曾经说，假如有一个人在地上吐一口吐沫，他自己撅着屁股在那里看，不一会儿就会有层层围观的人过来一起看。他最讨厌这种围观，它的极致是《藤野先生》中记述的围观看枪毙事件。在这里又出现了这个意象："路人们从四面奔来，密密层层地，如槐蚕爬上墙壁，如马蚁要扛鲞头。衣服都漂亮，手倒空的。然而从四面奔来，而且拼命地伸长脖子，要赏鉴这拥抱或杀戮。他们已经豫觉着事后的自己的舌上的汗或血的鲜味。"

接下来看客们期待的场面没有出现，那个半明半暗的过渡居然在吊足了看客的胃口之后永远定格了："然而他们俩对立着，在广漠的旷野之上，裸着全身，捏着利刃，然而也不拥抱，也不杀戮，而且也不见有拥抱或杀戮之意。他们俩这样地至于永久，圆活的身体，已将干枯，然而毫不见有拥抱或杀戮之意。路人们于是乎无聊；觉得有无聊钻进他们的毛孔，觉得有无聊从他们自己的心中由毛孔钻出，爬满旷野，又钻进别人的毛孔中。他们于是觉得喉舌干燥，脖子也乏了；终至于面面相觑，慢慢走散；甚而至于居然觉得干枯到失了生趣。"

"于是只剩下广漠的旷野，而他们俩在其间裸着全身，捏着利刃，干枯地立着；以死人似的眼光，赏鉴这路人们的干枯，无血的大戮，而永远沉浸于生命的飞扬的极致的大欢喜中。"整个描述中确实有某种佛教的味道，但是我们姑且放下把这样的描述回收到佛教里去的诱惑。这是一篇谈复仇的作品，而复仇的方式就是让想看热闹的人失望。我们要仔细体会这种复仇的形态，它与我们的常识并不一致。通常我们理解的复仇是要让对方失败，甚至在肉体上消灭对方，最残忍的复仇是让对方生不如死。

鲁迅从来不在这种常识意义上理解复仇，他所说的春秋大义，通过这两篇《复仇》可以得到充分的理解。真正的复仇其实是一种哲学命题，而不仅仅是一个现实的做法或者是现实中某一些事件的实施方案。在这里我们看到了鲁迅复仇的第一个命题，是以有所动作的诱惑让喜欢看热闹的看客来，而以无所动作的结局让所有人在失望的同时失掉他们的生趣。这也是一种很残酷的杀戮，接近于"生不如死"的极致，它让那些苟活的人们自己惩罚了自己——他们因为无法获得可悲的满足而终于失掉了生趣。

这个"杀戮"是让无聊者连无聊都没法鉴赏的、使其作为人难以成其为人的报复。而报复的结果是报复者这一男一女，他们永远屹立在旷野之上，在这个屹立当中，他们似死而生，被转化成了一种鉴赏的视角。假如无聊的人想当看客，最好的惩罚并不是驱散他们，当然更不是教育他们或者去惩戒他们，而是让他们什么都看不到，白白耗尽自己的生命。为了这个，复仇者付出了自己的生命，使自己转化为一种鉴赏看客们失掉生趣的视角，变成了一种眼光。

《复仇》所描写的对立站着的两个人，他们以鉴赏的视角逼视看客的"鉴赏"和看客的鉴赏有什么区别？普通看客在所谓"看热闹"的鉴赏过程中，仅仅是麻木地寻求刺激，而且通过与己无关的刺激消耗自己的生命，这是让鲁迅一生都无法原谅的中国人的国民性。但是在这样的鉴赏中，看客仍然付出了代价，他毫无作为地消耗了自己的生命，所以可以说，看客是在一种慢性自杀的过程中自行消亡。而那两个对立的又不杀戮又不拥抱的人，自己已经化成了雕像，他们要坚守这个岗位，而且他们之所以采取了这样的方式，是因为他们挫败了看客们看热闹的期待，让他们感到无聊。对于麻木的看客来说，最大的打击是让他们看不到热闹。这种挫败使得对立站着的两个人所付出的生命代价得到了回报：他们让看客们的本性充分显示出来，同时也让看客们因为无聊而失望。所以这个鉴赏的说法里包含了鲁迅强烈的憎恶感。这个鉴赏是很锐利的、没有任何麻木感的见证，同时又是一个付出自己生命代价的结果，相当于眉间尺砍掉自己头的那样一种复仇方式。换句话说，这个鉴赏可以理解为复仇。关键在于，这种复仇的方式超越了常识意义，它并不盲目，不是为了发泄和使气，这是冷静到可怕的对于复仇结果的洞察。

因此，这种"无血的大戮"使得这两个主人公"永远沉浸于生命的飞扬的极致的大欢喜中"，这个大欢喜只有在对"死"这样一个范畴——而不仅仅是事实——有了觉悟之后才能够得到和感知。可能有的同学又想追问，这个觉悟是怎么来的？这个觉悟不是依靠知识获得的，它依靠的是对于"极限状态"的领悟能力。要激发这种领悟能力，必须想办法让自己先置身于鲁迅在《影的告别》里所说的那样一种状态：我不想去天堂，不想去地狱，也不想留在现在，更不想走向未来，因为所有这一切空间里都有我不想要的。那么我去哪里？我没有地方可去，我只能徘徊于无地。这样一种状态是"绝望"无法表述的，它远远大于绝望，比较接近的表述就是面对死亡时生命的大欢喜。

我们现在读《复仇（其二）》。这一篇讲的是《新约》里的记载，就是耶稣被钉上十字架的过程。就故事的脉络而言，没有什么特殊之处，但是有两个地方是值得注意的特殊之点。我先把这个故事简单地复述一下。耶稣以神之子自称，他要当以色列的王，所以被钉了十字架，在被钉十字架之前他受到了侮辱和嘲弄，但是耶稣接受了这一切。钉十字架是很疼的，最后要疼痛致死。在钉之前士兵们要给他喝一种麻醉剂"没药"，他拒绝喝，说"要分明地玩味以色列人怎样对付他们的神之子"，因为喝了"没药"以后就神志不清了，他要保持他的神志。

耶稣被一点点地钉死了，在耶稣走向死亡的过程中，他感受到了各种各样围绕着他的敌意："路人都辱骂他，祭司长和文士也戏弄他，和他同钉的两个强盗也讥诮他。"当时以色列的刑法规定钉死一个人的同时要有一个陪着一起死的人。而且在执行死刑的过程中本来可以宽恕一个人，也有人去求情要求把耶稣放了，但是祭司长不肯，一定要把耶稣钉死，同时又陪上了两个强盗，把他们都钉死。于是耶稣发现那两个和他一同被钉的强盗也在讥笑他，连强盗都在嘲弄他！

最后在这样可悯、可诅咒的状态中，耶稣死了，这个死证明他还是人之子，上帝遗弃了他。根据《圣经》记载，他三天之后又复活了，不过在目前这个场景里，他处于被钉死的状态。耶稣喊了一句话："上帝，你为什么抛弃我？"最后这篇作品是这样结束的："钉杀了'人之子'的人们的身上，比钉杀了'神之子'的尤其血污，血腥。"

在这个故事里，有两个地方是我们需要注意的：一个是开头耶稣受到了各种戏弄、侮辱之后，他不肯喝用

"没药"调和的酒，为什么呢？他"要分明地玩味以色列人怎样对付他们的神之子，而且较永久地悲悯他们的前途，然而仇恨他们的现在"。后面这一句话的表述是非常有深意的。所谓"较永久地悲悯他们的前途"是和"仇恨他们的现在"的时间相比较的。比起仇恨他们的现在，耶稣会用更长的时间去悲悯他们的前途，因为末日的降临还需要很长时日。不过悲悯并不是同情，是神之子的怜悯，说你们这些可怜的东西，我对你们将来的末路觉得悲哀，但并不怜惜；不过你们现在做的没有人性的、残忍的事情，我光用悲悯的感情是没有办法对待的，所以我仇恨。因为有仇恨，于是有了复仇。

这篇的主题同样是"复仇"，和上一篇不一样，上一篇的复仇是让这些看客没有任何可看的，从而失去生趣。而这一篇的复仇，是耶稣被钉了，他并没有用任何语言去复仇，而且他被上帝遗弃，死了，所以他用不死复仇也不可能，他因此没有让看客失望。那么他用什么方式复仇呢？

首先我们看他不肯喝"没药"之后的状态："丁丁地响，钉尖从掌心穿透，他们要钉杀他们的神之子了，可悯的人们呵，使他痛得柔和。"这是一个违反常识的描写，顶多说痛得不会太强烈，但是这个痛肯定是不舒服的，可耶稣却说使他痛得柔和。"钉碎了一块骨，痛楚也透到心髓中，然而他们自己钉杀着他们的神之子了，可咒诅的人们呵，这使他痛得舒服。"这进一步违反了常识，耶稣从痛得柔和变到痛得舒服。他为了玩味这个痛，为了分明地观察这些愚昧的人如何摧残他们的同类，如何对神不敬，他把痛转化成了一种欢喜。

"他没有喝那用没药调和的酒，要分明地玩味以色列人怎样对付他们的神之子。"这是另外一种感觉，在他痛得舒服之后要玩味这样一种可诅咒的残忍行为。接下来"四面都是敌意，可悲悯的，可咒诅的"。这两句话已经重复了两次，还有类似的表述。这么短的文章里已经好几次重复这样的感觉，可悲悯的，可咒诅的，因此这不是可同情的，更不是可原谅的。随着重复性修辞，非人的残酷行径以极其沉重的血腥状态扑面而来。

接下来，"他在手足的痛楚中，玩味着可悯的人们的钉杀神之子的悲哀和可咒诅的人们要钉杀神之子，而神之子就要被钉杀了的欢喜"。他要玩味的是这样一种欢喜，"碎骨的大痛楚透到心髓了，他即沉酣于大欢喜和大悲悯中。他腹部波动了，悲悯和咒诅的痛楚的波。遍地都黑暗了"。这个悲悯的大欢喜的状态就是复仇。耶稣在受难中完成了他在人世间最初阶段的使命，而可咒诅的人们在钉杀了神之子之后会陷入真正的灾难，耶稣的大欢喜与大悲悯，与"遍地的黑暗"一起降临，鲁迅按照自己的思路，安排耶稣也成为人们血腥暴行的见证者，而这见证伴随着悲悯与咒诅，预示了遍地黑暗之后刽子手们的命运，这就是世界末日。

我们把两篇《复仇》合起来看，鲁迅的复仇突然变成了非常难以理解的一种方式，为什么？大家要从整部《野草》二十三篇作品各个不同的角度分别一次又一次追问：为什么复仇会是这样的形态？当然复仇并不是《野草》的主题，复仇只是一个旁支性主题；不过，它仍然是非常独特的，不能被回收到常识中去。

我们看到，在鲁迅描写的复仇过程里，重点并不在于复仇的对象最后如何。与通常的思维方式相反，鲁迅笔下的复仇是一种复仇者的自我完成。如果说第一篇《复仇》还保留了某些对于看客的惩戒，那么第二篇《复仇》中对神之子施以血腥暴力的人们并没有得到任何惩戒。虽然如此，鲁迅重新演绎了《圣经》中关于耶稣以自己的殉难代替人类赎罪的逻辑，把它转化为较永久的悲悯与对当下暴行的仇恨。仇恨是鲁迅加入这个《圣经》故事的重要成分，在这里鲁迅悄然融入了自己的情感，他让传道时宣传不可仇恨、要爱自己仇敌的耶稣感受了仇恨并且发出了咒诅。波动在耶稣腹部的"悲悯和咒诅的痛楚的波"，暗示着更大的复仇将与末日审判一起到来。这是鲁迅版本的耶稣受难图，它将《圣经》中的耶稣受难指向了不同的方向。

在鲁迅笔下的复仇行为里，都包含了俗世所说的自我牺牲；但是所有的自我牺牲都没有在俗世意义上终结复仇者的生命。因此，复仇者最终是在一个宇宙生命的状态里得到了转生，这个转生绝不是我们在希望和绝望里读到的那样一个自欺的希望，就是说人死了，精神还在。因为这个转生不是现实层面的生命的终结，当然更不是佛教意义上生命的轮回，它是一种生命的升华，这个升华以死亡作为媒介。这个升华是现实里某一种特定的状态，通过死亡的形式被激发出来。那么《复仇》刚好是两篇这样的作品，它们通过死亡这一媒介，转化出一种哲学意义上"大欢喜"的生命形态。

如果我们不放下直观经验中的死亡，如果我们不能在哲学意义上把死亡转化成茫茫东方抵抗暗夜肉薄暗夜的根源，我们就没有办法接近鲁迅所说的这个大欢喜。正是由于有了这个"大欢喜"，鲁迅的希望和绝望都变得真实、不自欺，而且都不再能够左右他的情感。在这个意义上，鲁迅从希望和绝望中得到了自由，反过来又赋予了希望与绝望以新的含义。

五、"我只得走，我还是走好罢"

我们来读第六篇《过客》。《过客》是以剧本形式，换句话说是以三个对话者的形式讨论的同一个主题，就是人生到底如何往前走。已经有很多先行的研究者做了非常出色的解读，我们完全可以借用他们的成果。这里面有三个人物，老翁象征了过去，过客象征了现在，女孩象征了未来。因此，在这里女孩可以和"希望与绝望"里讨论的希望的命题，或者说"我"身外的青春结合起来理解。老翁是非常典型的真正意义上的老人：他经历过各种各样的现实磨难之后与现实和解了，就是说他平安了。当然这种平安不是鲁迅式的平安，而是一种消沉的，不再有任何期待，因此也不可能绝望的那种心如止水的平安。因此，这个老人所扮演的角色，生活在过客不愿意回到的过去，这是过客所拒绝的。理解了这些之后，这篇作品就没有太多难以理解的地方了。

我把这篇容易读的作品放到最后，是因为经历了《秋夜》《希望》，特别是又经历了《复仇》之后，回到《过客》这样一个现实的意象上，有助于我们安顿一部分模糊的感觉；这一篇看似简单，其实却丰富地演绎了《野草》里的各种主题。

作品里过客有两个细节，可以说是《野草》主题的凸显。第一个细节是他说他要多喝一些水来补充他已经稀薄的血，他喝了水之后又发现他的脚因为没有鞋已经很难走路了，这时候女孩给他一块布，他拿过来并没有裹在脚上，又还回去了。还回去这个行为，在我们今天读的这些篇章里恐怕最接近的是《秋夜》里面的枣树。当枣树长了青葱的叶子结了果实以后，就必须弯曲，因此，只有当它落尽了所有的叶子之后才真的得到了舒展。所以尽管过客的脚已经烂到很难行走了，但是他拒绝用布包起来。

女孩的反应是你不要把布还给我，你把它挂到前面坟地的百合和蔷薇上。过客曾经问过前面是什么，老翁告诉他前面是坟，女孩告诉他前面是野百合和野蔷薇，这是饱经世故的老人和不谙世事的年轻人对于未来的不同想象。而过客对前面的感觉既不是坟,也不是百合和蔷薇,而是让他不断走的声音,虽然他说我知道那是坟,我也知道那里有百合和蔷薇,但是这都不重要,重要的是前面有一个声音在叫我,而我只能往前走。这个宿命从何而来呢?是因为回到过去是我不能接受的选择。

　·我们看这一段台词。老翁告诉他,再往前走,恐怕你这个岁数"料不定可能走完",过客说:"料不定可能走完?……(沉思,忽然惊起,)那不行! 我只得走。回到那里去,就没一处没有名目,没一处没有地主,没一处没有驱逐和牢笼,没一处没有皮面的笑容,没一处没有眶外的眼泪。我憎恶他们,我不回转去!"老翁说:"那也不然。你也会遇见心底的眼泪,为你的悲哀。"过客说:"不。我不愿看见他们心底的眼泪,不要他们为我的悲哀。"老翁说:"那么,你,(摇头,)你只得走了。"过客也说,那么我只能走了,但是我不要女孩给我的这块布,"我怕我会这样:倘使我得到了谁的布施,我就要像兀鹰看见死尸一样,在四近徘徊,祝愿她的灭亡,给我亲自看见;或者咒诅她以外的一切全都灭亡,连我自己,因为我就应该得到咒诅。但是我还没有这样的力量;即使有这力量,我也不愿意她有这样的境遇,因为她们大概总不愿意有这样的境遇。我想,这最稳当"。于是他不要这块布。

　　如果只读前半部分,我们会说这是鲁迅冷酷的战斗精神;如果读到后半部分,我们会知道这是鲁迅《好的故事》传递给我们的人间温情。这两者如何结合？结合了才能构成《野草》的主题；假如我们认为鲁迅只是一个对绝望也绝望了的战士，因此只能孤军奋战，他就是那个只有自己一个人沉没到黑夜里面去的影子，那么他的这些温情应该如何安顿呢？

我们看到，在《秋夜》《希望》，甚至在《复仇》这些篇章里，都包含了人间温情的一些相当间接的表达。说是间接的，是因为鲁迅对于他的亲人、他的爱人所表达的温情，绝不是说我要让你们满意幸福，而是说我尽可能不让你们悲痛。

在《过客》里也是一样，我们又一次看到了《秋夜》里枣树的意象。过客要像枣树那样没有叶片地直刺天空，只有作为一个毫无牵挂的战士才有可能把战斗精神贯彻到底。但其实他做不到，所以他才不愿意因为布施而不得不诅咒；枣树还要萌生出绿叶，还要结第二年的枣子，还要做小粉红花的梦；而过客却只能拒绝女孩的布条，但是这同样表现了人间温情与决绝战斗精神的结合，这两者在鲁迅内心深处组合而成他的复仇形态。这是一个对人类的生命有大爱的人，一个对死亡有深刻穿透力的人所能采取的复仇方式。

我们来总结一下。通过这六篇作品的细读，我们重新理解了鲁迅所具有的希望与绝望的特质。我认为鲁迅既没有抛弃希望，也没有放弃他的失望和绝望。如果不是这样，实际上我们没有办法理解他在现实中的喜怒哀乐。在现实中，我们看到他不断对某一些年轻的作家和某一些同路人表示出温暖的期待。所以如果说鲁迅完全没有怀抱任何希望的话，我们很难解释他这样的态度；如果说鲁迅是没有绝望的人，就更难理解他很多决绝的战斗。但是与此同时，我们也不能说鲁迅生活在希望与绝望之间；他拒绝了绝望，并不意味着他选择了希望，他指出二者同为虚妄，却以翻转了虚妄的"大欢喜"使得绝望和希望重新拥有了相对的意义。

因此，准确的说法是，鲁迅所立足的那样一种情感方式，是大于希望与绝望的，因此，他必须在希望和绝望之外找到他的立脚点。而这个立脚点，我把它归结为中国传统哲学一脉相承下来的那个自然的生命哲学，就是中国式的自然观。那个呼唤着过客不断前行的"声音"，难道不就是这个生命哲学的体现吗？它把个体的生命作为自然的一个有机组成部分，置于个人的生命体验当中。因此，一个有能力感知中国式自然观的优秀知识分子，他在时代危机当中，会用大于他自己生命的方式去面对生命和死亡。"我只得走，我还是走好罢"，这也是今天我们读的两篇《复仇》真实的主题所在。

我讲到最后，实际上又回到了第一讲提出来的问题。对我来说，鲁迅确实不是一个简单的与传统对立的所谓新文化运动知识分子。他对传统的怀疑，他内在的思想根源，不仅来自新文化运动时期他以自己的方式从外部世界选择的思想，即所谓现代的反抗的思想，更主要、更本源的，也来源于中国传统思想里的某些要素。我不说这是一种内在的中国思想逻辑或者人文精神，是因为这种说法会立刻被实体化。我更愿意把传统理解为各种各样要素之间的张力之网，鲁迅在这个张力网之内，不在它之外。因此，在他和"传统"决绝的战斗当中，他也同时继承了"传统"，继承的并不是他自己说的那个他所肩起的黑暗的闸门，他继承了我们传统中那些最宝贵、最优秀的人文精神。可以说，鲁迅对决的传统，与他吸收精神营养的传统，并不是两个不同的"东西"；它不是实体性的固体存在物，而是各种张力相互的角逐厮杀构成的关系群；外来的思想与价值观念，外来的生活方式和感知方式，都在融入这个关系群之后被分解重构，获得了新的定位和新的内涵；传统不仅仅存活于过去，而是一直持续着，变换着形态，孕育着一代又一代人。

今天在我们重新阅读《野草》的时候，一个真正的启示是，通过这种细读，帮助我们重新填补望文生义和粗糙的认识论所带来的那些思维空白。我们要在这些空白的地方重建思考的习惯，避免大而无当的空疏论述。在这个意义上来说，把《野草》作为一本哲学著作阅读、理解和思考，对于锤炼我们面对现实各种复杂状态时的那种精准的观察力和判断力，有非常直接的帮助。不要认为《野草》离年轻的生命很遥远，其实它就在我们所有人的身边。

我的讲座到这里结束，谢谢大家。

结语　鲁迅的"不容已"

　　《野草》在鲁迅的精神世界里占有特殊的位置，这一点已经被很多先行研究所关注，并引发了众多的讨论。在与中国美院的同学们一起重读这部特异的作品时，我暂时放下了先行研究中那些充满魅力的解释，试图让自己赤手空拳地闯入鲁迅精神世界的深处。我所依赖的，仅仅是算上序言在内的二十四篇作品以及鲁迅的若干其他作品之间的"互文性"——它们之间潜在的相互补充、相互诠释的功能，使得难以理解的每篇独立作品变得更加丰满充盈，引导着我和同学们一起摸索进入《野草》这座迷宫的路径；而在这个过程中，我们也渐渐地融入了这个有着复杂内在结构的作品群，开始面对鲁迅深厚而敏感的内心世界。

　　《野草》没有在常识意义上写作，所以也不能在常识层面阅读它。鲁迅为自己确认的"战斗"与"复仇"的主题，都不是日常生活的直观经验可以理解的内容；而他的希望与绝望的情感，由于其达到的深刻程度，也超越了常识的范畴。毋宁说，《野草》恰恰挑战了常识经验，打碎了常识经验，并由此打造了一个新的感觉空间。

年轻的课代表对我说，她读《野草》，不但不觉得黑暗，而且正相反，从中汲取了力量。我从这番话里受到了极大的启发。《野草》在挑战常识的意义上，也挑战了人们对于"黑暗"的想象。为了进入《野草》的文脉，需要首先搁置自己在日常生活中那些通行的感觉，不带既定观念地阅读。只有在这种时刻，每个人内心或多或少都拥有的那种对于人性的洞察力才会突然迸发，于是，鲁迅的作品群便突然向我们展示出它的进入途径。

2019年是一个特殊的年份，按照我们人类对于整数的偏好，有不止一个厚重的日子需要纪念；其中的五四运动，以整整一百年的时间积淀，迫使我们思考中华民族的人文精神，思考我们这些后来者的历史责任。鲁迅作为五四新文化的中坚力量，为这个立体的多面向的思想与文化革新运动提供了一层无法遮蔽也无法取代的底色，它的功能并不仅仅在于引导我们进入那个时代的是是非非，更在于让我们以鲁迅特有的危机意识为向导，重新进入中国思想曲折的历史脉络。在那个断裂与重生的年代，"五四新文化运动"的爆发成为一个象征符号，象征着晚清以来一系列政治与社会变动进入新的历史阶段，象征着其后一系列思想与文化上的反帝反传统激进意识形态的兴起，也象征着历史转折期不可避免的迷茫与纠葛。

鲁迅登上文坛伊始，就没有与时代的最新思潮同步。尽管他并不反对各种新思潮的兴起，而且在声援新思潮的意义上，对旧传统中延续到现代的陋习进行了决绝的批判，但他一直与不断起伏消长的新思想新流派保持着距离，没有充当引领时代潮流的风云人物。五四运动勃发、反日情绪高涨的时候，鲁迅却着手翻译武者小路实笃；文学革命旗帜高扬的时刻，鲁迅却还在北京绍兴会馆里抄古碑。但是正如竹内好所言，这位没有扮演先驱者角色的思想者，却成为与历史共生的见证者。或许正是鲁迅与时代先驱者们的这种思想"错位"，才使他得以承担非他莫属的历史重任。这个重任并非直接改变历史，用鲁迅的说法，是为历史作证。

　　鲁迅痛心疾首于中国人的健忘，是人所共知的。没有健忘的习性，就没有阿Q的精神胜利法。阿Q的健忘正符合"造物主"的意图，造物主"暗暗地使人类受苦，却不敢使人类永远记得"。鲁迅这篇《淡淡的血痕中——记念几个死者和生者和未生者》，揭露健忘的怯弱者"也如醒，也如醉，若有知，若无知"的苟活状态，同时呼唤着叛逆的勇士：他"洞见一切已改和现有的废墟和荒坟，记得一切深广和久远的苦痛，正视一切重叠淤积的凝血，深知一切已死，方生，将生和未生"。

　　鲁迅虽然如此书写，却并未把笔下勇士"将要起来使人类苏生，或者使人类灭尽"的豪迈事业作为自己的使命。鲁迅知道，这是"地火"喷发才能创造的局面，绝非文坛能够胜任的事情；他一向认为诗歌并不能换算成炮弹，不赞同文人的大话和高调，但是他一生坚守文坛，并不曾因为自己的文字不能直接改变现实而有一丝懈怠。鲁迅坚信，诗歌不能成为炮弹，却拥有炮弹没有的功能，那就是拒绝各种形式的遗忘，在不断地与阿Q式健忘搏斗的过程中，为历史与人类作证。

为了记得深广久远的过去，每个时代都要留下证言，在中国这样有漫长史官传统的国度，历史上有操守的史官都需要冒着被杀头的危险而写史。写史，难就难在"写实"并不是摹写经验事实，它不仅要记录历史事件的真相，而且要记录历史脉动的"表情"。而无论"真相"还是"表情"，都不是固定的存在物，它们不但因观察者而异，而且总与不可视的"意义"缠绕不清。没有史家独特的眼光与感受力，写史就会流于记录通行的认识，甚至趋炎附势。以史家的勇气和创造性，在同时代史中客观地进行遴选和书写，这才是为历史作证——到《史记》的时代终于定型的这个写史的传统，从一开始就直面"真"和"伪"的问题。鲁迅并没有以历史学家书写历史的方式作证，但是他深刻地领悟着历史表情的个中三昧。他知道，为历史作证绝非易事，但历史也绝非只由枪炮与权势构成。在真伪的问题上，文人之间的较量不亚于残酷的战争，然而却远比现实中的两军对垒难于辨认。为历史作证，因此也就意味着在文字的世界里留住真言，揭露伪证。

鲁迅为历史作证的自觉十分强烈。《野草》的题辞中也明确地宣布："我以这一丛野草，在明与暗，生与死，过去与未来之际，献于友与仇，人与兽，爱者与不爱者之前作证。"如果把《野草》视为一个时代的证言，那么，我们从中能够读取什么样的历史信息？

《野草》在与"伪证"搏斗的意义上，见证了一个时代的巨大变动。与现实中的动荡相呼应，五四之后的思想界也充满着各种变数。通过多种渠道引进的多样"西方思想"，与依然强大的传统文化要素交互作用，转化出旧瓶装新酒和新瓶装旧酒的复杂格局，所谓新与旧、进步与保守的对立关系，在这样的不确定之中，也变得扑朔迷离。鲁迅的特别之处，在于他对外来思想的关注并没有把他引向纯粹观念的世界，也没有固化他对大革命时代政治课题的看法，相反，他忠实于自己的身体感觉，忠实于无法被"先进"的观念所回收的现实生活。在他笔下，展开的是一幅混沌而顽强的生民画卷，它们如此地跟启蒙思想缺少哪怕是对立的接触点，如此地难以承载现代性的理念，却又如此坚持着寻找变革的途径。鲁迅并没有致力于给时代开药方，他通过自己的"国民性批判"，几乎是本能地追问着一个根本性的问题：变动着的现实与变动着的思想之间，是否真的建立起了有机的对应关系？

在学界与思想界醉心于各种"先进观念"本身的时候，《野草》呈现的，却是鲁迅以自己的生命感知到的同时代历史脉搏。他于浩歌狂热之际中寒，于天上看见深渊；于麒麟皮下看见马脚，于点头恭维中看见杀机；于一切眼中看见无所有，于无所希望中得救。鲁迅告诉我们，不要轻易相信好名称好花样，这一切都有可能是"作伪"。

虽然强调文学是余裕的产物，鲁迅一生在精神上却几乎没有得到过余裕。"运交华盖欲何求，未敢翻身已碰头。"鲁迅在有生之年饱尝了文坛的"千夫指"，他并不从容。精神上的窘迫状态与鲁迅的多疑和激烈互为表里，凝聚成了《野草》各个篇章的凄怆基调，然而却与虚无擦肩而过。鲁迅的作证，如同眉间尺把头颅作为武器一样，是把自己投入历史的行为。他挑起和卷入大大小小的论战，他珍惜已然逝去的生命残痕，都并非只是个人欲望使然；他在一个不自由的时代里，通过论战创造了自由；在无可选择的"求乞"之中，他进行了有尊严的选择。然而，这自由与尊严，却是鲁迅式的：它们同样是不从容的，是挣扎着的，是自啮其身的，是踉跄而不容片刻停顿的。

鲁迅的多疑和激烈，究竟应该如何理解？对此，鲁迅研究者们已经提供了出于不同视角的解释。无论是他的人生经历、绍兴的人文环境还是他个人的性格禀赋，甚至他疾病缠身的肉体感觉，都被用以解释鲁迅的论战姿态；近年来对那些被鲁迅骂过的文人，学者也进行了同情之理解的研究，证明他们中也确有委屈者。不过从思想史的角度看，个体气质禀赋等经验性要素，只有在对历史开放并承担历史功能时才能获得意义。换言之，在20世纪初期的中国思想界，鲁迅式的多疑与激烈并不仅仅是个体的思想风格，它的是是非非本身还不足以成为问题，当它开启透视历史的窗口时，这种论战姿态才能获得意义。

鲁迅一生的论战似乎并不直接涉及重大的时代课题。在晚清和五四以及大革命时期，知识界对中国何去何从的辩论、对政治制度的设计、对社会改革的呼吁，似乎都与他无缘。鲁迅始终关注的主要是文坛内部的事情。透过文坛万象，他看到中国社会生活中以不变应万变的积习，他向这些积习展开了无情的讨伐。鲁迅对同时代一些重大事件虽也发声，着眼点却并不在于直接配合现实斗争；他对事件的分析，更多发表在事件过后，人们开始遗忘的时刻。鲁迅不仅不是社会革命的先驱者，也不是现实斗争的精神领袖。然而他犀利透辟的分析与辛辣幽默的讽刺，却使这些桂冠不请自来，变成了他的"华盖"。当人们反过来用这些桂冠要求鲁迅的时候，却发现了他的不合格：他"世故""油滑"，善于"装死"和逃跑。鲁迅没有在人们要求的意义上成为冲锋陷阵的战士，他的战斗要曲折复杂得多，而且往往以失败告终；人们在通俗意义上把鲁迅想象为革命的战士，不免忽略这位并不通俗的战士的失败及失败本身的意义。然而，与失败同样具有重要意义的，是这个在无物之阵中寿终的战士，至死都没有放弃他的投枪，他激烈的姿态从未松弛；用竹内好的话来说，鲁迅一直到死都是现役文学家。

鲁迅的多疑与激烈，并不仅仅针对他的论敌，毋宁说更是针对时代思潮中空泛与浮夸的趋势，针对人们在漂亮高调掩盖下的低劣用心。论战中的鲁迅并非如同人们期待的那样高屋建瓴，他睚眦必报的态度，往往暗示着他腹背受敌的险境。然而鲁迅的窘迫与决绝，却并不能只是归结为个人恩怨或对错之争，他的多疑与激烈，正是因其彻底性，方始获得思想史意义。回顾鲁迅一生的论战，他与旧派文人之间的龃龉只占少数，多数论战都发生在他与各种新派文人之间，发生在他与年轻于他的革命文学家之间。尽管论战的内容各不相同，揭露"麒麟皮下的马脚"却是鲁迅一以贯之的视角："有时虽射而不说明靶子是谁，这是因为初无'与众共弃'之心，只要该靶子独自知道，知道有了洞，再不要面皮鼓得急绷绷，我的事就完了。"（《无花的蔷薇·3》）

晚清以来中国引进各种西方制度和理念，改良派与革命派纷纷以此为契机推动政治经济领域的变革，知识界也高扬民主与科学的旗帜，在救亡图存的危机意识下推动社会变革；但是这轰轰烈烈得风气之先的新思想，却并非鲁迅为自己设定的工作目标。鲁迅杂文中占比重相当大的部分，是讨论新思想落地之后的真实状况，以及应该以何种方式对待外来观念，以何种方式参与现实斗争。鲁迅以辛辣的笔触揭示了外来观念对阵传统旧势力这一思想图谱如何脱离现实，然而这也就使他与各种受到新学教育的文人处于敌对状态。鲁迅论战相当多的内容，都是对于人身攻击的反驳，这显然使他越发焦虑和激怒，使他越发欲罢而不能；把原本有价值的问题拉到人身攻击上去，在鲁迅是难以忍受的，他越是试图把问题拉回来，却越是无法自拔；何况鲁迅并不在观念层面写作，他在经验中求索的方式很容易结怨也很难自我撇清；他近于洁癖的"肉薄"，也因此总不免伴随打了空拳的失落感。在《秋夜》里他描绘"奇怪而高的天空"躲躲闪闪，在《希望》里他慨叹面前"竟至于并且没有真的暗夜"，在《这样的战士》里他痛恨"颓然倒地"后却胜利逃脱的无物之物，极为生动地描写了他无法真正交锋的处境，也极为形象地烘托出他"荷戟独彷徨"的寂寞心境。

《野草》见证了20世纪初期中国文坛的知识状况，以圆熟的艺术形式为中国思想史增添了新的一页。在这个重构传统的动荡时代里，"求真"又一次成为沉重的难题，而且比起前近代历史上相对单纯的"述而不作"的创造方式来，在这个外来思想大量涌入且占据高位的时代，何谓真何谓伪，更是需要艰难辨析的思想课题。真伪问题，在历史变动的时期从来就是有识者重视的焦点，但是如同鲁迅这样，把求真作为自己多彩论述基底的思想家却并不多见——鲁迅修正了我们的思考习惯，修正了我们"以成败论英雄"的集体无意识，也修正了我们对思想史的理解方式。

本书并不是凭空"独创"的产物。可以说，假如没有深入地沉浸于竹内好，我很难以现在的方式解读《野草》。尽管本书中几乎没有引用竹内好，也并没有过多依赖竹内好对鲁迅的理解，但竹内好的影响是深远的。他帮助我走出对观念的依赖，帮助我建立了质疑前提的习惯，这为理解鲁迅思想打破成规的基本特性提供了非常有效的认识论。

除了竹内好之外，对我具有重要影响力的是沟口雄三的中国思想史研究。为了翻译而研读沟口著作，为了写中文沟口文集的导读而研读李卓吾，在我本是力不从心之事，而不知不觉之间，这个研习过程却向我展示了一个富于魅力的有血有肉的中国思想世界。在这个动态的思想世界里，李卓吾与鲁迅相遇，传统与现代交集；在李卓吾与鲁迅的情感深处，可以依稀感觉到中国思想的历史血脉蜿蜒搏动。如果说竹内好让我懂得了"中间物"并不是在先驱者面前自惭形秽的半新半旧，也不是为了下一代而付出的自我牺牲，只有"中间物"才是与历史共同摇摆前行的唯一形式；那么，沟口雄三则让我懂得，在中国思想史的视野里，个体生命经验的思想功能，在于它能够在"万物一体之仁"中重构观念的内涵。当沟口通过李卓吾建立了"形而下之理"的论述时，概念在思想史里与经验血肉相连，也因此不再可以轻易地提取和置换。在这个意义上，我需要思考，为什么同样强调个体生命的本真，明末的李卓吾以"不容已的真机"作为追问的原点，而现代的鲁迅却以生命逝去的余痕作为作品的品格？这两个生命感知方式的不同视角，是否意味着这两位思想家的历史定位有所不同？而他们与论敌对峙时那种决绝态度的高度一致，他们在求真问题上的深度关联，是否意味着中国思想史中存在着并不曾断裂的潜在母题？

这个历史定位的差异问题，实在不是本书可以容纳的内容。但是我仍然愿意冒着挂一漏万的危险，提出一个基本的问题意识：追求"新"而摈弃"旧"这一伴随着价值判断的思想行为，并不天然地发生在任何一个历史时期里，毋宁说，"新旧之争"及其在民国的意义，是明末并不具备的。在正统并没有成为"旧传统"的明末，李卓吾以"不容已的真机"挑战儒学的僵化格局并试图重新赋予儒家理想以生命活力，无疑是在倡导一种不见容于时代的"新"思想，然而他对垒的论敌却不能以"旧"定性；而新旧之争在鲁迅的时代却是个绕不过去的问题，不得不以中间物自居的鲁迅，则有意无意地让自己置身于"新"派之外。然而，在深层意义上，是否存在新旧之争这一时代差异是第二义的，是否存在西方思想与传统的冲突也是第二义的，相比之下，真伪之争才是贯穿了这两个时代甚至贯穿了整个中国思想史的基本脉络。

鲁迅激烈论战的"活法"，与其和他的同时代人相比，反倒可以在他很少提及的李卓吾那里找到相应的参照。明末关于"不容已"的激烈论战，在很大程度上也烘托出鲁迅论战的品格。所谓"不容已"，是指人不可克制的生命冲动，它不仅包括人的动物性欲望，也包括人的一切思维活动，它是人的生命状态没有受制于任何外在规定时的本源能量。不过，我们不能因此把"不容已"回收到弗洛伊德的"本我"中去，因为在明末，这个词指向了与西方现代精神分析学说完全不同的方向，它引发的李卓吾与耿定向之间的论战，是围绕着人的"不容已"冲动与儒家仁义礼智四端之心的关系展开的；论战双方都不否认"不容已"的正当性，都承认性命之道的伦理意义，分歧在于是使人的本来冲动符合儒家伦理规范，还是承认人的生命冲动在"本真"的意义上所具有的伦理性？李卓吾认为，百姓日常的伦理性，首先在于它的不加掩饰；心想其事，口便说其事，这就是"有德"。相对于士大夫把一切日常欲望都拔高到儒家规范的"作伪"，李卓吾认为真正的"不容已"是没有经过道德标准筛选的、不包含"应该"的本能性冲动，它的本真与它的无可规范才是真正的德行。当然，中国思想史的课题在李卓吾那里仅仅开启了一个新的阶段，他没有可能完成的思想任务，即欲望中的恶如何才能在社会生活中以主体内在的方式得到克服，是由清代的几代思想家后续推进的。因此，仅仅强调了欲望正当性的李卓吾，很容易被当时与后世的人们认为是在"鼓吹纵欲"或者

"张扬个性价值"，而忽略了他著述主体的内涵。李卓吾用力之处并不在于个性解放，他只是把个人作为天地之道的一个点，一个载体；求真辨伪这件事，在社会史意义上强调了穿衣吃饭作为人伦物理的正当性和重要性，在思想史意义上则对僵化教条因而流于空洞的儒家纲常发起了"重造"。他把论述导向了无人无己，导向了"心相自然"，导向了真空，并不是否定个体生命的意义；在李卓吾那里，中国思想的天人合一不是一个抽象概念，而是生命冲动本身。"不容已"的意义，不仅在于从已然僵化为教条的经学中解放儒家思想的精髓，更在于它以自家性命的形式彰显了前近代中国式天人合一的自然能量。

鲁迅是反对儒家学说的，在与前近代思想并无直接可比性的20世纪前期，鲁迅与李卓吾却产生了关联性。这个关联性并不止于鲁迅对于"作伪"的憎恶，对于求真的执着；更深刻的关联发生在鲁迅式的"不容已"姿态上。在他们各自"不容已之本心"里，镌刻着不同时代的思想内容，就内容本身而言，似乎并无相似之处；然而在"不容已"的本能冲动上，在本能冲动的强度上，他们是一脉相承的。李卓吾一生激烈窘迫，任情适口，终至祸逐名起；鲁迅一生"一个都不宽恕"，至死都要在"正人君子"的好世界上多留一些缺陷。尽管生活在完全不同的年代，面对并无交集的思想课题，他们共有的那个踉跄前行的姿态，却跨越时空叠印在一起。

《过客》中过客说道："我愿意休息。但是，我不能……""然而我不能！我只得走。我还是走好罢"，这表述鲜明地显示了鲁迅内心强烈的"不容已"冲动：过客踉跄地前行，且料不定在有生之年能够走完；明知道前面是死亡的坟茔，却不肯稍微松懈自己的步履。这姿态最重要的意义，在于它是一种"无法自恃"的"主动"选择。它的情不自禁无法自已，暗示着作品中还有第四个角色，即没有出场却呼唤和推动着过客的"声音"。这个"声音"，与李卓吾所说的"是皆心相自然，谁能空之耶？"（《焚书·解经文》）是相通的，它既外在于过客，又内在于过客；它使得过客成为天地之间的一个集结点，它是主体参与其间的那个浑然之道。在中国思想史里，这个不出场的角色一直不曾缺席，它就是在不同历史时期里以不同的形态呈现的"天理自然"。

鲁迅几部作品集的自序里，都谈到了"生命逝去的痕迹"。这并非是在单纯凭吊已然逝去的生命本身，而是对于生命尽头的自觉。《野草》把对于死亡的自觉转化为"大欢喜"，是对于个体生命被"用去"的欢欣。鲁迅对于论战的不能自已，与李卓吾求道的无法停歇，暗示了他们的"不容已"是不从容和不自足的，它体现了中国思想史潜在的特质：这种不从容，是个体生命融入"万物一体之仁"的标志。李卓吾说："夫以率性之真，推而扩之，与天下为公，乃谓之道。"（《焚书·答耿中丞》）鲁迅说："可悲的是我们不能互相忘却。而我，却愈加恣意地骗起人来了。"（《我要骗人》）他们对自己有限生命的安排，是在主体意志与大于主体的自然之道交叠的过程中延展的。"不容已"的真心，在鲁迅激烈的论战中以现代的方式再生，在过客的跟跄步履中获得了饱满的能量；它体现了中国思想史不同于西方现代精神的别样特质，遵循着与李卓吾同样的反叛逻辑。在这个意义上，鲁迅以重构的方式砸碎了传统，以反传统的方式继承了传统。

对于《野草》的细读也促使我重构了自身的生存感觉与知识感觉。前几年阅读李卓吾时的那种不能自已的思想冲动，以更强烈的力量推动着我进入鲁迅的精神世界。在社会科学的思考日益非人格化的知识氛围中，思想的人格性似乎被圈定在了个人品行的范围之内，情感的思想功能也被理解为个人的情绪特征；而失去了人格与情感特征的思想，不能不成为无法即物因而不向现实开放的静态观念。在历史的脉动里，这样的观念无法找到自己的根基，只能天马行空。在这个意义上，鲁迅不仅引导我审慎地发掘思想家情感世界中不能被情绪所回收的知性，而且更引导我重新思考中国历史的逻辑。不能还原为个人品质的人格性思想特征，这个对于今天知识界有些陌生的范畴，却恰恰是引导我进入中国思想史的理论思考线索。为了准确地阅读和理解历史的表情，鲁迅的《野草》，如同李卓吾的《焚书》《续焚书》一样，为我提供了无可取代的思想能量。

本书虽然保留了讲座体的形式，但是删除和增添了很多内容；同时，录音稿完整地保留了每次讲座之后与提问者的对话讨论。我对录音整理者深感歉意的是，在修订的时候，出于体例的考虑以及提问者的版权问题，我只把自己回应的一部分内容纳入了正文的相应段落，提问者的提问和其余与正文并无直接关系的回应只好删掉了。本书与讲座的关系，因此有些像鸡雏与鸡蛋的关系，没有鸡蛋就不会有小鸡，但是当小鸡破壳而出的时候，它成长为与蛋壳内的局促状态不尽相同的模样。当然，我希望这幼稚的小鸡还会继续长大，还会继续改变它的模样，不过，那是将来的事情了。

后 记

　　2018年10月，我在位于杭州的中国美术学院为跨媒体艺术学院和版画系的同学们开设了一门主题为"鲁迅的《野草》细读"的连续讲座。本书即在这次讲座的速记稿基础上加工而成。

　　本书能够成型，要感谢中国美术学院发起的"《野草》计划"。是这个计划的发起者在我并没有完全准备好的时候把我推上了讲台，迫使我不得不放下手头的其他事情，全力以赴地扑进《野草》文本。近几年来，我曾先后应邀在京都大学、重庆大学讲授过包括《野草》部分篇章在内的鲁迅文本以及竹内好的《鲁迅》，断断续续积累起来的关于《野草》的理解和对其他相关部分文本的反复阅读，使得我可以在相对有限的范围内设定问题。我把过去曾经在其他场合涉及的问题与过去没有正面处理过的问题结合起来，形成了这次连续讲座。本书并不是关于鲁迅的整体性研究，它仅仅涉及鲁迅思想一个基本的侧面。《野草》固然不能概括鲁迅思想的全部内容，它独特而强烈的基调却是鲁迅思想中的精髓。我十分感谢迫使我全力以赴的中国美院师生，本书的草成，使我对鲁迅的理解在感觉上推进了一步。

我诚挚地感谢为我提供了精神营养的先行研究。除了中国鲁迅研究的深厚积累之外，我要特别感谢两位日本的前辈大家。木山英雄先生的《关于〈野草〉形成的逻辑及其方法》是日本《野草》研究的奠基之作，它不仅为我提供了借鉴的视角，字里行间的细致感觉更让我受到触动与启发；丸尾常喜先生的《鲁迅〈野草〉研究》，对《野草》的每一篇作品都提供了翔实的考证与注释，并且把它们全部翻译成日文，这种方式使我在理解这部名著的时候获得了来自另一种语言的参照，得以从中直接获益。本书中部分细节的分析，即参考了丸尾先生的考证。

感谢中国美术学院的唐晓林博士，她为这次讲座的事前准备和事后整理付出了巨大的精力。唐晓林博士近年来一直关注我研究《野草》的进展，我非常感谢她给了我直接的推动力。在讲座完成之后，我很快就收到了她安排的速记整理稿；在这些整理稿的基础上，我进行了大幅度的改写。我也要感谢对速记稿进行仔细校对的张雯同学和周颂凯同学，他们在繁忙的课业和外出调研中抓紧点滴时间核对速记稿的文字，还不辞辛苦地对照了引文原文。

在本书基本定稿之后，上海师大的鲁迅研究专家薛毅教授拨冗通读了全文，并提供了相应的资料和中肯的批评以及修改意见；中国社会科学院近代史研究所李志毓博士在反复阅读修改稿的过程中，从历史学的角度建议我增补了相关的内容。在与他们对话的过程中，我受益匪浅，他们促使我变换角度思考和深化了本书中的一些问题，这些收获也补充进了书稿中。在全书经由三联书店审定之后，薛毅教授慨允为本书作序，使本书不成熟的文字因此增色，在此，我要表达自己真挚的谢意。在与这些朋友的互动中，我深深地体会到了研究者不断受到来自同行的回应和质疑是多么幸运。我期待着本书可以得到更多的互动，期待着与更多的朋友一起，在锤炼自己思想能力的过程中，继承鲁迅丰饶的精神遗产。

附 录

野 草

鲁 迅

本书收录作者1924年至1926年所作散文诗二十三篇，均发表于《语丝》周刊。1927年7月由北京北新书局初版，列为作者所编的《乌合丛书》之一。作者生前共印行十二版次。

题　辞

当我沉默着的时候，我觉得充实；我将开口，同时感到空虚。

过去的生命已经死亡。我对于这死亡有大欢喜，因为我借此知道它曾经存活。死亡的生命已经朽腐。我对于这朽腐有大欢喜，因为我借此知道它还非空虚。

生命的泥委弃在地面上，不生乔木，只生野草，这是我的罪过。

野草，根本不深，花叶不美，然而吸取露，吸取水，吸取陈死人的血和肉，各各夺取它的生存。当生存时，还是将遭践踏，将遭删刈，直至于死亡而朽腐。

但我坦然，欣然。我将大笑，我将歌唱。

我自爱我的野草，但我憎恶这以野草作装饰的地面。

地火在地下运行，奔突；熔岩一旦喷出，将烧尽一切野草，以及乔木，于是并且无可朽腐。

但我坦然，欣然。我将大笑，我将歌唱。

天地有如此静穆，我不能大笑而且歌唱。天地即不如此静穆，我或者也将不能。我以这一丛野草，在明与暗，生与死，过去与未来之际，献于友与仇，人与兽，爱者与不爱者之前作证。

为我自己，为友与仇，人与兽，爱者与不爱者，我希望这野草的死亡与朽腐，火速到来。要不然，我先就未曾生存，这实在比死亡与朽腐更其不幸。

去罢，野草，连着我的题辞！

　　　　一九二七年四月二十六日，鲁迅记于广州之白云楼上

秋　夜

　　在我的后园，可以看见墙外有两株树，一株是枣树，还有一株也是枣树。

　　这上面的夜的天空，奇怪而高，我生平没有见过这样的奇怪而高的天空。他仿佛要离开人间而去，使人们仰面不再看见。然而现在却非常之蓝，闪闪地映着几十个星星的眼，冷眼。他的口角上现出微笑，似乎自以为大有深意，而将繁霜洒在我的园里的野花草上。

　　我不知道那些花草真叫什么名字，人们叫他们什么名字。我记得有一种开过极细小的粉红花，现在还开着，但是更极细小了，她在冷的夜气中，瑟缩地做梦，梦见春的到来，梦见秋的到来，梦见瘦的诗人将眼泪擦在她最末的花瓣上，告诉她秋虽然来，冬虽然来，而此后接着还是春，胡蝶乱飞，蜜蜂都唱起春词来了。她于是一笑，虽然颜色冻得红惨惨地，仍然瑟缩着。

　　枣树，他们简直落尽了叶子。先前，还有一两个孩子来打他们别人打剩的枣子，现在是一个也不剩了，连叶子也落尽了。他知道小粉红花的梦，秋后要有春；他也知道落叶的梦，春后还是秋。他简直落尽叶子，单剩干子，然而脱了当初满树是果实和叶子时候的弧形，欠伸得很舒服。但是，有几枝还低亚着，护定他从打枣的竿梢所得的皮伤，而最直最长的几枝，却已默默地铁似的直刺着奇怪而高的天空，使天空闪闪地鬼䀹眼；直刺着天空中圆满的月亮，使月亮窘得发白。

鬼䀹眼的天空越加非常之蓝，不安了，仿佛想离去人间，避开枣树，只将月亮剩下。然而月亮也暗暗地躲到东边去了。而一无所有的干子，却仍然默默地铁似的直刺着奇怪而高的天空，一意要制他的死命，不管他各式各样地䀹着许多蛊惑的眼睛。

哇的一声，夜游的恶鸟飞过了。

我忽而听到夜半的笑声，吃吃地，似乎不愿意惊动睡着的人，然而四围的空气都应和着笑。夜半，没有别的人，我即刻听出这声音就在我嘴里，我也即刻被这笑声所驱逐，回进自己的房。灯火的带子也即刻被我旋高了。

后窗的玻璃上丁丁地响，还有许多小飞虫乱撞。不多久，几个进来了，许是从窗纸的破孔进来的。他们一进来，又在玻璃的灯罩上撞得丁丁地响。一个从上面撞进去了，他于是遇到火，而且我以为这火是真的。两三个却休息在灯的纸罩上喘气。那罩是昨晚新换的罩，雪白的纸，折出波浪纹的叠痕，一角还画出一枝猩红色的栀子。

　　猩红的栀子开花时，枣树又要做小粉红花的梦，青葱地弯成弧形了……。我又听到夜半的笑声；我赶紧砍断我的心绪，看那老在白纸罩上的小青虫，头大尾小，向日葵子似的，只有半粒小麦那么大，遍身的颜色苍翠得可爱，可怜。

　　我打一个呵欠，点起一支纸烟，喷出烟来，对着灯默默地敬奠这些苍翠精致的英雄们。

一九二四年九月十五日

影的告别

人睡到不知道时候的时候，就会有影来告别，说出那些话——

有我所不乐意的在天堂里，我不愿去；有我所不乐意的在地狱里，我不愿去；有我所不乐意的在你们将来的黄金世界里，我不愿去。

然而你就是我所不乐意的。

朋友，我不想跟随你了，我不愿住。

我不愿意！

呜乎呜乎，我不愿意，我不如彷徨于无地。

我不过一个影，要别你而沉没在黑暗里了。然而黑暗又会吞并我，然而光明又会使我消失。

然而我不愿彷徨于明暗之间，我不如在黑暗里沉没。

然而我终于彷徨于明暗之间，我不知道是黄昏还是黎明。我姑且举灰黑的手装作喝干一杯酒，我将在不知道时候的时候独自远行。

　　呜乎呜乎，倘若黄昏，黑夜自然会来沉没我，否则我要被白天消失，如果现是黎明。

　　朋友，时候近了。

　　我将向黑暗里彷徨于无地。

　　你还想我的赠品。我能献你甚么呢？无已，则仍是黑暗和虚空而已。但是，我愿意只是黑暗，或者会消失于你的白天；我愿意只是虚空，决不占你的心地。

　　我愿意这样，朋友——

　　我独自远行，不但没有你，并且再没有别的影在黑暗里。只有我被黑暗沉没，那世界全属于我自己。

一九二四年九月二十四日

求乞者

　　我顺着剥落的高墙走路，踏着松的灰土。另外有几个人，各自走路。微风起来，露在墙头的高树的枝条带着还未干枯的叶子在我头上摇动。

　　微风起来，四面都是灰土。

　　一个孩子向我求乞，也穿着夹衣，也不见得悲戚，而拦着磕头，追着哀呼。

　　我厌恶他的声调，态度。我憎恶他并不悲哀，近于儿戏；我烦厌他这追着哀呼。

　　我走路。另外有几个人各自走路。微风起来，四面都是灰土。

　　一个孩子向我求乞，也穿着夹衣，也不见得悲戚，但是哑的，摊开手，装着手势。

　　我就憎恶他这手势。而且，他或者并不哑，这不过是一种求乞的法子。

　　我不布施，我无布施心，我但居布施者之上，给与

226 | 绝望与希望之外

烦腻，疑心，憎恶。

我顺着倒败的泥墙走路，断砖叠在墙缺口，墙里面没有什么。微风起来，送秋寒穿透我的夹衣；四面都是灰土。

我想着我将用什么方法求乞：发声，用怎样声调？装哑，用怎样手势？……

另外有几个人各自走路。

我将得不到布施，得不到布施心；我将得到自居于布施之上者的烦腻，疑心，憎恶。

我将用无所为和沉默求乞……

我至少将得到虚无。

微风起来，四面都是灰土。另外有几个人各自走路。

灰土，灰土，……

………………

灰土……

一九二四年九月二十四日

我的失恋

拟古的新打油诗

我的所爱在山腰；
想去寻她山太高，
低头无法泪沾袍。
爱人赠我百蝶巾；
回她什么：猫头鹰。
从此翻脸不理我，
不知何故兮使我心惊。

我的所爱在闹市；
想去寻她人拥挤，
仰头无法泪沾耳。
爱人赠我双燕图；
回她什么：冰糖壶卢。
从此翻脸不理我，
不知何故兮使我胡涂。

我的所爱在河滨；
想去寻她河水深，
歪头无法泪沾襟。
　爱人赠我金表索；
回她什么：发汗药。
从此翻脸不理我，
不知何故兮使我神经衰弱。

　　我的所爱在豪家；
想去寻她兮没有汽车，
摇头无法泪如麻。
爱人赠我玫瑰花；
回她什么：赤练蛇。
从此翻脸不理我，
不知何故兮——由她去罢。

一九二四年十月三日

复　仇

　　人的皮肤之厚，大概不到半分，鲜红的热血，就循着那后面，在比密密层层地爬在墙壁上的槐蚕更其密的血管里奔流，散出温热。于是各以这温热互相蛊惑，煽动，牵引，拼命地希求偎倚，接吻，拥抱，以得生命的沉酣的大欢喜。

　　但倘若用一柄尖锐的利刃，只一击，穿透这桃红色的，菲薄的皮肤，将见那鲜红的热血激箭似的以所有温热直接灌溉杀戮者；其次，则给以冰冷的呼吸，示以淡白的嘴唇，使之人性茫然，得到生命的飞扬的极致的大欢喜；而其自身，则永远沉浸于生命的飞扬的极致的大欢喜中。

　　这样，所以，有他们俩裸着全身，捏着利刃，对立于广漠的旷野之上。

　　他们俩将要拥抱，将要杀戮……

　　路人们从四面奔来，密密层层地，如槐蚕爬上墙壁，如马蚁要扛鳌头。衣服都漂亮，手倒空的。然而从四面奔来，而且拼命地伸长颈子，要赏鉴这拥抱或杀戮。他们已经豫觉着事后的自己的舌上的汗或血的鲜味。

然而他们俩对立着，在广漠的旷野之上，裸着全身，捏着利刃，然而也不拥抱，也不杀戮，而且也不见有拥抱或杀戮之意。

他们俩这样地至于永久，圆活的身体，已将干枯，然而毫不见有拥抱或杀戮之意。

路人们于是乎无聊；觉得有无聊钻进他们的毛孔，觉得有无聊从他们自己的心中由毛孔钻出，爬满旷野，又钻进别人的毛孔中。他们于是觉得喉舌干燥，脖子也乏了；终至于面面相觑，慢慢走散；甚而至于居然觉得干枯到失了生趣。

于是只剩下广漠的旷野，而他们俩在其间裸着全身，捏着利刃，干枯地立着；以死人似的眼光，赏鉴这路人们的干枯，无血的大戮，而永远沉浸于生命的飞扬的极致的大欢喜中。

一九二四年十二月二十日

复　仇（其二）

因为他自以为神之子，以色列的王，所以去钉十字架。

兵丁们给他穿上紫袍，戴上荆冠，庆贺他；又拿一根苇子打他的头，吐他，屈膝拜他；戏弄完了，就给他脱了紫袍，仍穿他自己的衣服。

看哪，他们打他的头，吐他，拜他……

他不肯喝那用没药调和的酒，要分明地玩味以色列人怎样对付他们的神之子，而且较永久地悲悯他们的前途，然而仇恨他们的现在。

四面都是敌意，可悲悯的，可咒诅的。

丁丁地响，钉尖从掌心穿透，他们要钉杀他们的神之子了，可悯的人们呵，使他痛得柔和。丁丁地响，钉尖从脚背穿透，钉碎了一块骨，痛楚也透到心髓中，然而他们自己钉杀着他们的神之子了，可咒诅的人们呵，这使他痛得舒服。

十字架竖起来了；他悬在虚空中。

他没有喝那用没药调和的酒，要分明地玩味以色列人怎样对付他们的神之子，而且较永久地悲悯他们的前途，然而仇恨他们的现在。

路人都辱骂他，祭司长和文士也戏弄他，和他同钉的两个强盗也讥诮他。

看哪，和他同钉的……

四面都是敌意，可悲悯的，可咒诅的。

他在手足的痛楚中，玩味着可悯的人们的钉杀神之子的悲哀和可咒诅的人们要钉杀神之子，而神之子就要被钉杀了的欢喜。突然间，碎骨的大痛楚透到心髓了，他即沉酣于大欢喜和大悲悯中。

他腹部波动了，悲悯和咒诅的痛楚的波。

遍地都黑暗了。

"以罗伊，以罗伊，拉马撒巴各大尼?！"（翻出来，就是：我的上帝，你为甚么离弃我?！）

上帝离弃了他，他终于还是一个"人之子"；然而以色列人连"人之子"都钉杀了。

钉杀了"人之子"的人们的身上，比钉杀了"神之子"的尤其血污，血腥。

一九二四年十二月二十日

希 望

我的心分外地寂寞。

然而我的心很平安：没有爱憎，没有哀乐，也没有颜色和声音。

我大概老了。我的头发已经苍白，不是很明白的事么？我的手颤抖着，不是很明白的事么？那么，我的魂灵的手一定也颤抖着，头发也一定苍白了。

然而这是许多年前的事了。

这以前，我的心也曾充满过血腥的歌声：血和铁，火焰和毒，恢复和报仇。而忽而这些都空虚了，但有时故意地填以没奈何的自欺的希望。希望，希望，用这希望的盾，抗拒那空虚中的暗夜的袭来，虽然盾后面也依然是空虚中的暗夜。然而就是如此，陆续地耗尽了我的青春。

我早先岂不知我的青春已经逝去了？但以为身外的青春固在：星，月光，僵坠的胡蝶，暗中的花，猫头鹰的不祥之言，杜鹃的啼血，笑的渺茫，爱的翔舞……。虽然是悲凉漂渺的青春罢，然而究竟是青春。

然而现在何以如此寂寞？难道连身外的青春也都逝去，世上的青年也多衰老了么？

我只得由我来肉薄这空虚中的暗夜了。我放下了希望之盾，我听到Petöfi Sándor（1823—49）的"希望"之歌：

> 希望是甚么？是娼妓：
> 她对谁都蛊惑，将一切都献给；
> 待你牺牲了极多的宝贝——
> 你的青春——她就弃掉你。

这伟大的抒情诗人，匈牙利的爱国者，为了祖国而死在可萨克兵的矛尖上，已经七十五年了。悲哉死也，然而更可悲的是他的诗至今没有死。

但是，可惨的人生！桀骜英勇如Petöfi，也终于对了暗夜止步，回顾着茫茫的东方了。他说：

> 绝望之为虚妄，正与希望相同。

倘使我还得偷生在不明不暗的这"虚妄"中，我就还要寻求那逝去的悲凉漂渺的青春，但不妨在我的身外。因为身外的青春倘一消灭，我身中的迟暮也即凋零了。

然而现在没有星和月光，没有僵坠的胡蝶以至笑的渺茫，爱的翔舞。然而青年们很平安。

　　我只得由我来肉薄这空虚中的暗夜了，纵使寻不到身外的青春，也总得自己来一掷我身中的迟暮。但暗夜又在那里呢？现在没有星，没有月光以至笑的渺茫和爱的翔舞；青年们很平安，而我的面前又竟至于并且没有真的暗夜。

　　绝望之为虚妄，正与希望相同！

一九二五年一月一日

雪

　　暖国的雨，向来没有变过冰冷的坚硬的灿烂的雪花。博识的人们觉得他单调，他自己也以为不幸否耶？江南的雪，可是滋润美艳之至了；那是还在隐约着的青春的消息，是极壮健的处子的皮肤。雪野中有血红的宝珠山茶，白中隐青的单瓣梅花，深黄的磬口的蜡梅花；雪下面还有冷绿的杂草。胡蝶确乎没有；蜜蜂是否来采山茶花和梅花的蜜，我可记不真切了。但我的眼前仿佛看见冬花开在雪野中，有许多蜜蜂们忙碌地飞着，也听得他们嗡嗡地闹着。

　　孩子们呵着冻得通红，像紫芽姜一般的小手，七八个一齐来塑雪罗汉。因为不成功，谁的父亲也来帮忙了。罗汉就塑得比孩子们高得多，虽然不过是上小下大的一堆，终于分不清是壶卢还是罗汉；然而很洁白，很明艳，以自身的滋润相粘结，整个地闪闪地生光。孩子们用龙眼核给他做眼珠，又从谁的母亲的脂粉奁中偷得胭脂来涂在嘴唇上。这回确是一个大阿罗汉了。他也就目光灼灼地嘴唇通红地坐在雪地里。

第二天还有几个孩子来访问他；对了他拍手，点头，嬉笑。但他终于独自坐着了。晴天又来消释他的皮肤，寒夜又使他结一层冰，化作不透明的水晶模样；连续的晴天又使他成为不知道算什么，而嘴上的胭脂也褪尽了。

但是，朔方的雪花在纷飞之后，却永远如粉，如沙，他们决不粘连，撒在屋上，地上，枯草上，就是这样。屋上的雪是早已就有消化了的，因为屋里居人的火的温热。别的，在晴天之下，旋风忽来，便蓬勃地奋飞，在日光中灿灿地生光，如包藏火焰的大雾，旋转而且升腾，弥漫太空，使太空旋转而且升腾地闪烁。

在无边的旷野上，在凛冽的天宇下，闪闪地旋转升腾着的是雨的精魂……

是的，那是孤独的雪，是死掉的雨，是雨的精魂。

一九二五年一月十八日

风　筝

北京的冬季，地上还有积雪，灰黑色的秃树枝丫叉于晴朗的天空中，而远处有一二风筝浮动，在我是一种惊异和悲哀。

故乡的风筝时节，是春二月，倘听到沙沙的风轮声，仰头便能看见一个淡墨色的蟹风筝或嫩蓝色的蜈蚣风筝。还有寂寞的瓦片风筝，没有风轮，又放得很低，伶仃地显出憔悴可怜模样。但此时地上的杨柳已经发芽，早的山桃也多吐蕾，和孩子们的天上的点缀相照应，打成一片春日的温和。我现在在那里呢？四面都还是严冬的肃杀，而久经诀别的故乡的久经逝去的春天，却就在这天空中荡漾了。

但我是向来不爱放风筝的，不但不爱，并且嫌恶他，因为我以为这是没出息孩子所做的玩艺。和我相反的是我的小兄弟，他那时大概十岁内外罢，多病，瘦得不堪，然而最喜欢风筝，自己买不起，我又不许放，他只得张着小嘴，呆看着空中出神，有时至于小半日。远处的蟹风筝突然落下来了，他惊呼；两个瓦片风筝的缠绕解开了，他高兴得跳跃。他的这些，在我看来都是笑柄，可鄙的。

有一天，我忽然想起，似乎多日不很看见他了，但记得曾见他在后园拾枯竹。我恍然大悟似的，便跑向少有人去的一间堆积杂物的小屋去，推开门，果然就在尘封的什物堆中发见了他。他向着大方凳，坐在小凳上；便很惊惶地站了起来，失了色瑟缩着。大方凳旁靠着一个胡蝶风筝的竹骨，还没有糊上纸，凳上是一对做眼睛用的小风轮，正用红纸条装饰着，将要完工了。我在破获秘密的满足中，又很愤怒他的瞒了我的眼睛，这样苦心孤诣地来偷做没出息孩子的玩艺。我即刻伸手折断了胡蝶的一支翅骨，又将风轮掷在地下，踏扁了。论长幼，论力气，他是都敌不过我的，我当然得到完全的胜利，于是傲然走出，留他绝望地站在小屋里。后来他怎样，我不知道，也没有留心。

然而我的惩罚终于轮到了，在我们离别得很久之后，我已经是中年。我不幸偶而看了一本外国的讲论儿童的书，才知道游戏是儿童最正当的行为，玩具是儿童的天使。于是二十年来毫不忆及的幼小时候对于精神的虐杀的这一幕，忽地在眼前展开，而我的心也仿佛同时变了铅块，很重很重的堕下去了。

但心又不竟堕下去而至于断绝，他只是很重很重地堕着，堕着。

我也知道补过的方法的：送他风筝，赞成他放，劝他放，我和他一同放。我们嚷着，跑着，笑着。——然而他其时已经和我一样，早已有了胡子了。

我也知道还有一个补过的方法的：去讨他的宽恕，等他说，"我可是毫不怪你呵。"那么，我的心一定就轻松了，这确是一个可行的方法。有一回，我们会面的时候，是脸上都已添刻了许多"生"的辛苦的条纹，而我的心很沉重。我们渐渐谈起儿时的旧事来，我便叙述到这一节，自说少年时代的胡涂。"我可是毫不怪你呵。"我想，他要说了，我即刻便受了宽恕，我的心从此也宽松了罢。

"有过这样的事么？"他惊异地笑着说，就像旁听着别人的故事一样。他什么也不记得了。

全然忘却，毫无怨恨，又有什么宽恕之可言呢？无怨的恕，说谎罢了。

我还能希求什么呢？我的心只得沉重着。

现在，故乡的春天又在这异地的空中了，既给我久经逝去的儿时的回忆，而一并也带着无可把握的悲哀。我倒不如躲到肃杀的严冬中去罢，——但是，四面又明明是严冬，正给我非常的寒威和冷气。

一九二五年一月二十四日

好的故事

灯火渐渐地缩小了，在预告石油的已经不多；石油又不是老牌，早熏得灯罩很昏暗。鞭爆的繁响在四近，烟草的烟雾在身边：是昏沉的夜。

我闭了眼睛，向后一仰，靠在椅背上；捏着《初学记》的手搁在膝髁上。

我在蒙胧中，看见一个好的故事。

这故事很美丽，幽雅，有趣。许多美的人和美的事，错综起来像一天云锦，而且万颗奔星似的飞动着，同时又展开去，以至于无穷。

我仿佛记得曾坐小船经过山阴道，两岸边的乌桕，新禾，野花，鸡，狗，丛树和枯树，茅屋，塔，伽蓝，农夫和村妇，村女，晒着的衣裳，和尚，蓑笠，天，云，竹，……都倒影在澄碧的小河中，随着每一打桨，各各夹带了闪烁的日光，并水里的萍藻游鱼，一同荡漾。诸影诸物，无不解散，而且摇动，扩大，互相融和；刚一融和，却又退缩，复近于原形。边缘都参差如夏云头，镶着日光，发出水银色焰。凡是我所经过的河，都是如此。

现在我所见的故事也如此。水中的青天的底子，一切事物统在上面交错，织成一篇，永是生动，永是展开，我看不见这一篇的结束。

河边枯柳树下的几株瘦削的一丈红，该是村女种的罢。大红花和斑红花，都在水里面浮动，忽而碎散，拉长了，缕缕的胭脂水，然而没有晕。茅屋，狗，塔，村女，云，……也都浮动着。大红花一朵朵全被拉长了，这时是泼剌奔进的红锦带。带织入狗中，狗织入白云中，白云织入村女中……。在一瞬间，他们又将退缩了。但斑红花影也已碎散，伸长，就要织进塔，村女，狗，茅屋，云里去。

现在我所见的故事清楚起来了，美丽，幽雅，有趣，而且分明。青天上面，有无数美的人和美的事，我一一看见，一一知道。

我就要凝视他们……。

我正要凝视他们时，骤然一惊，睁开眼，云锦也已皱蹙，凌乱，仿佛有谁掷一块大石下河水中，水波陡然起立，将整篇的影子撕成片片了。我无意识地赶忙捏住几乎坠地的《初学记》，眼前还剩着几点虹霓色的碎影。

我真爱这一篇好的故事，趁碎影还在，我要追回他，完成他，留下他。我抛了书，欠身伸手去取笔，——何尝有一丝碎影，只见昏暗的灯光，我不在小船里了。

但我总记得见过这一篇好的故事，在昏沉的夜……

一九二五年二月二十四日

过　客

时：

　　或一日的黄昏。

地：

　　或一处。

人：

　　老翁——约七十岁，白须发，黑长袍。

　　女孩——约十岁，紫发，乌眼珠，白地黑方格长衫。

　　过客——约三四十岁，状态困顿倔强，眼光阴沉，黑须，乱发，黑色短衣裤皆破碎，赤足著破鞋，胁下挂一个口袋，支着等身的竹杖。

　　东，是几株杂树和瓦砾；西，是荒凉破败的丛葬；其间有一条似路非路的痕迹。一间小土屋向这痕迹开着一扇门；门侧有一段枯树根。

（女孩正要将坐在树根上的老翁搀起。）

翁——孩子。喂，孩子！怎么不动了呢？

孩——（向东望着，）有谁走来了，看一看罢。

翁——不用看他。扶我进去罢。太阳要下去了。

孩——我，——看一看。

翁——唉，你这孩子！天天看见天，看见土，看见风，还不够好看么？什么也不比这些好看。你偏是要看谁。太阳下去时候出现的东西，不会给你什么好处的。……还是进去罢。

孩——可是，已经近来了。阿阿，是一个乞丐。

翁——乞丐？不见得罢。

（过客从东面的杂树间跄踉走出，暂时踌蹰之后，慢慢地走近老翁去。）

客——老丈，你晚上好？

翁——阿，好！托福。你好？

客——老丈，我实在冒昧，我想在你那里讨一杯水喝。我走得渴极了。这地方又没有一个池塘，一个水洼。

翁——唔，可以可以。你请坐罢。（向女孩）孩子，你拿水来，杯子要洗干净。

（女孩默默地走进土屋去。）

翁——客官，你请坐。你是怎么称呼的？

客——称呼？——我不知道。从我还能记得的时候起，我就只一个人。我不知道我本来叫什么。我一路走，有时人们也随便称呼我，各式各样地，我也记不清楚了，况且相同的称呼也没有听到过第二回。

翁——阿阿。那么，你是从那里来的呢？

客——（略略迟疑，）我不知道。从我还能记得的时候起，我就在这么走。

翁——对了。那么，我可以问你到那里去么？

客——自然可以。——但是，我不知道。从我还能记得的时候起，我就在这么走，要走到一个地方去，这地方就在前面。我单记得走了许多路，现在来到这里了。我接着就要走向那边去，（西指，）前面！

　　（女孩小心地捧出一个木杯来，递去。）

客——（接杯，）多谢，姑娘。（将水两口喝尽，还杯，）多谢，姑娘。这真是少有的好意。我真不知道应该怎样感激！

翁——不要这么感激。这于你是没有好处的。

客——是的，这于我没有好处。可是我现在很恢复了些力气了。我就要前去。老丈，你大约是久住在这里的，你可知道前面是怎么一个所在么？

翁——前面？前面，是坟。

客——（诧异地，）坟？

孩——不，不，不的。那里有许多许多野百合，野蔷薇，我常常去玩，去看他们的。

客——（西顾，仿佛微笑，）不错。那些地方有许多许多野百合，野蔷薇，我也常常去玩过，去看过的。但是，那是坟。（向老翁，）老丈，走完了那坟地之后呢？

翁——走完之后？那我可不知道。我没有走过。

客——不知道？！

孩——我也不知道。

翁——我单知道南边；北边；东边，你的来路。那是我最熟悉的地方，也许倒是于你们最好的地方。你莫怪我多嘴，据我看来，你已经这么劳顿了，还不如回转去，因为你前去也料不定可能走完。

客——料不定可能走完？……（沉思，忽然惊起，）那不行！我只得走。回到那里去，就没一处没有名目，没一处没有地主，没一处没有驱逐和牢笼，没一处没有皮面的笑容，没一处没有眶外的眼泪。我憎恶他们，我不回转去！

翁——那也不然。你也会遇见心底的眼泪，为你的悲哀。

客——不。我不愿看见他们心底的眼泪，不要他们为我的悲哀！

翁——那么，你，（摇头，）你只得走了。

客——是的，我只得走了。况且还有声音常在前面催促我，叫唤我，使我息不下。可恨的是我的脚早经走破了，有许多伤，流了许多血。（举起一足给老人看，）因此，我的血不够了；我要喝些血。但血在那里呢？可是我也不愿意喝无论谁的血。我只得喝些水，来补充我的血。一路上总有水，我倒也并不感到什么不足。只是我的力气太稀薄了，血里面太多了水的缘故罢。今天连一个小水洼也遇不到，也就是少走了路的缘故罢。

翁——那也未必。太阳下去了，我想，还不如休息一会的好罢，像我似的。

客——但是，那前面的声音叫我走。

翁——我知道。

客——你知道？你知道那声音么？

翁——是的。他似乎曾经也叫过我。

客——那也就是现在叫我的声音么？

翁——那我可不知道。他也就是叫过几声，我不理他，他也就不叫了，我也就记不清楚了。

客——唉唉，不理他……。（沉思，忽然吃惊，倾听着，）不行！我还是走的好。我息不下。可恨我的脚早经走破了。（准备走路。）

孩——给你！（递给一片布，）裹上你的伤去。

客——多谢，（接取，）姑娘。这真是……。这真是极少有的好意。这能使我可以走更多的路。（就断砖坐下，要将布缠在踝上，）但是，不行！（竭力站起，）姑娘，还了你罢，还是裹不下。况且这太多的好意，我没法感激。

翁——你不要这么感激，这于你没有好处。

客——是的，这于我没有什么好处。但在我，这布施是最上的东西了。你看，我全身上可有这样的。

翁——你不要当真就是。

客——是的。但是我不能。我怕我会这样：倘使我得到了谁的布施，我就要像兀鹰看见死尸一样，在四近徘徊，祝愿她的灭亡，给我亲自看见；或者咒诅她以外的一切全都灭亡，连我自己，因为我就应该得到咒诅。但是我还没有这样的力量；即使有这力量，我也不愿意她有这样的境遇，因为她们大概总不愿意有这样的境遇。我想，这最稳当。（向女孩，）姑娘，你这布片太好，可是太小一点了，还了你罢。

孩——（惊惧，退后，）我不要了！你带走！

客——（似笑，）哦哦，……因为我拿过了？

孩——（点头，指口袋，）你装在那里，去玩玩。

客——（颓唐地退后，）但这背在身上，怎么走呢？……

翁——你息不下，也就背不动。——休息一会，就没有什么了。

客——对咧，休息……。（默想，但忽然惊醒，倾听。）不，我不能！我还是走好。

翁——你总不愿意休息么？

客——我愿意休息。

翁——那么，你就休息一会罢。

客——但是，我不能……。

翁——你总还是觉得走好么？

客——是的。还是走好。

翁——那么，你也还是走好罢。

客——（将腰一伸，）好，我告别了。我很感谢你们。（向着女孩，）姑娘，这还你，请你收回去。

　　（女孩惊惧，敛手，要躲进土屋里去。）

翁——你带去罢。要是太重了，可以随时抛在坟地里面的。

孩——（走向前，）阿阿，那不行！

客——阿阿，那不行的。

翁——那么，你挂在野百合野蔷薇上就是了。

孩——（拍手，）哈哈！好！

客——哦哦……

（极暂时中，沉默。）

翁——那么，再见了。祝你平安。（站起，向女孩，）孩子，扶我进去罢。你看，太阳早已下去了。（转身向门。）

客——多谢你们。祝你们平安。（徘徊，沉思，忽然吃惊，）然而我不能！我只得走。我还是走好罢……。（即刻昂了头，奋然向西走去。）

（女孩扶老人走进土屋，随即阖了门。过客向野地里跄踉地闯进去，夜色跟在他后面。）

一九二五年三月二日

死 火

我梦见自己在冰山间奔驰。

这是高大的冰山，上接冰天，天上冻云弥漫，片片如鱼鳞模样。山麓有冰树林，枝叶都如松杉。一切冰冷，一切青白。

但我忽然坠在冰谷中。

上下四旁无不冰冷，青白。而一切青白冰上，却有红影无数，纠结如珊瑚网。我俯看脚下，有火焰在。

这是死火。有炎炎的形，但毫不摇动，全体冰结，像珊瑚枝；尖端还有凝固的黑烟，疑这才从火宅中出，所以枯焦。这样，映在冰的四壁，而且互相反映，化为无量数影，使这冰谷，成红珊瑚色。

哈哈！

当我幼小的时候，本就爱看快舰激起的浪花，洪炉喷出的烈焰。不但爱看，还想看清。可惜他们都息息变幻，永无定形。虽然凝视又凝视，总不留下怎样一定的迹象。

死的火焰，现在先得到了你了！

我拾起死火，正要细看，那冷气已使我的指头焦灼；但是，我还熬着，将他塞入衣袋中间。冰谷四面，登时完全青白。我一面思索着走出冰谷的法子。

我的身上喷出一缕黑烟，上升如铁线蛇。冰谷四面，又登时满有红焰流动，如大火聚，将我包围。我低头一看，死火已经燃烧，烧穿了我的衣裳，流在冰地上了。

"唉，朋友！你用了你的温热，将我惊醒了。"他说。

我连忙和他招呼，问他名姓。

"我原先被人遗弃在冰谷中，"他答非所问地说，"遗弃我的早已灭亡，消尽了。我也被冰冻冻得要死。倘使你不给我温热，使我重行烧起，我不久就须灭亡。"

"你的醒来，使我欢喜。我正在想着走出冰谷的方法；我愿意携带你去，使你永不冰结，永得燃烧。"

"唉唉！那么，我将烧完！"

"你的烧完，使我惋惜。我便将你留下，仍在这里罢。"

"唉唉！那么，我将冻灭了！"

"那么，怎么办呢？"

"但你自己，又怎么办呢？"他反而问。

"我说过了：我要出这冰谷……。"

"那我就不如烧完！"

他忽而跃起，如红彗星，并我都出冰谷口外。有大石车突然驰来，我终于碾死在车轮底下，但我还来得及看见那车就坠入冰谷中。

"哈哈！你们是再也遇不着死火了！"我得意地笑着说，仿佛就愿意这样似的。

一九二五年四月二十三日

狗的驳诘

我梦见自己在隘巷中行走，衣履破碎，像乞食者。

一条狗在背后叫起来了。

我傲慢地回顾，叱咤说：

"呔！住口！你这势利的狗！"

"嘻嘻！"他笑了，还接着说，"不敢，愧不如人呢。"

"什么!？"我气愤了，觉得这是一个极端的侮辱。

"我惭愧：我终于还不知道分别铜和银；还不知道分别布和绸；还不知道分别官和民；还不知道分别主和奴；还不知道……"

我逃走了。

"且慢！我们再谈谈……"他在后面大声挽留。

我一径逃走，尽力地走，直到逃出梦境，躺在自己的床上。

一九二五年四月二十三日

失掉的好地狱

　　我梦见自己躺在床上，在荒寒的野外，地狱的旁边。一切鬼魂们的叫唤无不低微，然有秩序，与火焰的怒吼，油的沸腾，钢叉的震颤相和鸣，造成醉心的大乐，布告三界：地下太平。

　　有一伟大的男子站在我面前，美丽，慈悲，遍身有大光辉，然而我知道他是魔鬼。

　　"一切都已完结，一切都已完结！可怜的鬼魂们将那好的地狱失掉了！"他悲愤地说，于是坐下，讲给我一个他所知道的故事——

　　"天地作蜂蜜色的时候，就是魔鬼战胜天神，掌握了主宰一切的大威权的时候。他收得天国，收得人间，也收得地狱。他于是亲临地狱，坐在中央，遍身发大光辉，照见一切鬼众。

　　"地狱原已废弛得很久了：剑树消却光芒；沸油的边际早不腾涌；大火聚有时不过冒些青烟，远处还萌生曼陀罗花，花极细小，惨白可怜。——那是不足为奇的，因为地上曾经大被焚烧，自然失了他的肥沃。

"鬼魂们在冷油温火里醒来，从魔鬼的光辉中看见地狱小花，惨白可怜，被大蛊惑，倏忽间记起人世，默想至不知几多年，遂同时向着人间，发一声反狱的绝叫。

"人类便应声而起，仗义执言，与魔鬼战斗。战声遍满三界，远过雷霆。终于运大谋略，布大网罗，使魔鬼并且不得不从地狱出走。最后的胜利，是地狱门上也竖了人类的旌旗！

"当鬼魂们一齐欢呼时，人类的整饬地狱使者已临地狱，坐在中央，用了人类的威严，叱咤一切鬼众。

"当鬼魂们又发一声反狱的绝叫时，即已成为人类的叛徒，得到永劫沉沦的罚，迁入剑树林的中央。

"人类于是完全掌握了主宰地狱的大威权，那威棱且在魔鬼以上。人类于是整顿废弛，先给牛首阿旁以最高的俸草；而且，添薪加火，磨砺刀山，使地狱全体改观，一洗先前颓废的气象。

"曼陀罗花立即焦枯了。油一样沸；刀一样铦；火一样热；鬼众一样呻吟，一样宛转，至于都不暇记起失掉的好地狱。

"这是人类的成功，是鬼魂的不幸……。

"朋友，你在猜疑我了。是的，你是人！我且去寻野兽和恶鬼……。"

一九二五年六月十六日

墓碣文

我梦见自己正和墓碣对立，读着上面的刻辞。那墓碣似是沙石所制，剥落很多，又有苔藓丛生，仅存有限的文句——

……于浩歌狂热之际中寒；于天上看见深渊。于一切眼中看见无所有；于无所希望中得救。……

……有一游魂，化为长蛇，口有毒牙。不以啮人，自啮其身，终以殒颠。……

……离开！……

我绕到碣后，才见孤坟，上无草木，且已颓坏。即从大阙口中，窥见死尸，胸腹俱破，中无心肝。而脸上却绝不显哀乐之状，但蒙蒙如烟然。

我在疑惧中不及回身，然而已看见墓碣阴面的残存的文句——

……抉心自食，欲知本味。创痛酷烈，本味何能知？……

　　……痛定之后，徐徐食之。然其心已陈旧，本味又何由知？……

　　……答我。否则，离开！……

我就要离开。而死尸已在坟中坐起，口唇不动，然而说——

　　待我成尘时，你将见我的微笑！

我疾走，不敢反顾，生怕看见他的追随。

　　　　　　　　　　　　　　一九二五年六月十七日

颓败线的颤动

我梦见自己在做梦。自身不知所在，眼前却有一间在深夜中紧闭的小屋的内部，但也看见屋上瓦松的茂密的森林。

板桌上的灯罩是新拭的，照得屋子里分外明亮。在光明中，在破榻上，在初不相识的披毛的强悍的肉块底下，有瘦弱渺小的身躯，为饥饿，苦痛，惊异，羞辱，欢欣而颤动。弛缓，然而尚且丰腴的皮肤光润了；青白的两颊泛出轻红，如铅上涂了胭脂水。

灯火也因惊惧而缩小了，东方已经发白。

然而空中还弥漫地摇动着饥饿，苦痛，惊异，羞辱，欢欣的波涛……

"妈！"约略两岁的女孩被门的开阖声惊醒，在草席围着的屋角的地上叫起来了。

"还早哩，再睡一会罢！"她惊惶地说。

"妈！我饿，肚子痛。我们今天能有什么吃的？"

"我们今天有吃的了。等一会有卖烧饼的来，妈就买给你。"她欣慰地更加紧捏着掌中的小银片，低微的声音悲凉地发抖，走近屋角去一看她的女儿，移开草席，抱起来放在破榻上。

"还早哩，再睡一会罢。"她说着，同时抬起眼睛，无可告诉地一看破旧的屋顶以上的天空。

空中突然另起了一个很大的波涛，和先前的相撞击，回旋而成旋涡，将一切并我尽行淹没，口鼻都不能呼吸。

我呻吟着醒来，窗外满是如银的月色，离天明还很辽远似的。

我自身不知所在，眼前却有一间在深夜中紧闭的小屋的内部，我自己知道是在续着残梦。可是梦的年代隔了许多年了。屋的内外已经这样整齐；里面是青年的夫妻，一群小孩子，都怨恨鄙夷地对着一个垂老的女人。

"我们没有脸见人，就只因为你，"男人气忿地说。"你还以为养大了她，其实正是害苦了她，倒不如小时候饿死的好！"

"使我委屈一世的就是你！"女的说。

"还要带累了我！"男的说。

"还要带累他们哩！"女的说，指着孩子们。

最小的一个正玩着一片干芦叶，这时便向空中一挥，仿佛一柄钢刀，大声说道：

"杀！"

那垂老的女人口角正在痉挛，登时一怔，接着便都平静，不多时候，她冷静地，骨立的石像似的站起来了。她开开板门，迈步在深夜中走出，遗弃了背后一切的冷骂和毒笑。

她在深夜中尽走，一直走到无边的荒野；四面都是荒野，头上只有高天，并无一个虫鸟飞过。她赤身露体地，石像似的站在荒野的中央，于一刹那间照见过往的一切：饥饿，苦痛，惊异，羞辱，欢欣，于是发抖；害苦，委屈，带累，于是痉挛；杀，于是平静。……又于一刹那间将一切并合：眷念与决绝，爱抚与复仇，养育与歼除，祝福与咒诅……。她于是举两手尽量向天，口唇间漏出人与兽的，非人间所有，所以无词的言语。

当她说出无词的言语时，她那伟大如石像，然而已经荒废的，颓败的身躯的全面都颤动了。这颤动点点如鱼鳞，每一鳞都起伏如沸水在烈火上；空中也即刻一同振颤，仿佛暴风雨中的荒海的波涛。

她于是抬起眼睛向着天空，并无词的言语也沉默尽绝，惟有颤动，辐射若太阳光，使空中的波涛立刻回旋，如遭飓风，汹涌奔腾于无边的荒野。

我梦魇了，自己却知道是因为将手搁在胸脯上了的缘故；我梦中还用尽平生之力，要将这十分沉重的手移开。

一九二五年六月二十九日

立　论

　　我梦见自己正在小学校的讲堂上预备作文，向老师请教立论的方法。

　　"难！"老师从眼镜圈外斜射出眼光来，看着我，说。"我告诉你一件事——

　　"一家人家生了一个男孩，合家高兴透顶了。满月的时候，抱出来给客人看，——大概自然是想得一点好兆头。

　　"一个说：'这孩子将来要发财的。'他于是得到一番感谢。

　　"一个说：'这孩子将来要做官的。'他于是收回几句恭维。

　　"一个说：'这孩子将来是要死的。'他于是得到一顿大家合力的痛打。

　　"说要死的必然，说富贵的许谎。但说谎的得好报，说必然的遭打。你……"

"我愿意既不谎人，也不遭打。那么，老师，我得怎么说呢？"

　　"那么，你得说：'啊呀！这孩子呵！您瞧！多么……。阿唷！哈哈！Hehe！ he，hehehehe！'"

一九二五年七月八日

死　后

我梦见自己死在道路上。

这是那里，我怎么到这里来，怎么死的，这些事我全不明白。总之，待到我自己知道已经死掉的时候，就已经死在那里了。

听到几声喜鹊叫，接着是一阵乌老鸦。空气很清爽，——虽然也带些土气息，——大约正当黎明时候罢。我想睁开眼睛来，他却丝毫也不动，简直不像是我的眼睛；于是想抬手，也一样。

恐怖的利镞忽然穿透我的心了。在我生存时，曾经玩笑地设想：假使一个人的死亡，只是运动神经的废灭，而知觉还在，那就比全死了更可怕。谁知道我的预想竟的中了，我自己就在证实这预想。

听到脚步声，走路的罢。一辆独轮车从我的头边推过，大约是重载的，轧轧地叫得人心烦，还有些牙齿齼。很觉得满眼绯红，一定是太阳上来了。那么，我的脸是朝东的。但那都没有什么关系。切切嚓嚓的人声，看热闹的。他们踹起黄土来，飞进我的鼻孔，使我想打喷嚏了，但终于没有打，仅有想打的心。

陆陆续续地又是脚步声，都到近旁就停下，还有更多的低语声：看的人多起来了。我忽然很想听听他们的议论。但同时想，我生存时说的什么批评不值一笑的话，大概是违心之论罢：才死，就露了破绽了。然而还是听；然而毕竟得不到结论，归纳起来不过是这样——

　　"死了？……"

　　"嗡。——这……"

　　"啧！……"

　　"啧。……唉！……"

我十分高兴，因为始终没有听到一个熟识的声音。否则，或者害得他们伤心；或则要使他们快意；或则要使他们加添些饭后闲谈的材料，多破费宝贵的工夫；这都会使我很抱歉。现在谁也看不见，就是谁也不受影响。好了，总算对得起人了！

但是，大约是一个马蚁，在我的脊梁上爬着，痒痒的。我一点也不能动，已经没有除去他的能力了；倘在平时，只将身子一扭，就能使他退避。而且，大腿上又爬着一个哩！你们是做什么的？虫豸！？

事情可更坏了：嗡的一声，就有一个青蝇停在我的颧骨上，走了几步，又一飞，开口便舔我的鼻尖。我懊恼地想：足下，我不是什么伟人，你无须到我身上来寻做论的材料……。但是不能说出来。他却从鼻尖跑下，又用冷舌头来舔我的嘴唇了，不知道可是表示亲爱。还有几个则聚在眉毛上，跨一步，我的毛根就一摇。实在使我烦厌得不堪，——不堪之至。

忽然，一阵风，一片东西从上面盖下来，他们就一同飞开了，临走时还说——

"惜哉！……"

我愤怒得几乎昏厥过去。

木材摔在地上的钝重的声音同着地面的震动，使我忽然清醒，前额上感着芦席的条纹。但那芦席就被掀去了，又立刻感到了日光的灼热。还听得有人说——

"怎么要死在这里？……"

这声音离我很近，他正弯着腰罢。但人应该死在那里呢？我先前以为人在地上虽没有任意生存的权利，却总有任意死掉的权利的。现在才知道并不然，也很难适合人们的公意。可惜我久没了纸笔；即有也不能写，而且即使写了也没有地方发表了。只好就这样地抛开。

有人来抬我，也不知道是谁。听到刀鞘声，还有巡警在这里罢,在我所不应该"死在这里"的这里。我被翻了几个转身,便觉得向上一举,又往下一沉;又听得盖了盖,钉着钉。但是,奇怪,只钉了两个。难道这里的棺材钉,是只钉两个的么?

我想:这回是六面碰壁,外加钉子。真是完全失败,呜呼哀哉了!……

"气闷!……"我又想。

然而我其实却比先前已经宁静得多,虽然知不清埋了没有。在手背上触到草席的条纹,觉得这尸衾倒也不恶。只不知道是谁给我化钱的,可惜!但是,可恶,收敛的小子们!我背后的小衫的一角皱起来了,他们并不给我拉平,现在抵得我很难受。你们以为死人无知,做事就这样地草率么?哈哈!

我的身体似乎比活的时候要重得多,所以压着衣皱便格外的不舒服。但我想,不久就可以习惯的;或者就要腐烂,不至于再有什么大麻烦。此刻还不如静静地静着想。

"您好?您死了么?"

是一个颇为耳熟的声音。睁眼看时,却是勃古斋旧书铺的跑外的小伙计。不见约有二十多年了,倒还是那一副老样子。我又看看六面的壁,委实太毛糙,简直毫没有加过一点修刮,锯绒还是毛毿毿的。

"那不碍事，那不要紧。"他说，一面打开暗蓝色布的包裹来。"这是明板《公羊传》，嘉靖黑口本，给您送来了。您留下他罢。这是……。"

"你！"我诧异地看定他的眼睛，说，"你莫非真正胡涂了？你看我这模样，还要看什么明板？……"

"那可以看，那不碍事。"

我即刻闭上眼睛，因为对他很烦厌。停了一会，没有声息，他大约走了。但是似乎一个马蚁又在脖子上爬起来，终于爬到脸上，只绕着眼眶转圈子。

万不料人的思想，是死掉之后也还会变化的。忽而，有一种力将我的心的平安冲破；同时，许多梦也都做在眼前了。几个朋友祝我安乐，几个仇敌祝我灭亡。我却总是既不安乐，也不灭亡地不上不下地生活下来，都不能副任何一面的期望。现在又影一般死掉了，连仇敌也不使知道，不肯赠给他们一点惠而不费的欢欣。……

我觉得在快意中要哭出来。这大概是我死后第一次的哭。

然而终于也没有眼泪流下；只看见眼前仿佛有火花一闪，我于是坐了起来。

一九二五年七月十二日

这样的战士

要有这样的一种战士——

已不是蒙昧如非洲土人而背着雪亮的毛瑟枪的；也并不疲惫如中国绿营兵而却佩着盒子炮。他毫无乞灵于牛皮和废铁的甲胄；他只有自己，但拿着蛮人所用的，脱手一掷的投枪。

他走进无物之阵，所遇见的都对他一式点头。他知道这点头就是敌人的武器，是杀人不见血的武器，许多战士都在此灭亡，正如炮弹一般，使猛士无所用其力。

那些头上有各种旗帜，绣出各样好名称：慈善家，学者，文士，长者，青年，雅人，君子……。头下有各样外套，绣出各式好花样：学问，道德，国粹，民意，逻辑，公义，东方文明……。

但他举起了投枪。

他们都同声立了誓来讲说，他们的心都在胸膛的中央，和别的偏心的人类两样。他们都在胸前放着护心镜，就为自己也深信心在胸膛中央的事作证。

但他举起了投枪。

他微笑，偏侧一掷，却正中了他们的心窝。

一切都颓然倒地；——然而只有一件外套，其中无物。无物之物已经脱走，得了胜利，因为他这时成了戕害慈善家等类的罪人。

但他举起了投枪。

他在无物之阵中大踏步走，再见一式的点头，各种的旗帜，各样的外套……。

但他举起了投枪。

他终于在无物之阵中老衰，寿终。他终于不是战士，但无物之物则是胜者。

在这样的境地里，谁也不闻战叫：太平。

太平……。

但他举起了投枪！

一九二五年十二月十四日

聪明人和傻子和奴才

奴才总不过是寻人诉苦。只要这样，也只能这样。有一日，他遇到一个聪明人。

"先生！"他悲哀地说，眼泪联成一线，就从眼角上直流下来。"你知道的。我所过的简直不是人的生活。吃的是一天未必有一餐，这一餐又不过是高粱皮，连猪狗都不要吃的，尚且只有一小碗……。"

"这实在令人同情。"聪明人也惨然说。

"可不是么！"他高兴了。"可是做工是昼夜无休息的：清早担水晚烧饭，上午跑街夜磨面，晴洗衣裳雨张伞，冬烧汽炉夏打扇。半夜要煨银耳，侍候主人耍钱；头钱从来没分，有时还挨皮鞭……。"

"唉唉……。"聪明人叹息着，眼圈有些发红，似乎要下泪。

"先生！我这样是敷衍不下去的。我总得另外想法子。可是什么法子呢？……"

"我想，你总会好起来……。"

"是么？但愿如此。可是我对先生诉了冤苦，又得你的同情和慰安，已经舒坦得不少了。可见天理没有灭绝……。"

但是，不几日，他又不平起来了，仍然寻人去诉苦。

"先生！"他流着眼泪说，"你知道的。我住的简直比猪窠还不如。主人并不将我当人；他对他的叭儿狗还要好到几万倍……。"

"混帐！"那人大叫起来，使他吃惊了。那人是一个傻子。

"先生，我住的只是一间破小屋，又湿，又阴，满是臭虫，睡下去就咬得真可以。秽气冲着鼻子，四面又没有一个窗……。"

"你不会要你的主人开一个窗的么？"

"这怎么行？……"

"那么，你带我去看去！"

傻子跟奴才到他屋外，动手就砸那泥墙。

"先生！你干什么？"他大惊地说。

"我给你打开一个窗洞来。"

"这不行！主人要骂的！"

"管他呢！"他仍然砸。

"人来呀！强盗在毁咱们的屋子了！快来呀！迟一点可要打出窟窿来了！……"他哭嚷着，在地上团团地打滚。

一群奴才都出来了，将傻子赶走。

听到了喊声，慢慢地最后出来的是主人。

"有强盗要来毁咱们的屋子，我首先叫喊起来，大家一同把他赶走了。"他恭敬而得胜地说。

"你不错。"主人这样夸奖他。

这一天就来了许多慰问的人，聪明人也在内。

"先生。这回因为我有功，主人夸奖了我了。你先前说我总会好起来，实在是有先见之明……。"他大有希望似的高兴地说。

"可不是么……。"聪明人也代为高兴似的回答他。

一九二五年十二月二十六日

腊　叶

　　灯下看《雁门集》，忽然翻出一片压干的枫叶来。

　　这使我记起去年的深秋。繁霜夜降，木叶多半凋零，庭前的一株小小的枫树也变成红色了。我曾绕树徘徊，细看叶片的颜色，当他青葱的时候是从没有这么注意的。他也并非全树通红，最多的是浅绛，有几片则在绯红地上，还带着几团浓绿。一片独有一点蛀孔，镶着乌黑的花边，在红，黄和绿的斑驳中，明眸似的向人凝视。我自念：这是病叶呵！便将他摘了下来，夹在刚才买到的《雁门集》里。大概是愿使这将坠的被蚀而斑斓的颜色，暂得保存，不即与群叶一同飘散罢。

　　但今夜他却黄蜡似的躺在我的眼前，那眸子也不复似去年一般灼灼。假使再过几年，旧时的颜色在我记忆中消去，怕连我也不知道他何以夹在书里面的原因了。将坠的病叶的斑斓，似乎也只能在极短时中相对，更何况是葱郁的呢。看看窗外，很能耐寒的树木也早经秃尽了；枫树更何消说得。当深秋时，想来也许有和这去年的模样相似的病叶的罢，但可惜我今年竟没有赏玩秋树的余闲。

一九二五年十二月二十六日

淡淡的血痕中

记念几个死者和生者和未生者

目前的造物主，还是一个怯弱者。

他暗暗地使天变地异，却不敢毁灭一个这地球；暗暗地使生物衰亡，却不敢长存一切尸体；暗暗地使人类流血，却不敢使血色永远鲜秾；暗暗地使人类受苦，却不敢使人类永远记得。

他专为他的同类——人类中的怯弱者——设想，用废墟荒坟来衬托华屋，用时光来冲淡苦痛和血痕；日日斟出一杯微甘的苦酒，不太少，不太多，以能微醉为度，递给人间，使饮者可以哭，可以歌，也如醒，也如醉，若有知，若无知，也欲死，也欲生。他必须使一切也欲生；他还没有灭尽人类的勇气。

几片废墟和几个荒坟散在地上，映以淡淡的血痕，人们都在其间咀嚼着人我的渺茫的悲苦。但是不肯吐弃，以为究竟胜于空虚，各各自称为"天之僇民"，以作咀嚼着人我的渺茫的悲苦的辩解，而且悚息着静待新的悲苦的到来。新的，这就使他们恐惧，而又渴欲相遇。

这都是造物主的良民。他就需要这样。

叛逆的猛士出于人间；他屹立着，洞见一切已改和现有的废墟和荒坟，记得一切深广和久远的苦痛，正视一切重叠淤积的凝血，深知一切已死，方生，将生和未生。他看透了造化的把戏；他将要起来使人类苏生，或者使人类灭尽，这些造物主的良民们。

造物主，怯弱者，羞惭了，于是伏藏。天地在猛士的眼中于是变色。

一九二六年四月八日

一　觉

　　飞机负了掷下炸弹的使命，像学校的上课似的，每日上午在北京城上飞行。每听得机件搏击空气的声音，我常觉到一种轻微的紧张，宛然目睹了"死"的袭来，但同时也深切地感着"生"的存在。

　　隐约听到一二爆发声以后，飞机嗡嗡地叫着，冉冉地飞去了。也许有人死伤了罢，然而天下却似乎更显得太平。窗外的白杨的嫩叶，在日光下发乌金光；榆叶梅也比昨日开得更烂漫。收拾了散乱满床的日报，拂去昨夜聚在书桌上的苍白的微尘，我的四方的小书斋，今日也依然是所谓"窗明几净"。

　　因为或一种原因，我开手编校那历来积压在我这里的青年作者的文稿了；我要全都给一个清理。我照作品的年月看下去，这些不肯涂脂抹粉的青年们的魂灵便依次屹立在我眼前。他们是绰约的，是纯真的，——阿，然而他们苦恼了，呻吟了，愤怒，而且终于粗暴了，我的可爱的青年们！

魂灵被风沙打击得粗暴，因为这是人的魂灵，我爱这样的魂灵；我愿意在无形无色的鲜血淋漓的粗暴上接吻。漂渺的名园中，奇花盛开着，红颜的静女正在超然无事地逍遥，鹤唳一声，白云郁然而起……。这自然使人神往的罢，然而我总记得我活在人间。

我忽然记起一件事：两三年前，我在北京大学的教员预备室里，看见进来了一个并不熟识的青年，默默地给我一包书，便出去了，打开看时，是一本《浅草》。就在这默默中，使我懂得了许多话。阿，这赠品是多么丰饶呵！可惜那《浅草》不再出版了，似乎只成了《沉钟》的前身。那《沉钟》就在这风沙颣洞中，深深地在人海的底里寂寞地鸣动。

野蓟经了几乎致命的摧折，还要开一朵小花，我记得托尔斯泰曾受了很大的感动，因此写出一篇小说来。但是，草木在旱干的沙漠中间，拼命伸长他的根，吸取深地中的水泉，来造成碧绿的林莽，自然是为了自己的"生"的，然而使疲劳枯渴的旅人，一见就怡然觉得遇到了暂时息肩之所，这是如何的可以感激，而且可以悲哀的事！？

《沉钟》的《无题》——代启事——说："有人说：我们的社会是一片沙漠。——如果当真是一片沙漠，这虽然荒漠一点也还静肃；虽然寂寞一点也还会使你感觉苍茫。何至于像这样的混沌，这样的阴沉，而且这样的离奇变幻！"

是的，青年的魂灵屹立在我眼前，他们已经粗暴了，或者将要粗暴了，然而我爱这些流血和隐痛的魂灵，因为他使我觉得是在人间，是在人间活着。

在编校中夕阳居然西下，灯火给我接续的光。各样的青春在眼前一一驰去了，身外但有昏黄环绕。我疲劳着，捏着纸烟，在无名的思想中静静地合了眼睛，看见很长的梦。忽而惊觉，身外也还是环绕着昏黄；烟篆在不动的空气中上升，如几片小小夏云，徐徐幻出难以指名的形象。

一九二六年四月十日